月花美人

滝沢志郎

角川書店

目次

序章　5
第一章　サヤネに斬られる　7
第二章　初花《はつはな》　42
第三章　不浄小屋　82
第四章　蟷螂《とうろう》の斧　131
第五章　清く気高く美しく　168
第六章　殿の御成《おな》り　205
第七章　真剣勝負　266
終章　315

装画　水口理恵子
装丁　原田郁麻

序　章

私のととさまは武士の鑑《かがみ》のような人でした。

剣においては菜澄《なすみ》の地に並ぶ者とてなく、日々研鑽《けんさん》を怠らず、常に厳しく自分を律しておられました。卑怯《ひきょう》なことを何よりも嫌う人でした。娘の私の目にも、武士の誇りが服を着て歩いているように見えたものです。

そんなととさまが武士の風上にも置けぬ輩《やから》と罵《ののし》られるようになったのは、あのようなものに関わったためです。

女の身には月に一度、穢《けが》れが訪れます。血の穢れ。月経のことです。月役《つきやく》、月の穢れ、月のもの等、いろいろな呼び方がされますが、この菜澄の地では多くの人が「サヤネ」と呼んでいます。

「サヤネ」は私のととさまの名です。

ととさまが作ったのは、月経を処置するための品物でした。それまで月経はぼろ布や古紙で処置されていましたが、新たに「それだけ」のために使えるものを作ったのです。

月経を穢れとする世において、それは天地をひっくり返すも同然のことでした。ととさまのお仕事は、あまりにも早すぎたのかもしれません。

今、ととさまを「義士」と称《たた》える人もいます。神仏のごとく崇《あが》める人もいます。それはそれで結構なこととは思いますが、ととさまはきっと、己に恥じない生き方をしようとしただけでありましょう。我孫子屋《あびこや》の壮介《そうすけ》さんも、町医者の佐倉虎峰《さくらこほう》先生も、同じ思いだったはずです。

あの日々のことは、今では思い出す人もほとんどおりません。

ここに一冊の帳面があります。「佐倉虎峰日記」とでも名付けておきましょうか。先日、物置を片付けていたら出てきたものです。

この日記には、あの日々のことが綴《つづ》られていました。これを紐解《ひもと》きつつ、語ってまいりましょう。美しい菜澄湖に抱かれたこの地で、「革命《よなおし》」を志した人々の物語を。

第一章　サヤネに斬られる

一

竹林は黄金色の朝靄《あさもや》の中にあった。

そこへ静かに立つ、総髪の侍一匹。

半眼で腰を沈め、刀の柄《つか》に手を掛けている。その身が竹そのものになったかのように、微動だにしない。

不意に静寂を破ったのは、飛来した一羽の雀。竹の枝にとまり、楽しげに鳴き出した。

侍は鞘《さや》から刀を抜き放った。黄金色の鋭利な光が、袈裟懸《けさが》けに朝靄を切り裂く。

侍は刀を逆手で鞘に納めた。

雀はまだ鳴いている。

竹が斜めにずれ、瑞々《みずみず》しい切り口を見せた。斬られたことにようやく気づいたかのように、竹は倒れはじめた。雀が驚いて飛び立つ。

竹が地面に倒れるまで、侍は微動だにしない――つもりであった。だが、竹が地面を打つ音がいつまでも聞こえない。やむなく半眼を解くと、斬った竹はとなりの竹にしなだれかかり、中途半端に揺れていた。

斬った竹を手で押してみる。倒れない。叩《たた》く。揺らす。それでも倒れない。

放っておこうか。否、もしも娘がここを通ったときに倒れてきたら何としよう。

数歩下がる。助走を始めたところで、不意に声をかけられた。

「ととさま」

危うく脚がもつれるところを、すんでのところでこらえた。

「若葉《わかば》、急に声を掛けるな」

「申し訳ございませぬ。朝餉《あさげ》の支度ができましたゆえ、お呼びしに参りました」

娘の若葉である。数えで十三歳。顔つきはまだ幼いが、武士の娘らしく、言葉遣いも所作も折り目正しい。落葉を踏む足音すら静かで、近づく気配を感じさせなかった。

「すぐに参る」

侍は威儀を正して若葉のもとに向かった。

「……ととさま！」

若葉が突然声をあげた。その目は父の頭上を見ている。

侍は落ち着いていた。

「さがれ、若葉！」

腰を落とし、柄に手をかける。気配を読み、呼吸を整え、振り向きざまに抜刀する。

「ほうっ……！」

鋭い気合。抜刀の勢いそのままに、頭上を薙《な》ぎ払う。

両断された竹が地面を打ち、跳ね上がる。竹はしばし暴れた後、横たわった。

ふう、と一息つくと、侍は血振りをして刀身のわずかな露を払った。風が竹林を静かに渡っていく。

奇妙な音が鳴っていた。梵鐘《ぼんしょう》の残響のような、微《かす》かな音。鞘から小さな振動が伝わってくる。

三味線の弦を弾《はじ》くと、棹《さお》が震える。同じように鞘が震えているのだ。侍が刀を納めると、鞘の鳴りはぴたりとおさまった。

鞘音《さやね》。

抜刀の勢いの凄《すさ》まじさに、鞘が鳴る。その音の美しさにちなみ、彼は師匠からその名を賜《たまわ》っていた。

「若葉、さがれと言ったではないか」

望月《もちづき》鞘音は娘を叱った。

「申し訳ございませぬ。横に避《よ》けたほうが早いと思いましたゆえ」

若葉は冷静に、身を守るための最短の方法をとっていた。私よりよほど落ち着いているな、と鞘音は苦笑する。とりあえず、竹に飛び蹴《げ》りを入れる姿を見られなくてよかった。三十路《みそじ》の男が見られるには、いささかみっともない姿であろう。

「さて、帰るか」

「はい、ととさま」

このように呼ばれているが、二人は去年まで叔父《おじ》と姪《めい》であった。鞘音の兄夫婦が流行《はや》り病で不意に身罷《みまか》ったため、遺《のこ》された若葉を鞘音が養女にしたのである。

鞘音は薪を満載した背負子《しょいこ》を担ぎ上げた。勢いよく担ぎすぎて、薪が何本かこぼれ落ちる。

若葉が無言でそれを拾った。拾って胸に抱えたまま、どうしたものかと迷っている様子である。

「ほれ」

鞘音は若葉に背負子を向けた。若葉はややためらってから、拾った薪を背負子に差し込んだ。

——まだ遠慮しておるのだな。

表情に乏しい若葉の顔を見て、鞘音は思う。幼い頃から、妙に落ち着きのある娘ではあった。それが両親を喪《うしな》って以来、さらに口数が少なくなってしまった。

女は愛嬌《あいきょう》というから、これでは婿探しにも難渋するやもしれぬ。

そこまで考えて、鞘音は内心で苦笑した。いささか気が早い。まだ数えで十三歳。早くてもあと二、三年は先のことだ。

鞘音は後からついてくる若葉を見やった。若葉は一本だけ手に残した柴《しば》の小枝で、戯れに草を薙いでいる。子供っぽい仕草に、鞘音はどこか安堵《あんど》した。

そう、若葉はまだまだ子供のはずであった。

二

菜澄は豊穣《ほうじょう》な田園地帯である。

遠い昔、千葉《ちば》氏が支配した頃の下総《しもうさ》の地には、広大な香取海《かとりのうみ》が葉脈のように入り組んで横たわっていた。その南の一角にあったのが「なづみ（泥み）浦」である。一帯には湿地が広がっていたという。

　およそ二百年前、利根川《とね》の東遷事業に伴って周辺が干拓整備され、なづみ浦は淡水の菜澄湖に生まれ変わった。「なづみ」が「なすみ」と改称されたのは、濁りを嫌ったためだという。菜の字が当てられたのは、菜種油の産地だからである。春には菜の花、秋には稲穂と、菜澄の野は年に二度、黄金色に染まる。

　菜澄が擁する利根川には北国《ほっこく》からの船が、成田《なりた》街道には成田山《なりたさん》への参詣客《さんけい》が行き交う。江戸《えど》からの道のりは、わずかに一日半。菜澄は交通の要衝でもあった。

　鞘音と若葉は一汁一菜の朝餉をいただくと、出かける支度をした。

　二人は小高い丘の上に一軒だけ建つ粗末な家に二人暮らしである。庭からは麓《ふもと》の村と田畑、土手の向こうにきらめく菜澄湖が見渡せた。湖の対岸は台地になっており、その頂には菜澄城天守閣が威容を見せている。二人の住む村は、湖越しに御城と向き合っているためであろうが、向村《むかいむら》という簡単な名前で呼ばれていた。

　二人はこれから、菜澄の城下町に出かける。

　鞘音は大きな行李《こうり》を背負った。若葉は鞘音がつくった小さな行李を背負う。

　外に出ると、鞘音は伸びをした。

「良い天気だのう」

　若葉の気分を引き立てるために、あえて明るい声を出す。

「はい」と若葉は短く返事をした。その視線が鞘音の右腕に注がれている。伸びをしたときに袖《そで》がずり下がったのだ。

　鞘音の右腕には、三寸にも渡る傷痕《きずあと》があった。ちょうど籠手《こて》の位置である。昨年、若葉の両親が亡くなったという知らせを受けて西国から帰る途次、箱根《はこね》峠で追い剝《は》ぎに襲われた際の傷だった。五人の敵のうち三人に手傷を負わせ、ようやく囲みを切り抜けたとき、はじめて自分も負傷していることに気付いた。思いのほか深手で、菜澄に帰ったときもまだ右腕を吊《つ》った状態であった。

「この傷が気になるか？」

「いいえ、失礼いたしました」

「ほれ、ちいとも痛まぬぞ」

鞘音は腕を振ってみせた。若干ひきつるような感覚はあったが、剣を振るうのに支障はない。

「ようございました」

若葉は少し笑顔を見せた。

村の集落を通る。年貢を無事に納め、一息つく時節である。しばらく村人は農閑期の副業で日々を暮らす。江戸へ出稼ぎに行く者もいるであろう。村人の多くは屋内で仕事をしているのか、人の気配が濃いわりに、表に出ている者は少なかった。

鞘音は安堵した。嫌い合っているわけではないが、村人とは疎遠であった。丘の上の武士の夫婦が死んで、今度は得体の知れない侍が住み着いた。そう訝《いぶか》しく思われているに違いない。城仕えしていない郷士《ごうし》の身を恥じてはいないつもりだが、多少卑屈にはなっているのかもしれない。

若葉と同じ年頃の娘たちが、遠巻きに見ている。若葉は視線を落として通り過ぎた。

ずっとこのままというわけにもいくまいが——村人とのつきあいがうまくいっていないことは、鞘音のちょっとした悩みであった。

集落の出口のあたりに、大柄な托鉢《たくはつ》僧がいた。和讃《わさん》を唱えている。

帰命頂礼血盆経《きみようちようらいけつぼんきよう》　女人《によにん》の悪業《あくごう》深きゆえ　御説《おんと》き給《たま》う慈悲の海　渡る苦海《くかい》の有様は　月に七日の月水《げつすい》と　産するときの大悪血《だいあくち》　神や仏を穢《けが》すゆえ　おのずと罰を受くるなり

「血盆経」という経典を和語（日本語）で讃《たた》える歌だった。女人を救済する教えとしか、鞘音は知らない。菜澄には清泉寺《せいせんじ》という血盆経の聖地があり、亡き母も帰依《きえ》していた覚えがある。

托鉢僧は鞘音と若葉を見ると和讃を止めた。

「やあ、鞘音どの、若葉どの。御城下に行かれるのか」

声が大きい。僧名を宗月《そうげつ》といい、清泉寺で修行した僧である。この村には清泉寺の末寺があり、その方丈《ほうじよう》（住職）として、一昨年に村に移り住んだ。鞘音たちにとって、数少ないこの村の知人である。

「さよう、御城下に参ります」

「壮介のところか」

城下に住む、紙問屋の若旦那《わかだんな》である。宗月の弟であった。

「そのとおりにござる」

「あやつはよくやっているかね」

僧侶《そうりよ》にしては言葉遣いが俗っぽい。その気取りのなさも含めて、菜澄では敬愛されているらしい。いずれは清泉寺の住職になるだろうという評判であった。

「まあ、よくやっているものと存じます」

宗月の弟・壮介は、鞘音の幼馴染《おさななじみ》である。どちらかといえば放蕩《ほうとう》息子と噂されている。嫁も取らず、しょっちゅう利根川をさかのぼっては江戸で吉原《よしわら》通いをしていると、まことしやかに囁《ささや》かれていた。

「それは結構」

と言いつつ、宗月はあまり信じていない様子である。

「若葉どの、叔父上と一緒に御城下に行けて、よかったのう」

「叔父ではなく、今は義父《ちち》にござります」

「ああ、そうであったな。これは失礼。ぐわっはっは」

若葉の表情が和らいでいる。若葉にとって宗月方丈は、この村で唯一とも言える心を開ける相手であった。両親が亡くなったときも、何かと心強かったようである。

宗月は合掌し、ふたたび血盆経和讃を唱えはじめた。俗世での縁は切ったということなのか、弟によろしくとも言わない。これまでもずっとそうであった。出家する際、実家と色々あったとも鞘音は聞いていた。

又その悪血《あくち》が地に触れて　積《つも》り積りて池となる　深さは四万余旬《よじゅん》なり　広さも四万余旬なり　八万余旬の血の池は　みずから作りし地獄ゆえ　ひとたび女人と生まれては　貴賤《きせん》上下の隔てなく皆この地獄に堕《お》つるなり……

三

鞘音と若葉は畦道《あぜみち》を歩いている。稲刈りが終わり、そろそろ田に菜種を蒔《ま》く季節であろうか。

田植えの季節には菜澄の空を映す水田も、今は乾いていた。

土手を越えると、眼下に光る菜澄湖があった。薄《すすき》の穂が波打つ湖岸を通り過ぎ、渡し場に出る。

船頭が桟橋に腰掛けて、退屈そうに煙管《キセル》を吸っていた。

「やってくれるか」

鞘音と若葉は、向村と城下町を頻繁に往復する。さすがに船頭とはそれなりに気安い関係であった。

船頭は煙管を叩いて灰を落とした。

「あと二、三人は乗せたいんですがね」

「村を通ってきたが、誰も来る様子はないぞ」

船頭はやれやれといった態《てい》で腰を上げた。

「乗っておくんなさい」

二人が乗り込むと、葦《あし》を押しのけるように舟が動き出した。湖水からは川骨《こうほね》や菱《ひし》の葉も顔を出している。若葉が手を伸ばして葉をつついた。

帆が上がり、舟は湖面を静かに波立てて進んでいく。この渡し舟のほかにも、湖には大小の帆掛け舟の姿があった。鯉《こい》や鮒《ふな》を捕っているのだろう。朝の陽を受ける水面《みなも》には、鴨の群れも泳いでいる。若葉に鴨鍋《かもなべ》でも食わせてやりたいものだと、鞘音は思った。

舟は湖を横断し、菜澄川に入った。菜澄川は菜澄湖に流れ込む川で、御城の外堀を兼ねている。天守閣を左に見て回り込む。城も城下町も、馬の胴体のように細長い台地の上にある。天守閣を頭として、城下町は背中にあたる。鞘音たちは尻尾《しっぽ》の位置から上陸した。

鞘音と若葉は坂をのぼり、馬の背骨にあたる通りに出た。菜澄城下を貫く大通りである。

間口の狭い店が軒を連ねる中を、鞘音と若葉はひたすら歩いた。

「しんどくなったら、すぐに言いなさい」

村に比べると、やはり街の空気は埃《ほこり》っぽい。風が吹けば土埃が舞いあがる。亡き兄夫婦は、哮喘《ぜん》（喘息）持ちの若葉のために、城下から空気の良い向村に移住したのである。

「わかっております。お気遣いは無用です」

うるさがられてしまったようだ。表情にこそ出さないが、口調にかすかな苛立《いらだ》ちを感じる。こうして観察されることも、おそらく煩わしいのだろう。

若い娘の一群が対面から歩いてきた。広い道なので、譲り合う必要もなくすれ違う。そのとき、鞘音の耳に奇妙な言葉が飛び込んできた。

「サヤネに斬られた」

——なんと？

鞘音は思わず立ち止まった。若葉も無言で娘たちを振り返っている。

サヤネ。鞘音。同名の何者かがいるのだろうか。いささか気取った名乗りだが、これまで同名の人物に会ったことは一度もない。ひとつ言えるのは、この菜澄で人を斬ったことなど一度もないということである。

気がつくと、若葉が真面目な顔で鞘音を見上げていた。

「……私のことではない」

「若葉もそう思います」

二人は再び歩き出した。

四

大通りの店の間口がことごとく狭いのは、菜澄では間口の広さによって運上《うんじょう》（税金）が課されているためである。そのかわり奥行きの長い店が多く、見本のような鰻《うなぎ》の寝床が道沿いに連なっている。

二人は一軒の店に向かった。「よろすかみ」と大書された看板が二人を迎える。「萬紙《よろずかみ》」。紙問屋である。屋号は我孫子屋であった。

「御免」

雛芥子《ひなげし》の家紋を染めた暖簾《のれん》をくぐると、紙の匂いが鼻をつく。今日は湿気を吸っているようだ。上がり框《かまち》に腰掛けると、天井まで積まれた紙の束が奥に見えた。

「やあ、源吾《げんご》……いや失礼、鞘音どの」

初老の男が気安く声をかけてきた。我孫子屋の当主、五代目壮右衛門《そうえもん》である。源吾というのは鞘音の昔の名乗りである。子供の頃から鞘音を知っている人であった。

「あら、鞘音さま」

こちらは壮右衛門の後妻の梅《うめ》。後妻といっても、鞘音が物心ついたときには我孫子屋のおかみさんだったので、もう三十年近く連れ添っているはずである。宗月と弟の壮介は亡き前妻の子なので、お梅とは血がつながっていない。商家のおかみさんらしく、おおらかで気っ風のよい人であった。

番頭の与三《よぞう》が茶を出してくれた。菓子まで付けてくれたのは、若葉のためであろう。若葉の父、鞘音にとっては兄の信右衛門《しんえもん》の代から、この店とは付き合いがある。両親を亡くしたばかりの子に、この問屋の人々は優しかった。

「若旦那様をお呼びしましょう」

「いや、いい。奴に会うと話が長くなる」

淡々と拒絶したが、店の奥から声が飛んできた。

「おいおいゲンさん、そいつはつれねえぜ。俺の顔も見ねえで帰るつもりだったのかい？」

粋な着流し姿の男が姿を現した。我孫子屋の若旦那、壮介だった。鞘音と同い年で、かつては同じ剣術道場で修行したこともある幼馴染である。

「よう若葉ちゃん、会うたびに別品《べっぴん》になるねえ」

「人の娘を物みたいに言うな」

「江戸では美人のことを別品て言うんだよ。ゲンさん、あちこち武者修行してた割には世事に疎いな」

「余計なお世話だ。それに、ゲンさんなどと気安く呼ぶな。今は望月鞘音と名乗っておる」

「そんな格好つけた名前、体がかゆくならねえか？　源吾って昔の名前のほうが似合ってると思うぜ？」

壮介はどっかと上がり框に腰を下ろした。

「若葉ちゃん、奥で色紙を見せてもらいなよ。珍しいのが入ったんだ」

「はい、かたじけのうございます」

大人同士の話の邪魔になると察したのか、若葉は素直に座を外した。

「さてゲンさん、いつものやつかな？」

「うむ、このとおりだ」

鞘音は行李を叩いた。

「それじゃ、検《あらた》めさせてもらうよ」

鞘音は行李の蓋《ふた》を開けた。中にはくすんだ色の紙が積まれている。古紙を漉《す》き返した、浅草紙《あさくさがみ》と呼ばれるものである。我孫子屋では新しく漉いた紙だけでなく、このような古紙も取り扱っていた。

「うん、悪くねえな」

壮介は紙を大づかみにし、膝《ひざ》の上で端を整えた。慣れた手つきで紙の束を流しめくり、数枚を拾いだして光に透かしてみる。ごみの混入具合を確かめているのである。

「ほとんどごみが入ってねえや。丁寧な仕事するねえ」

「ごみ取りは若葉も手伝《てつど》うておる」

古紙を釜《かま》で煮て溶かし、水槽《おけ》にあけて冷ます。それからは、若葉と二人でひたすら地道なごみ取りである。その間に若葉と話でもできればよいのだが、二人ともごみ取りに夢中になってしまい、作業中はほとんど無言であった。

「ゲンさんは紙漉きを始めてまだ一年だよな。これだけ漉ければ立派なもんだよ」

紙漉きの道具は、我孫子屋から借りている。問屋は道具を職人に貸し出し、職人は漉いた紙を問屋に納める。そういう仕組みであった。

「兄上には及ばぬが」

「信右衛門さんも良い腕だった。浅草紙ばっかりじゃなくて、そろそろ楮《こうぞ》を漉いてみないかって言ってたところだったんだ」

楮は上質の紙の原料である。

「兄は断ったのか」

「ああ、紙漉きは武士の本分ではないからってな」

鞘音は兄の心情を思った。武士たる身で、職人の手業を讃えられることに忸怩《じくじ》たるものがあったのだろう。兄は城下から農村に移り住んでも、武士たる矜持《きょうじ》を保ち、剣術の鍛錬を怠らなかったという。

「ゲンさんはどうだい。浅草紙で小遣い稼ぎするより、よっぽどまとまった稼ぎになるぜ？」

「うむ、やろう」

「え、やんの？」

自分から誘っておいて驚いている。鞘音があっさり即答したのが意外だったようだ。

「面白そうではないか」

鞘音としては、特にこだわりはなかった。手先の器用さにはひそかに自信があり、それはむしろ、武士としても誇ってよいことではないかと思っている。かの宮本武蔵《みやもとむさし》は剣のみならず画業にも秀でていたというが、畏《おそ》れ多くも、どこか通じるものがあるようにすら感じていた。

「それじゃ、ゲンさんにも楮の根を分けるから、育ててみなよ」

楮は根挿《ねざ》しで殖《ふ》やすのだそうである。壮介が言うには、望月家のある小高い丘は楮を育てるのに適しているはずだという。

「南の斜面に根を挿しておけば、勝手に育つよ」

「紙を作れるほど育つまでに、どれほどかかる？」

「三年だな」

「長いな」

「今年の楮が穫《と》れたら、紙の里から幹を何本か譲ってもらうよ。それでやり方を覚えたらいい。もちろん、上手《うま》くできたら買い取るぜ」

鞘音としては、ありがたい提案であった。紙の里とは、菜澄の南部の丘陵地帯にある、紙漉きが盛んな集落である。

「よかろう、やってみせようではないか」

「手間はかかるし、冬場の水仕事だから、楽じゃねえぜ?」

「望むところよ」

壮介は嬉《うれ》しそうに笑った。

「ゲンさんのそういうところ、嫌いじゃねえよ。同じ兄弟でも、信右衛門さんとはちょっと違うよな。信右衛門さんはいかにも武士って感じの人だったが」

「私が武士らしくないような言い方をするな」

そこで鞘音はふと思い出した。兄弟云々《うんぬん》の話が出たせいであろう。

「来る途中、宗月方丈に会うたぞ」

壮介の両親に聞こえないよう、一応声はひそめた。

「そうか」

笑っていた顔が、途端に冷淡になった。元気だったか、とも聞かない。昔は仲の良い兄弟だったはずだが、宗月が出家するとき、家族の間で大喧嘩《おおげんか》があったそうである。宗月は我孫子屋を勘当となり、両者の関係はまだ修復されていないようだった。

「それじゃ、浅草紙はたしかに受け取ったよ。報酬はいつもどおり、後で与三さんから受け取ってくれ」

壮介はいつも番頭を通じて報酬を渡す。鞘音としても、旧友の手から内職の報酬を直接受け取ることには、いささか抵抗があった。つまらない意地とわかってはいるが、壮介もそんな鞘音の心情を慮《おもんぱか》ってくれているようであった。

「お志津《しづ》」壮介は奉公人を呼んだ。「ゲンさんの紙を向こうに持っていってくれ」

お志津と呼ばれた女は、二十五歳ほどであろう。もう十年も我孫子屋に奉公しているという。きびきびとよく働く、愛嬌のある女であった。

「あら、浅草紙にしてはずいぶん綺麗《きれい》ですね」

「へへへ、そうだろ？」

「べつに若旦那をほめたわけじゃありませんよ」

「わかってるよ、そんなこと」

「じゃあ何で若旦那がえらそうにしてるんですか」

「してねえだろ、うるせえな」

やはり長年奉公しているだけあって、お志津は壮介とずいぶん息が合うようだった。鞘音の目には、何年も連れ添った夫婦のように見えることもある。壮介はいまだ独り身なので、いっそ本当に嫁にすればよかろうにと思うのだが、そうもいかないのだろうか。我孫子屋のような大店《おおだな》では、跡継ぎの結婚にはいろいろと思惑が絡むのかもしれない。当主の壮右衛門は息子をどうするつもりなのだろう。余計なお世話と思いつつ、店でどこか浮いているような幼馴染の身の上を、鞘音は案じてしまうのだった。

「さて、もうひとつのほうも持ってきてくれたのかい？」

「うむ、むろんだ」

鞘音はもうひとつの行李を開けた。その中にびっしりと詰め込まれているのは、長方形の紙包みである。ひとつひとつの大きさと厚みは、ちょうど大人の掌《てのひら》ほど。この包みは浅草紙ではなく、楮の無垢《むく》な紙だった。

「そう、これだ。サヤネ紙《がみ》」

それは鞘音が追い剝ぎに襲われて腕を負傷したとき、治療の過程で「発明」したものであった。医者に縫ってもらった傷には晒布《さらし》を巻いていたが、すぐに血で汚れてしまう。旅の道中で洗って取り替えるのは大変なので、重ねた懐紙をあててから晒布を巻いてみることにした。しかし、懐紙もすぐに汚れる上、着け心地も悪かった。菜澄に帰るまでの間に試行錯誤を重ね、できあがったのが、このサヤネ紙であった。

作り方はいたって単純である。

一、紙を数枚よく揉《も》みほぐし、綿のように柔らかくする。
二、柔らかくした紙のかたまりを清潔な紙で包む。
三、長方形の型に入れて押しつぶす。
四、適当に糊《のり》づけして形を整える。

以上である。

これを傷口にあてると着け心地が非常に柔らかく、血もよく吸う。出血が多いときでもほとんど晒布を汚すことはない。うっかりぶつけても衝撃を和らげてくれるので、傷も痛まない。あらゆる点で優れものだった。

「剣鬼《けんき》・望月鞘音の命を救ったサヤネ紙だ。ご利益がありそうな気がするよな」

そう、こんなものが売り物として成り立ったのは、ひとえに鞘音の剣名の賜物《たまもの》である。恥ずかしながら、不肖・望月鞘音は、この菜澄で「剣鬼」の異名を取っている。鞘音自身も帰郷するまで知らなかったが、壮介が言うには、二年ほど前からその異名を聞くようになったという。ちょうど菜澄で領地替えがあり、新たに高山《たかやま》家が領主となった時期であった。

ともかく、その「剣鬼」が発明し愛用している医療品という点に目をつけて、壮介はこの品物の販売を買って出たのである。要は、単なる実用品に縁起物という価値を付けて売っているのだった。

ちなみに、「商品化」にあたって鞘音は多少の工夫を加えた。

まず、中身の紙は材料費を抑えるために浅草紙を使う。むろん清潔が第一なので、道端で拾ってきたような紙を漉き返すわけにはいかない。壮介に頼み、寺子屋や私塾で手習いに使われた身元の明らかな紙だけを回してもらった。それをさらに灰汁《あく》で煮て、毒消しをしてから漉き返している。ついでに、家の裏山に自生している牛額草《うしのひたい》を黒焼きにして、粉末にして混ぜた。牛額草の黒焼きは打ち身や切り傷に効くと、かつて多摩《たま》の薬売りに教わった。

「そちらも持っていきましょうか？」

戻ってきたお志津が尋ねる。

「いや、これはいい。こいつのことで、これからゲンさんに話があるんだ」

「ああ、先生の御用ですか」

「なんだお前、知ってんのか」

「私は先生のところへよくお使いに行きますからね。あらかた聞いてますよ」

「そうか、なら席を外してくれ。こいつは男同士の話だ」

「女の話なのに？」

「馬鹿、余計なこと言うな。いいから向こうへ行ってろ」

やれやれといった様子で、お志津は自分の仕事に戻っていった。

「壮介、女の話とはどういうことだ？」

「それは後で話す。ものには順序ってもんがある」

壮介はサヤネ紙を鞘音の目の前に突きつけた。

「じつはふた月ほど前から、サヤネ紙をまとめて買ってくれてる人がいる」

「ほう、誰だ？」

「城下で開業してる医者だ」

「なるほど、医者か」

傷の治療に使うものである。本職の医者が買い求めるほどのものを作れたと思うと、何やら誇らしい。

「その医者はもう、サヤネ紙をべた褒めよ。いくつあっても足りないってさ」

「ほほう」鞘音は驚いた。「そこまで褒められると、いささか面映《おもは》ゆい」

「そうだろ。俺も誇らしいよ」

「しかし、御城下にはそれほどに怪我人が多いものか」

「そ、そうだな、みんなそそっかしいんだろうな」

壮介の笑いは乾いている。

「その医者は何という方だ？」

「この近所で開業してる、佐倉虎峰先生だ」

鞘音の記憶が刺激された。

「佐倉虎峰。何やら覚えがある名だな」

「ゲンさんが覚えてるのは、俺たちがガキの頃によく怒られてたジジイだろ？」

「そうだそうだ。ずいぶんよい歳になっておられるはずだな」

自分たちが子供の頃、すでに初老と言ってよさそうな年齢に見えた。妻は歳の離れた若い女で、子供もいたはずである。まだ生きておられたのか、というのが正直な感想だった。

「まあ、虎峰先生のことも後で話すとしてだ……」

また後回しである。壮介なりに段取りがあるようだ。

「話ってのは、サヤネ紙を手直ししてもらいてえんだ」

「手直し？　どう手直しせよというのだ？」

壮介は、なぜか鞘音から視線を外した。

「虎峰先生が言うには、サヤネ紙は怪我人にだけ使うものじゃねえ。もっと大勢の人にとって役に立つものらしいんだな」

怪我の治療以外に使い道があるということか。しかも、大勢の人にとって。

「雑巾《ぞうきん》にも使えると前に申しておったな。そのことか？」

「違うよ。それなら医者がわざわざ言いに来ねえだろ」

それもそうだ。

「では、怪我ではない何らかの不調に悩んでいる者が大勢いて、そのためにサヤネ紙が役に立つということだな？」

「そうそう、そういうこと」

壮介がさかんに頷《うなず》いている。

「それはじつに良きことではないか。何をもったいぶっておるのか知らぬが、そういうことならば喜んで手直しいたすぞ」

「やってくれるのか？」

「手直しすれば、佐倉虎峰先生は今後もまとめて買ってくださるのであろう？」

鞘音と若葉、二人の暮らし向きは決して楽ではない。内職の得意先ができるなら、じつにありがたい話であった。

「さすがゲンさん、話がわかる」

「まあ、どう手直しするか考えるのも面白そうだからのう」

物作りを好む、鞘音の生来の気質が出た。

「よし、武士に二言はねえな？」

瞬間、鞘音の脳裏に不審の念がよぎった。幼馴染の勘であろう。この男、まだすべてを話していない。なぜ急いで約束を取り付けようとするのか。

「壮介、おぬし何か大事なことを隠しておらぬか？」

壮介は腕を組み、天井を見上げた。鞘音にはわかる。目が泳ぐのを悟らせまいとしているのだ。

「やはり、何か隠しておるな？」

「いや、隠すつもりはねえんだ。ただ、どう話したもんかと……」

「そういえば先刻、女の話だと申しておったな。あれはどういう意味だ」

ふと、鞘音は視線を感じた。若い二人連れの女の客である。サヤネ紙を手に会話する鞘音と壮介に、不審な目を注いでいる。

「……？」

何か穢らわしいものを見るような目であった。なぜだろう。身だしなみは清潔に整えているつもりだが。

「あれって、あれだよね……」

店を出ていく女たちの会話が耳に届いた。あれとはなんだ。

「壮介、これを何か妙なことに使わせてはおるまいな？」

鞘音はサヤネ紙を手に詰め寄った。

壮介はやはり目を合わせようとしない。

そこへ今度は、我孫子屋の馴染客らしい中年の女がやってきた。こちらは無遠慮に、行李の中を顔ごと突っ込むようにのぞきこんできた。

「若旦那、これはサヤネ紙といいましたかね？」

「ああ、そうだよ」

女はサヤネ紙から目を離さない。

「本当に、虎峰先生のところでもらう月役紙《つきやくがみ》にそっくりだねえ」

感慨深げに言い残し、女は買い物に戻っていった。

壮介は咳払《せきばら》いした。

「ゲンさん、世の中には」

「今のはなんだ」

鞘音は静かに壮介の話を遮った。

「あの女、月役紙と言ったな。月役とは、女の……月の穢れのことではないのか」

月経である。直接口にするのを憚《はばか》って、月の穢れ、月の障り、月のものなど、婉曲《えんきょく》的に呼ばれることが多い。

「ゲンさん、落ち着け」

「落ち着いておる」

「目が怖いよ」

「怒らぬから正直に申せ。おぬし、サヤネ紙を女の下《しも》の用に使わせておるのか」

壮介は観念したように、サヤネ紙の行李を叩いた。

「そう、そのとおりだ。サヤネ紙は女の下の用を足すのにちょうどいいらしい。血をよく吸うから——」

壮介はその先を言えなかった。鞘音が立ち上がり、壮介の襟首を締め上げたのである。

「おぬし、武士の名を何と心得ておる……！」

鞘音の突然の振舞いに、店内が騒然とする。

「私が作ったものだ。私の名を付けたものだ。それを穢らわしき用に使わせるとは、いかなる了見か！」

奥で色紙を見ていた若葉が、驚いて飛んできた。

「ゲンゴジさま、いえ、ととさま。お怒りを鎮めてください」

若葉は養女になるまで、鞘音を「ゲンゴジさま」と呼んでいた。幼い頃に「源吾叔父さま」を上手く発音できず、大きくなってもそのまま呼び続けていたのである。

「若葉、これは武士の面目にかかわることなのだ。口を出すな」

番頭の与三も、お志津も、他の奉公人たちも、おろおろするばかりである。

「落ち着いてくれ、ゲンさん。サヤネ紙をそんなことに使えるなんて、俺も知らなかったんだよ。虎峰先生が教えてくれたんだ」

「佐倉虎峰か。あの御老体め、どうしてくれようか」

「どうするも何も、御老体の虎峰先生はとっくに亡くなってるよ」

「ふざけるな。虎峰先生に教わったと今言うたではないか」

鞘音が壮介の襟をさらにきつく締め上げたとき、鞘音の後ろ襟にしなやかな手が添えられた。女の手だ。

若葉の手ではない。若葉は離れたところで両手を握りしめている。では、誰だ？

振り返って手の主を確かめようとしたとき、膝の力が抜け、鞘音の視界に我孫子屋の天井が広がった。

「――なに？」

自分が転ばされたと気付くまでに、しばしの間が必要だった。

「ととさま！」

若葉が駆け寄ってくる。

「だ、大事ない」

何をされたのか、わからなかった。何やら体術でひっくり返されたようだが。

天井を見上げる鞘音を、人影が見下ろしてきた。白い上衣《うわぎ》に紺袴《こんばかま》で、頭は総髪に結っている。

医者の風体だ。

「どなたかは存じませんが、二本差しの御身で町人をいじめるのは感心しませんね」

女の声だった。

「虎峰先生！」

壮介が助かったというような声を出す。

鞘音は起き上がった。

「虎峰だと――？」

医者の風体の女が胸をそらした。

「新町《しんまち》で医者をしている佐倉虎峰と申します」

涼やかな風情の、三十路ほどの女医がそこにいた。

五

「あなたが望月鞘音さまでございましたか。そうとは気づかず、ご無礼をいたしました」

佐倉虎峰は慇懃《いんぎん》に頭を下げた。言葉とは裏腹に、あまり悪いとは思っていないように見える。

「あらためて紹介するよ。女医者《おんないしや》の佐倉虎峰先生だ。俺たちがガキの頃によく叱られてたジ……虎峰先生の娘さんだ」

虎峰というのは代々襲名するらしい。目の前にいる佐倉虎峰は、三代目ということであった。

なお、「女医者」とはいわゆる産婦人科を専門とする医者を指すことが多いが、虎峰のような女の医者を指すこともある。

「鞘音さまのお作りになったサヤネ紙、あれを拝見したときは目の覚めるような心地がいたしました。あのように素晴らしい物をお作りになった御方に投げ技を仕掛けるとは、重ね重ねお詫《わ》び申し上げます」

医者は骨接《ほねつ》ぎの修業の一環として、柔術を心得ている者が多い。

「謝らんでいい」

謝られると、かえって情けなくなる。背後からの不意打ちとはいえ、女に投げられてしまうとは何たる不覚。

今、鞘音を真ん中に挟んで、虎峰と壮介も上がり框《かまち》に腰掛けていた。

鞘音はどうにか心を落ち着けた。今の状況を整理してみる。

サヤネ紙を考え、作ったのは自身、望月鞘音。

サヤネ紙を商品として売り出したのは、紙問屋の我孫子屋壮介。

サヤネ紙を「月役紙」などとして女の下の用に使わせているのは、女医の佐倉虎峰。

整理できた。鞘音は立ち上がり、女医を睨《にら》みつけた。

「佐倉虎峰どの、そなたのところで話がおかしくなっておるようだ」

他の客がいる手前、大声は出せない。努めて声を抑えている。

「私が何をしたとおっしゃるのです?」

虎峰は冷ややかに鞘音を見返している。

「いやいやゲンさん、先生に悪気はねえ。医者として、患者のことを考えたまでだ」

「おぬしは黙っておれ。そもそも、おぬしも何だ。この女の言うなりになって、私にサヤネ紙の手直しをせよとは」

「いや、それにはわけがあって……」

佐倉虎峰は、鞘音の抗議など知らぬ顔である。

「若旦那、ちょうどよかった。この行李のサヤネ紙を丸ごとくださいな」

「そなた、人の話を聞いておったのか。よくも私の目の前で買えるものだな」

「これはもう我孫子屋さんが買い取られたものでしょう？　ならば、私と我孫子屋さんとの取引です。貴方様《あなた》が口を出す筋ではありません」

「う、む……」

鞘音はたじろいだ。佐倉虎峰、弁が立つ。そして、一歩も引かぬこの態度。旦那は尻《しり》に敷かれているに違いない。

佐倉虎峰はわざとらしくため息をつき、鞘音を上目遣いに見た。

「よろしいですか、望月鞘音さま。率直に申し上げて、丸めた紙をまた紙に包む程度のもの、私でも作れます」

「何を申す。あれでも細かい工夫がしてあるのだ」

「私も私で工夫するまでのこと。そういえば牛額草の黒焼きを混ぜているようですが、たいした効き目はないと思いますよ」

いきなり商品にケチをつけ始めた。

「牛額草の黒焼きは打ち身や切り傷に効くと聞いたぞ」

「多摩の薬売りが扱っている散薬のことですか？　あれは飲み薬ですよ。生の茎や葉なら、すり潰《つぶ》して傷に塗ることもありますけれどね。わざわざ牛額草を採って黒焼きにする手間をお取りになるぐらいなら、そのぶん安くしていただきたいものです」

鞘音は絶句した。じつに恥ずかしい勘違いをしていたらしい。

「私が医者として、患者に適切な月役の処置をさせることにどれほど苦心してきたか。それなのに、これほど単純なものを思いつかなかったとは口惜しいかぎり。それでも、これを作った望月鞘音さまに敬意を表して、あえて売れ残りの山を崩して差し上げているのですよ」

虎峰は一気にまくしたてるのではなく、滔々《とうとう》と論を述べている。それがまた面憎い。

おのれ佐倉虎峰。だが、憤る鞘音の脳裏に、引っかかる言葉があった。

「売れ残りの山……？」

「若旦那に聞いてごらんなさい」

壮介は目を逸《そ》らしていたが、やがて観念したように鞘音に頭を下げた。

「ゲンさん、じつはサヤネ紙が売れたのは最初のひと月だけだ。あれはたしかに大怪我をしたときには便利だが、大怪我なんかそう滅多にするもんじゃねえ。やっぱり、みんなそこまでそそっかしくはなかった」

「雑巾にも……」

「それは雑巾でいいし、使い捨てるなら浅草紙で十分だ。サヤネ紙は結構高いしな」

あえて強気の値をつけたのは壮介自身である。だが、己の目算の誤りを反省するでもなく、何やら開き直ってすらいる。

「近頃は納める数も減らしていたではないか」

「あれでも多すぎたんだ。虎峰先生の言うとおり、売れ残りが山になってた」

「それならば、なぜもっと早く作るのをやめるよう言わなかった」

壮介が口ごもっているので、虎峰がかわりに答えた。

「若旦那は昔馴染のよしみで、無理をしてサヤネ紙を買い取っていらしたのですよ。貴方様と娘さんの暮らし向きのために」

虎峰の瞳《ひとみ》が店の外に向けられた。そこには、大人同士の話が終わるのを行儀よく待っている若葉がいる。

鞘音は血の気が引く思いがした。

「私と若葉の暮らし向きのために、だと……。壮介、おぬしは私を憐《あわ》れんだのか」

「そんなんじゃねえって。俺も自分で取り扱いを決めたもんだから、意地になってたんだよ。何としても売らなきゃいけねえってな」

また、虎峰の淡々とした声。

「ははあ、それでうちの診療所にサヤネ紙を売り込みに来られたわけですか。失礼、ただの昔馴染のよしみではなかったということで、そこは私の心得違いでした」

虎峰は行李のサヤネ紙を自分の風呂敷《ふろしき》に移し、手際よく包んだ。慣れた様子からして、常連のようだ。

「さて、望月鞘音さま。若旦那からお話があったと思いますが、サヤネ紙の手直しをなさらぬならば、それでよし。これからは私が自分で作るだけのこと。憐れみを受けるのはお嫌なようですから、それでよろしいでしょう」

立ち尽くす鞘音をよそに、虎峰は風呂敷を抱えて戸口に向かった。

「……虎峰どの、待たれよ」

虎峰は風呂敷ごと振り返った。

「やっていただけるんですか？」

「そうは言うておらぬ。だが……」

「申し訳ないですが、これから往診なのです。ゆっくりお話を聞いている暇はないんですよ」

虎峰はふたたび背を向けたが、ふと何かに気づいたようだ。

「ああ、そうでした」

戸口の逆光が虎峰の顔の輪郭を不吉に浮かび上がらせる。

「いずれお耳に入るでしょうから、先に申し上げておきましょう。近頃、御城下の女たちの間では、月役のことを『サヤネ』と言うのが流行っているそうですよ。それだけサヤネ紙が月役の処置に適しているという証《あかし》ですね」

鞘音の視界が闇に包まれた。先刻聞いた女たちの会話が蘇《よみがえ》る。

「サヤネに、斬られる——」

「ああ、月役が始まることをそう言うそうです。血が出るからでしょうね」

——なるほど、そういう意味だったのか。

理解すると同時に、音が聞こえた。これまで守り、築き上げてきた武士としての体面が、一気に瓦解《がかい》する音が。

「申し上げておきますが、私はこれを月役紙という名で処方しております。月役をサヤネと呼び始めたのは患者たちです。私を恨まれても困りますよ」

この女、あくまで自分に責はないと言い張る気か。鞘音はついに怒声をあげた。

「待て、虎峰……！」

「待てません。往診があると申したではありませんか」

逆上する鞘音を、壮介が後ろから羽交い締めにした。

「やめろって、ゲンさん」

「武士がこうまで名を穢されて、黙っておれるか！」

壮介は店の者に声を掛けた。

「おいみんな、出合え。殿中《でんちゅう》にござるぞ！」

壮介のふざけた呼びかけに、店の者がほとんど総出で鞘音にしがみついた。

「では、ごめんくださいまし」

虎峰が涼しい顔で一礼し、店を出ていく。鞘音は若旦那と店の者たちを引きずりながら追いかけた。往来の人々が何事かと振り返る。

往来にはちょうど、二本差しの集団がいた。

「どこの誰が騒いでおるのかと思えば、おぬしか。剣鬼と名高い望月鞘音どの」

「どの」に嫌みが込められている。声の主は二本差しの集団を率いる男だった。質素だが趣味の良い袴姿の侍である。

「むう、おぬしは眞家蓮次郎《まいえれんじろう》」

鞘音は我知らず表情を引き締めた。

六

眞家蓮次郎。菜澄の領主たる高山家お抱えの剣術指南役である。年齢は鞘音や壮介らと同じく、数えでちょうど三十歳であるはずだ。美男で品の良い男ぶりでも評判であり、現に今、町の女たちの視線が蓮次郎に集まっている。

蓮次郎の両脇から、二人の侍が進み出た。

「蓮次郎様との勝負が怖くて逃げ出した腰抜けめ」

「よう恥ずかしげもなく御城下に顔を出せるものよ」

蓮次郎が二人の肩を叩く。

「太郎右衛門《たろうえもん》、次郎右衛門《じろうえもん》、やめるがよい」

鞘音は舌打ちして詰《なじ》った。

「皆まで言わせる前に止めぬか」

蓮次郎は鼻で笑った。

「まだ田舎に引き籠《こ》もっておるようだな、望月鞘音。刀よりも鍬《くわ》のほうが手に馴染むと見える」

「畑仕事は足腰の鍛錬となり、紙漉きは手首の鍛錬となる。おぬしもやってみるがよかろう」

「あいにく、農夫の真似事をする趣味はないのでな」

「そうであった。おぬしは江戸でも、いつもそのようにお高くとまっておったな」

もう十年も昔、二人は江戸の剣術道場でともに修行を積んだ仲であった。鞘音は武者修行、蓮次郎は参勤で江戸詰めの折である。当時から蓮次郎は、譜代高山家の剣術指南役の御曹司として、下へも置かれぬ扱いを受けていた。

「相も変わらず、そうして供を引き連れて歩くのが好きなようだな」

「なんの、おぬしのように気軽に出歩ける身分がつくづく羨《うらや》ましいと思うておるよ」

嫌みでは勝てそうにない。

蓮次郎はわざとらしく咳払いした。

「時に望月鞘音、何やらそなたのことで穢らわしい噂を聞いたのだが」

二人の弟子がふたたび前に飛び出した。

「女の下《しも》の用で口に糊《のり》するとは、剣鬼も落ちたものよのう」

「しかもその名が女の下そのものになるとはのう」

蓮次郎がふたたび二人の肩を叩いた。

「太郎右衛門、次郎右衛門、やめよ」

「だから、皆まで言わす前に止めぬか！」

蓮次郎の顔から嘲笑《ちようしよう》が消えた。声が凄《すご》みを帯びる。

「望月鞘音、そなたは何をしておるのだ。近々に殿が参勤からお帰りになるというのに、剣鬼の名を女の下で穢したままお迎えするつもりか」

鞘音にしてみれば理不尽な言われようである。自分から剣鬼と名乗ったわけでもなく、好んで女の下に名を使われたわけでもない。自分の与《あずか》り知らぬところで勝手に名を上げられたり下げられたり、たまったものではなかった。

さらに正直なところでは、二年前から菜澄の領主となった高山家の殿様に、さほどの忠義を感じてもいない。知行地を安堵されているので形の上では君臣関係にあるが、それだけである。名君と噂される高山重久《しげひさ》公に人並みの期待と興味はあったが、特に目通りしてみたいとも思っていなかった。

それよりも鞘音にとって衝撃だったのは、蓮次郎が噂を知っていたことである。武家地にまで広まっているのであれば、「サヤネ」の名はすでに城下すべての笑い草になっているのではないか。

かくなるうえは、命を賭《と》して名を保つべし。鞘音はひそかに刀の鯉口《こいぐち》に親指を添えた。一歩前に出ようとしたとき、両者の間にひとつの影が躍りでた。

「聞き捨てなりませんね」

力強い声。佐倉虎峰であった。その眼は太郎右衛門と次郎右衛門ではなく、まっすぐ蓮次郎に据えられている。

「望月鞘音さまのお仕事で、どれほどの女子《おなご》が救われているか。それを虚仮《こけ》になさるとは、いかなる了見でしょう」

「私は何も言うておらぬぞ」

「弟子が勝手に言ったとおっしゃいますか。言い逃れは卑怯《ひきょう》ですよ」

蓮次郎の表情が変わった。かすかな剣気がその目に宿ったことに、鞘音は気付いた。

――まずい。

無礼討ち。

恥をかかされてそのままにしておくことは、武士にとって単なる体面の問題では済まない。罪悪であった。町人に笑いものにされた武士が、恥を雪《そそ》がず捨て置いたとして御公儀から罰せられることもある。蓮次郎が刀を抜くとすれば、怒りだけでなく、武士としての義務感からでもあろう。武士とはそういうものだった。

鞘音はすでに刀の鯉口に指をかけている。さらに今、柄に右手を添えた。あえて所作を大きくしたのは、蓮次郎を牽制《けんせい》するためである。

蓮次郎の目が、鞘音のその動きをとらえた。

「……そうか、そなたが巷《ちまた》で噂の三代目佐倉虎峰か」

蓮次郎はことさらに胸を張ると、呵々《かか》大笑した。

「これはこれは、威勢のよい女子がいたものだ。その胆力に免じて、ここは私が譲るとしよう」

芝居がかっているが、武士としての面目を保ったことを、往来の民に示しているのである。

蓮次郎の目から剣気が消えたので、鞘音も柄から手を離した。

「鞘音どの、失礼いたした。弟子の失言を許してもらいたい」

失言で済ませる気か。鞘音は不満足であったが、周囲に見物人の輪ができている。事を荒立てると厄介だ。地位のある蓮次郎のほうがよりそう思っているはずで、だからこそ詫びを入れたのであろう。

「――うむ」

短く、謝罪を受け入れる。

蓮次郎たちは尊大な足取りで城のほうへ去っていった。

虎峰に礼を言うべきなのだろうか。鞘音が迷っていると、虎峰は「それでは」と一礼し、そっけなく背を向けた。サヤネ紙の風呂敷を手にぶらさげて。

虎峰の髻《もとどり》が、馬の尻尾のように揺れながら遠ざかっていく。

鞘音の袖を小さな手がつかんだ。若葉である。義父とともに女医の背中を見つめる少女の瞳は、秋の澄んだ陽射しを映し、黄金色に輝いていた。

第二章　初花《はつはな》

一

姪《めい》が産まれたという知らせを受けたのは、鞘音が江戸へ武者修行に出ていたときのことだった。町道場に食客として住み込んでいた鞘音は、若葉と名付けられたその子の誕生を素直に喜んだ。

ただ、兄夫婦は男子の誕生を望んでいたであろうから、さぞかし残念であろうとも思っていた。

だが、正月に里帰りしてみると、兄夫婦の赤子の可愛がりようは尋常ではなかった。鞘音には毛をむしられた猿にしか見えない生き物を、江戸城の大奥にもこんな美人はおらぬだろうなどとうそぶくのである。親になると人は目が眩《くら》むことを、鞘音は知った。

初めて若葉を抱っこしたときの思いがけない軽さが、まだ鞘音の腕に残っている。生まれて半年は経っていたが、人はこんなに小さく弱々しく生まれてくるものかと衝撃を受けた。これが本当に、町を歩く娘たちのような姿形になるものだろうか。歯が生えはじめる時期だったので、若葉は口をむずむずと動かし、よだれの泡を吹いていた。兄嫁が優しく懐紙で口を拭《ふ》いてやっていたのが印象に残っている。

次の正月に会ったときには、もう二本の脚で歩いていた。顔もどうやら人間らしくなり、母親の脚の陰から鞘音を迎えた。抱っこをしてやろうと手を伸ばすと、母親の脚にしがみついて顔を埋《うず》めた。人見知りをする性格のようだった。

「源吾叔父《おじ》様よ」と母親が挨拶《あいさつ》を促すと、若葉は不思議そうに鞘音を見つめ、「ゲンゴジサマ」と口にした。これが、鞘音が若葉の言葉を聞いた最初である。以来、若葉は大きくなっても鞘音をそう呼んだ。

その正月は、鞘音がつくった手毬《てまり》を投げて遊んだ。今にも転びそうな足取りで懸命に毬を追う姿が健気《けなげ》であった。そのうち若葉もすっかり鞘音になつき、鞘音が江戸に戻るときには別れを理解したのか、真っ赤な顔で泣いていた。

若葉が四、五歳の頃までは、鞘音も毎年正月には菜澄に帰っていた。そのたびに風車や人形など、手作りの玩具《がんぐ》を若葉への土産にした。特に「飛んだり跳ねたり」がお気に入りで、バネ仕掛けの人形が跳び上がるたび、畳の上を転げ回るほど喜んでいた。

菜澄から足が遠のいたのは、武者修行先を江戸から上方に変えてからである。毎年帰るのも億《おっ》劫《くう》になり、年賀も挨拶状だけで済ませるようになった。帰郷は二年に一度、三年に一度となったが、会うたびに若葉の背は伸び、顔立ちもはっきりしてきた。残念ながら江戸城大奥一の美人にはなれまいが、まずまず器量よしになりそうだった。気が早いもので、他家からは将来の縁組みの話も来ていたようである。この頃も帰郷のたびに若葉には手作りの土産を渡していた。鞘音にはもともと物作りを好む気質があった。

若葉が哮喘《こうぜん》（喘息）に罹《かか》っていることを知らされたのは、兄に最後に会った正月だった。若葉が数えで十になった年であったが、病気自体はもっと前からわかっていたらしい。遠方で修行する鞘音に気を遣わせまいとしたようである。縁組みの話も立ち消えになったことは、聞かずとも察せられた。武家の嫁は跡継ぎを産むことが務めである。体が弱く、特に家格が高いわけでもない娘を、嫁に貰《もら》おうとする家はなかった。

その年に菜澄では領地替えがあり、望月家が仕えていた主家は北の内陸部に移封された。そこは厳冬の地である。若葉の体に良くないと兄夫婦は判断し、それを機に致仕《ちし》して菜澄に残ることを決めた。

少しでも空気の良い地を求めて、兄夫婦と若葉は城下の対岸の向村に移住した。小高い丘に家を建て、畑をつくった。その丘の周囲は、望月家が郷士《ごうし》だった頃からのささやかな知行地である。望月家は城に仕えず、畑を耕す郷士の家柄に戻った。

兄夫婦は、そんなときこそ武家の矜持《きょうじ》を高く保つよう、自らと娘に課したようである。村人からは一種隔絶した生活を送っていたらしい。兄夫婦が亡くなったのは、村での生活が二年を過ぎようとしていた頃である。城下で流行《はや》ったたちの悪い風邪を兄がもらってきて、看病していた妻にも伝染《うつ》った。隔離のため宗月方丈に預けられていた若葉だけが、たった一人この世に遺《のこ》されたのである。

知らせを受けた鞘音が菜澄に戻ったとき、白い喪服を着た若葉に寄り添っているのは、宗月方丈だけだった。この村での兄たちの孤独な暮らしが偲《しの》ばれた。鞘音の姿を見た瞬間に若葉は泣き崩れ、泣きすぎて軽い哮喘の発作を起こした。兄夫婦はすでに埋葬されており、対面は叶《かな》わなかった。

今、武士たる身として鞘音の務めはただひとつ。御家の存続である。遺された若葉に婿を取り、望月家を継がせる。自分が嫁を取ることも考えたが、女とはいえ兄夫婦の子を押しのけ、自分が嫡流に据わるのは気が引けた。正直なところ、ずっと次男坊気質で来たので、家を背負う覚悟もなかったのである。

若葉が婿を取れる年齢になるまで、三年ほど。婿取りを無事に成し遂げたら、また修行の旅に出ようか。いずれは江戸か上方で剣術道場を開くのも悪くない。鞘音はそんな将来を思い描いていた。そのためには若葉を健康に、丈夫に育てねばならない。それが武士たる身に課せられた使命であった。

その若葉に変調が起きていることを、鞘音はまだ気づいていなかった。

二

「おめえええええん！」

鞘音の竹刀《しない》が門弟たちを次々に打ち据える。

菜澄城下、大和田《おおわだ》道場。鞘音は少年時代にここで剣術を学び、武者修行から帰った今は師範代を務めている。三と八の付く日に稽古《けいこ》に出るという約束であった。

「次。どなたからでもおいでなされ」

鞘音は面金《めんがね》の隙間から門弟たちを見回した。だが、鞘音の猛稽古に怖気《おじけ》づいたのか、誰も前に出てこない。

「武士がそのようなことでなんとするか」

叱咤《しった》するが、やはり門弟たちは縮こまっている。

情けない。鞘音がため息をつこうとしたとき、大柄な武士が威厳のある足取りで前に出てきた。

「調子に乗るでないぞ、望月鞘音」

「おう、花見川《はなみがわ》どの」

門弟たちの縋《すが》るようなまなざしが花見川に注がれる。明らかにその視線を意識して、花見川は鞘音に竹刀を突きつけた。

「子供の頃のそなたに剣を教えてやったのは誰か、忘れたわけではあるまいな」

「むろん、兄弟子たる花見川どのでござる」

「そうよ、そなたが洟垂《はなた》れの頃から知っておるわ」

「今は私が師範代。他の門弟に示しがつきませぬゆえ、ここでは先生と呼んでいただきましょう」

「ふふふ、力ずくで呼ばせてみよ」

「……致し方なし」

鞘音は竹刀を構えた。花見川もおもむろに竹刀を構える。剣尖《けんせん》が触れ合う。

道場に緊張が満ちた。大和田道場最強と謳《うた》われる花見川と、剣鬼・望月鞘音の勝負である。

「どりゃあああ！」

「おどおおおおお！」

気合一閃《いっせん》、花見川は鞘音の面を狙った。だが。

強烈な打撃音が道場に満ちる。鞘音の胴が見事に決まったのだ。

呆然《ぼうぜん》とする花見川に、鞘音はさらに打ち込んだ。

「おめん、おめん、おめんめんめん！」

「ま、待て。待って」

「ぬうんっ」

体当たりである。花見川の巨体が壁まで吹っ飛んだ。

壁際に崩れ落ちた花見川のもとへ、鞘音は静かに歩み寄った。

「何か仰せになりたいことは？」

花見川は起き上がり、正座になった。

「今日のところは引き分けとしよう」

「……」

「間違えた。今日のところは負けを認めよう」

「誰に、でござろう」

花見川はいかにも悔しげに、籠手《こて》をはめたままの両手をついた。

「……先生に」

「聞こえませぬ」

「望月、鞘音、先生に……！」

鞘音は重々しく頷《うなず》き、静まり返った門弟たちに稽古の終了を告げた。

三

帰り支度をしていると、道場主にして師範の大和田利右衛門《りえもん》に声を掛けられた。利右衛門はまだ二十代半ば、亡き父の跡を継いで道場主になったばかりである。剣術道場の師範にしては、優しげな風貌《ふうぼう》の若者であった。

「相変わらず、鞘音どのは恐ろしいほどの強さでございますな。しかし、あそこまでなさらずとも」

「花見川どのはずっとご不満がおありのようだったので……ああでもせねば収まりますまい」

「鞘音どのが武者修行に出ておられた間は、ずっとあの方が道場を仕切っておられましたゆえ」

あなたが仕切るべきであろうに。鞘音はその言葉を呑《の》み込んで、利右衛門に尋ねた。

「何か私に御用が？」

「ああ、少しお話をよろしゅうござるか」

「かしこまりました」

師範室に移動すると、利右衛門はさっそく切り出した。

「では、鞘音どの」

「お待ちくだされ。ずっと気になっておりましたが、私もご師範の門弟の一人。そのようなお言葉遣いは無用に願います」

「私にとって鞘音どのは兄も同然。一門弟と同様に扱うことなどできませぬ」

「それでは示しがつきませぬ」

利右衛門が生まれたのは、鞘音が道場に入門したばかりの頃だった。先代に厳しく躾《しつ》けられて、泣いてばかりいた姿が記憶に残っている。それが今は見違えるようにたくましくなった――かというとそうでもなく、どうにも頼りなさそうな印象は否めない。この若い道場主を師範代として補佐することは、先代の遺言でもあった。

利右衛門は不器用に言い直した。

「では鞘音どの、話がある」

「は、なんなりと」

「近頃、巷《ちまた》で――」

鞘音は思わず話を遮った。

「もしや、サヤネに斬られる、という話でございましょうか」

利右衛門は目を剝《む》いた。

「あの噂、真実《まこと》だったのでござるか」

早くも敬語に戻っているが、いちいち指摘するのも面倒だ。鞘音としては、それどころではない。師範の耳にまで入っているということは、やはり噂は城下全体に広まっているのだろうか。

「ご師範は、どのような噂をお聞きに？」

「サヤネ紙を女の下《しも》に使わせて、鞘音どのが大儲《おおもう》けをしたと」

「それはまったくの濡《ぬ》れ衣《ぎぬ》。私のサヤネ紙を、町医者の佐倉虎峰が勝手に女の下に使わせておるのでござる。大儲けなどしておりませぬ」

「信じてよいのでござるな」

「むろんでござる。天地神明にかけて」

鞘音と師範はしばし睨《にら》み合うような形になった。

「鞘音どのの言葉、信じましょう。しかし、この噂、いかがなさるおつもりか」

「何とかいたしまする」

答えになっていないのは、重々承知である。

「鞘音どのは、我が大和田道場がいかなる状況にあるか、ご存じか」

「まあ、多少は……」

「眞家蓮次郎との他流試合で敗れてこのかた、弟子は一人減り、二人減り、寂れる一方。はっきり申して、経営はかなり苦しい」

昨年のことだった。新領主・高山重久公が城内にて御前試合を催した。新たな領地の猛者を見知りたいという殿の意向により、領内の剣術道場ことごとくが参加を許されるという、大掛かりなものだった。

そのとき、大和田道場からは「剣鬼」と名高い望月鞘音が出てくるものと、誰もが期待した。だが、現れたのは道場主の大和田利右衛門であった。結果、利右衛門は剣術指南役の眞家蓮次郎に散々に打ち負かされることになったのである。

「我が大和田道場は、眞家道場ほどの華やかさはなくとも、真に戦の用に足る実戦剣法として自ら認め、他にも認められてきたのでござる」

負けておいて実戦剣法も何もない。鞘音はそう思いつつも、黙っていた。よけいな口を挟むと話が長引きそうだ。

「ご師範、つまり?」

無礼にならぬよう結論を促す。

「わかりませぬか!」

利右衛門にしてはめずらしい大声であった。

「師範代のあなたがあのような噂を立てられては、我が道場の評判は地に落ちまする!」

稽古中もそれぐらい肚《はら》から声を出せぬものか。師範の切羽詰まった様子を、鞘音はどこか他人《ひと》事《ごと》のように眺めていた。

「鞘音どのが武者修行からお帰りになったとき、私がどれほど心強かったか。剣鬼・望月鞘音の名を慕って入門してきた弟子たちも大勢おります。あなたは、我が道場の大黒柱なのでござる」

「それは違う。大黒柱はご師範、あなたでござる」

「私にそんな力はない！」

よくも言い切ったものだ。鞘音は唖然《あぜん》としたが、利右衛門の泣きそうな顔を見ると、何も言えなくなった。自分の力不足に誰よりも悔しい思いをしているのは、この若者であろう。

それにしても、事態は思っていたより深刻だった。我が身一つの恥では済まなくなりつつあるようだ。

「よろしいか、鞘音どのの名が穢《けが》れては、我が道場の名も穢れるのでござる」

「面目次第もござらぬ。これ以上ご迷惑はかけられませぬゆえ、この道場を辞めさせて――」

「それはなりませぬ」利右衛門は即座に制止した。「鞘音どの抜きで、この道場を続けていくことなどできましょうか。何とかすると申されたうえは、何としても、何とかしてくだされ」

引き止められるのを計算していなかったと言えば、嘘になる。

ともあれ、破門《くび》にはならずに済みそうなので、鞘音は安堵《あんど》した。サヤネ紙と同様、この道場の師範代の収入を失うのは痛い。一人ならば何とでもなるが、今は若葉を健康に、立派に育て上げるという使命があるのだから。

四

とりあえず若い師範をなだめることに成功した後、鞘音は我孫子屋を訪ねた。

サヤネ紙の手直しを打診されてから、五日が経っている。鞘音はまだ返事を保留していた。即座に断ることはできない。壮介が損を承知でサヤネ紙を仕入れてくれていたことに、気が咎《とが》めていたのである。だが、せめて。

「せめて、サヤネ紙を佐倉虎峰に卸すのはやめてもらえまいか」

直談判《じかだんぱん》してみる。あの女がすべてをおかしくしているのだ。

だが、壮介は腕組みしながら首を横に振った。

「得意客を断るにはそれなりの理由がいる。そうでなきゃ店の信義に関わる」

「それなりの理由はあろうが。作っているのは私だぞ」

「そもそも、客が買ったものを何に使おうと、店側が文句を言う筋合いじゃねえんだ」

その言い分には一定の理があろう。とはいえ、自分の名が月の穢れの隠語にされるという、前代未聞の事態である。

「武士として、名を穢されることだけは我慢がならぬ。どうにかならぬか」

「城下に勝手に広まっちまったもんは、どうしようもねえよ。どうしようもねえことを悔やむより、前を向いて生きていくべきじゃねえか?」

鞘音は壮介が豆腐の角に頭をぶつけて死ぬことを切に願ったが、サヤネ紙の恩もあり、理屈では敵《かな》いそうにもない。いったん出直すことにした。

どうしたものか。往来を歩きつつ、鞘音は思案した。手直しを断るのは簡単だが、それで暮らし向きが成り立つだろうか。これから冬に向けて、何かと物入りになる。寒くなれば若葉の体も心配だ。サヤネ紙の収入は、望月家の総収入の中では大きな割合を占めている。

とはいえ、このままサヤネ紙を女の下の用に使われては、名が穢され、武士としての体面が保てぬ。それは武士として死よりもつらく、同時に罪深いことである。たかだか一介の郷士の身だが、だからこそ、より武士らしくあらねばなるまいと思う。

気がつくと、日が傾きかけていた。若葉を迎えに行かねばならない。

町人地《ちょうにんち》の新町から城に向かって進むと、武家地《ぶけち》の元町《もとまち》になる。望月家がかつて住んでいた屋敷もそこにあった。今は新領主である高山家に仕える侍が住んでいるはずである。

鞘音が剣術道場で稽古をつけている間、若葉には裁縫を習わせていた。武士の子女の嗜《たしな》みである。その師匠のもとには若葉の友達も通っているので、都合がよかった。

「若葉さんは筋がようございますよ」

裁縫の先生は、武家の初老の未亡人である。

「先生のご指導の賜物《たまもの》でござる」

「いえいえ。手先が器用で感心しております」

「血筋かもしれませぬ。望月家の者は、細々した物を作るのが得意でござるゆえ」

「ああ、それで鞘音さまも――」

先生が何かを言いかけて口を噤《つぐ》んだ。鞘音はまさかと思った。「噂」がここにも伝わっているのだろうか。

「あの、お茶でもいかがでございますか」

取り繕うような誘い。おそらく予感は当たっている。そう察せざるを得なかった。

「日が暮れる前に帰らねばなりませぬので」

辞退すると、先生もほっとしたような顔をした。

「ああ、そういえば」先生が声をひそめた。「若葉さん、少し元気がないようです。気をつけておあげなさいませ」

それは鞘音も気づいていた。昨日か一昨日《おととい》あたりから、もともと少ない口数がさらに少なくなっている。普段なら、裁縫塾に行く日は友達に会えるということで、機嫌が良いのである。

「かたじけない」

先生に礼を述べ、若葉を連れ帰った。

「手先が器用だと、先生がほめておったぞ」

「はい」

ずいぶん短い返事だ。裁縫塾からの帰り道は、いつもならよく喋《しゃべ》る。あくまでも若葉にしては、であったが。歳の近い友達とお喋りができる裁縫塾は、若葉にとって最も気が休まる場所なのだろうと鞘音は思っていた。

「どうした、友達と喧嘩《けんか》でもしておるのか」

「しておりませぬ」

「元気がないと、先生も心配しておったぞ」

「構わないでくださりませ！」

鞘音は思わず若葉の顔を見直した。

若葉の顔には深い後悔の色があった。自分でも思った以上にきつい声が出てしまったのだろう。

「……申し訳ございませぬ」

「いや、よい。心配でな、私もついうるさく言うてしまう」

もしや、本当に体調が悪いのではなかろうか。夕陽に照らされて、顔色はわからない。額に手をあてて熱を確かめたかったが、きっと嫌がるだろう。

「酒井《さかい》先生にご挨拶して行くか？」

さりげなく促してみる。若葉のかかりつけ医である。城下で開業していて、若葉の幼い頃からずっと世話になっている。あの佐倉虎峰などとは違い、経験豊かな初老の男医者であった。

若葉は黙って首を横に振った。

何事にも苛立《いらだ》つ年頃なのだろう。鞘音はそう思うことにした。自分にもそんな時期があった。義理の親子とはいえ、血縁上も叔父と姪なのだから、似ていて当然。

船着き場では、すでに数人の村人が舟に乗り込んで待っていた。村人とは交流がないので気まずかったが、鞘音は威儀を正して舟に乗り込んだ。

船頭が乗客に一声かけ、静かに舟は動き出した。すでに陽は傾いて、湖面に橙《だいだい》色の光の道をつくっている。

若葉は舟の縁《へり》に両手をかけ、その間に自分の顎《あご》を乗せている。水の中をのぞきこんでいるのだろうか。まだ子供なのだ、と改めて鞘音は思った。

鞘音は湖面をわたる親子の鴨に目をやった。親になるというのは難儀なものだ。まして女子《おなご》では勝手がわからぬ。ずっと身近にいたならばともかく、近頃はずっと武者修行に出ていて、数年に一度しか顔を合わせなかったのだ。すぐに親子らしくなろうとしても無理があろう。なに、若葉に婿を迎えるまでのことだ。自分の役目は、望月の家を残すための、いわば繋《つな》ぎである。その役目が終われば、また修行の旅に出たいものよ。

「……ちょいと、この子、熱があるんじゃないの？」

深刻な声で言ったのは、乗り合わせた中年の農婦であった。

「……大事のうございます」

若葉が弱々しく答える。

「若葉……?」

鞘音は呼びかけた。少しも大事なさそうではない。舟べりに頭を乗せたままうずくまり、脂汗を流している。こめかみに髪がはりついていた。

「若葉、しっかりせよ」

鞘音は船頭を振り返り、叫んだ。

「引き返してくれ!」

一刻も早く医者に診せねばならない。

「ととさま……」

鞘音は若葉の手を握った。熱い。やはり熱があるようだ。

「心配はいらぬ。すぐに酒井先生のところに連れていってやるからな」

「――にござります」

聞き取れない。若葉の口元に耳を近づける。

「……嫌にござります。酒井先生は嫌にござります」

弱々しいながらも、はっきりとした意思表示であった。鞘音は耳を疑った。若葉も酒井先生を信頼していたはずだ。信頼を損なうようなことが近々にあったとも思えぬ。

「この子、血が……」

農婦がふたたび声をあげる。

着物の裾《すそ》からはみ出た若葉の脛《すね》に、赤い筋がからみついていた。

「若葉、怪我をしておったのか!?」

農婦は呆《あき》れ顔で、鞘音の背中を気安く叩《たた》いた。

「お侍さん、何を言ってるんだよ。この子、月のものが来てるんだよ」

鞘音は愕然《がくぜん》とした。月のもの。月の穢れ。月役。そんなことがあり得るのか。若葉はまだ数えで十三歳だ。初めての月役が来るのは、まだ二、三年は先ではないのか。

乗り合わせた男たちが、「おいおい」と一斉に身を引いた。忌まわしいものから逃れるように。

「お嬢ちゃん、これが初めてなの？」

農婦が若葉に呼びかける。若葉が小さく頷《うなず》く。鞘音は何もできず、うろたえるばかりであった。

「お侍さん、娘に初花《はつはな》が来てるって、気付かなかったのかい？」

初花とは本来、その季節に初めて咲く花のことである。転じて、初潮のことをそう呼ぶ。

初花。そんなもの、気付けるわけがない。本人が言わないかぎり。

「まあ、男親には言いにくいかね」

農婦は若葉の背中をさすった。

「でも、ちょっと普通じゃないね。お医者に診てもらったほうがいいよ」

そうは言っても、かかりつけの酒井先生に診てもらうのは若葉が拒否している。

鞘音は唇を噛《か》んでから、若葉に尋ねた。

「……虎峰先生なら、よいか」

若葉は頷いた。

「虎峰先生がようございます」

鞘音はふたたび船頭を振り返った。

「すまぬ、急いでくれ」

他の乗客に声をかける。

「皆も、騒がせてすまぬ」

女たちは戸惑いつつも謝罪を受け入れた様子である。

男たちは舟の端に寄って、不快そうな視線をこちらに向けている。

鞘音はさりげなく場所を移り、その視線から若葉を隠した。

五

「承知しました。すぐに上がってください」

佐倉虎峰は話が早かった。夕飯時だったようだが、若葉を背負って現れた鞘音をすぐに招じ入れてくれた。

「タキさん、床を敷いてください」

お手伝いらしき初老の女が、てきぱきと虎峰の指示に従った。

若葉を布団に寝かせると、虎峰は若葉の顔に行灯《あんどん》を近づけた。じっとのぞきこむ。顔色を見ているようだ。

今度は若葉の手首に指を添えた。脈を取っているのだろう。

「血が出始めたのはいつ?」

問診である。若葉は苦しそうに息をするばかりで、答えない。

「若葉、苦しかろうが、がんばって答えるのだ」

鞘音が励ます。

虎峰が鞘音に向き直った。

「鞘音さま、座を外していただけますか」

「娘が心配なのだ。邪魔はせぬ」

「娘さんのためを思うなら、私の言うとおりにしてください」

虎峰が目配せした。

ようやく、鞘音は得心した。自分がいては若葉が話しにくいのだ。男医者を拒否し、女医者の診察を希望した時点で気付くべきであった。

「わかった。娘をよろしく、お頼み申す」

「後で鞘音さまにもお話を伺います。すみませんが、縁側でお待ちください」

虎峰の指示に従い、鞘音はこんなときに縁側で月見をすることになった。西空の低いところでは、まだ茜《あかね》色と藍《あい》色がせめぎあっている。

「何もできぬのだな……」

鞘音はひとりごちた。いくら剣術を鍛え上げても、病に対しては何もできぬ。病は斬ることも刺すこともできぬ。こんなとき、娘に何もしてやれない不甲斐《ふがい》なさ。

タキと呼ばれていた手伝いの女が、茶を置いていった。

四半時（約三十分）もせずに、虎峰が縁側に現れた。

鞘音は下ろしていた脚を上げ、正座に直った。

「虎峰どの、このような夜分に押しかけて、重ね重ね申し訳ない。それに今さらだが、先日は失礼いたした」

「そんなことは結構ですよ」

鞘音に脚を崩すよう促し、虎峰は隣に座った。二人で月見をする格好になる。

「それで、若葉は……？」

「おそらく大事ないでしょう。女にはよくある病です」

鞘音は胸をなでおろした。

「ありがたい。何と礼を申せばよいか」

良い診断が出れば、なぜか医者に感謝したくなるものである。

虎峰の説明によると、若葉の病気は女の半数近くが一度は経験するものだという。

「女陰《にょいん》が炎症を起こして、酒粕《さけかす》のような白いおりものが出ます。かなりのかゆみがあったはずですよ。我慢強い子なのでしょうね」

それで機嫌が悪かったのか。鞘音は合点したが、それならそれで、気になることがある。

「その病気、遊女の間でよく流行るものではないのか」

「よくご存じですね。遊女には罹《かか》っている者が多いです」

「ということは……」

鞘音の表情を見て、虎峰は察したようだ。

「何を考えておられるんですか。男と交わらなくとも罹ります。むろん、男女の交わりでも伝染《うつ》りますけどね」

「そ、そうか、安堵いたした」

何もできず、動揺するばかり。つくづく自分が情けなかった。

「熱を出したのは、血《ち》の道《みち》による不調からでしょう」

虎峰が言うには、月役の前後に体調を崩す女は少なくない。頭痛、腰痛、腹痛、倦怠感《けんたいかん》、めまい、理由もない苛立ち。症状はさまざまである。これらを総称して、漢方では「血の道」と呼ぶ。月役だけでなく、妊娠・出産・閉経の時期にも起こりやすいという。

「人によって症状の軽重にはかなりの差があります。若葉さんの場合、初花による心労と激しいかゆみで、気と体《たい》が弱っていたのでしょう。正気《せいき》が弱まって邪気に負け、熱を発するほど症状が重くなったと考えるべきと思います」

「治すにはどうすればよいのだ」

「まずは身体を十分に休ませてください。身体だけではありません。心も安らかに過ごせるよう、気を配ってあげてください」

前者はともかく、後者はどうすればよいのだろう。鞘音は正直なところ、近頃の若葉との間合いの取り方を摑《つか》みかねていた。あまり顔には出さないが、理由もなく不機嫌そうな気配を見せられることが一度や二度ではない。

「あまり構わないことです。親という字のごとく、木の上に立って見守るほどのお気持ちでいられませ」

何やら陳腐なお説教をされたようだが、不思議と今の鞘音には胸にしみた。

「若葉さんはご両親を昨年亡くしたばかりです。子供にとって、親の死は大変な心労ですよ。心が揺れ動くのも無理はありません。鞘音さまがしっかり守ってさしあげなくては」

虎峰の言葉が、いちいち胸にしみる。刺さるほどだ。それにしても、虎峰はなぜ望月家の事情を知っているのだろう。たったいま若葉に聞いたのか、あるいは壮介が話したのかもしれない。

「ほかに私がやるべきことはないだろうか」

いつの間にか、すっかり虎峰に頼っている。

「これは若葉さん自身が心がけることですが、一応、鞘音さまにもお伝えしておきましょうか」

前置きして虎峰は説明をはじめた。

「女陰を清潔に保つことが第一です。かゆみは一度おさまっても、再発しやすいですからね」

これは確かに、鞘音にはどうしようもない。

「若葉さんが熱を出したのは、月役の処置の仕方を知らず、自己流の間違ったやり方をしていたためです。教えてくれる人が身近にいなかったのでしょうね」

自分が責められているような気がした。村人とのつきあいを避けているせいで、若葉には相談できる相手がほとんどいなかったはずである。

「若葉さんはぼろ布で経血を押さえていたそうです。それはいけません。女陰を毒にさらしているようなものです」

「ぼろ布？　浅草紙《あさくさがみ》（漉《す》き返しの紙）を使わなかったのか？」

月役の処置に浅草紙がよく使われるのは、鞘音もさすがに知っていた。

「浅草紙なら、私の漉いたものがいくらでも家にあったはずだ」

「我孫子屋さんに納める大切なものだからと、使わなかったようです。健気な子ですね」

「なんという……」

「ただ、浅草紙もおすすめはできませんよ。道端で拾ってきた屑紙《くずがみ》や、洟《はな》をかんだ紙なども混じっているはずですからね」

鞘音はここで胸を張った。

「私の漉く浅草紙は違う。寺子屋や私塾で手習いに使った紙だけを漉き直している」

「我孫子屋さんから聞いております。しかも、サヤネ紙に使うものは灰汁《あく》で煮て毒消しもなさっているとか」

「清潔が肝要と思ってのことだ。傷にあてるものなのだから」

「おっしゃるとおり。だからこそ、私はサヤネ紙を安心して患者に処方できるのです」

鞘音は虎峰の言わんとするところを理解した。

「……つまり、若葉にもサヤネ紙を使わせよと？」

「そうです。あなたがお作りになったサヤネ紙を使わせてください」

虎峰は「あなたがお作りになった」を強調した。

「サヤネ紙は一時《いっとき》（約二時間）ごとに取り替えが必要です。一度使ったものは、二度と使ってはいけません」

虎峰の声が熱を帯びはじめた。

「不潔な紙や布で処置をすると、命に関わるのです。遊女は赤玉といって、紙を丸めたものを女陰に詰めます。それを長く詰めっぱなしにしておくと、全身に毒が回り、発熱し、痙攣《けいれん》を起こして死に至ることもあるのです」

そこまで深刻なものだとは思いもよらなかった。若葉の発熱はそれとは違うのか。安心してよいのか。

「若葉さんの発熱は違うと思いますよ。ですが、念のため熱が下がるまでこちらで預からせてください」

「迷惑ではないのか」

「病人を迷惑がる医者がどこにいます」

医者の中には、重症の患者を診ようとしない者もいる。患者に死なれると、医者としての評判に傷がつくからである。免許などなく、誰でも医者を名乗れる時代であった。評判が命なのだ。

「鞘音さまには、できればよそに泊まっていただきたいんですけどね。ここは女所帯ですから」

旦那《だんな》はいないのか。鞘音の疑問は顔に出たはずだが、虎峰は何も言おうとはしなかった。

「わかった。今夜は紙問屋の我孫子屋に厄介になる。何かあったら、夜中でもかまわぬ、すぐに呼んでもらいたい」

鞘音は辞去する前に若葉に面会を求めた。

「もう眠っていますから、お静かに願いますよ」

若葉の寝顔は安らかだった。

――良い医者に診てもらえて、よかったな。

素直にそう思えたことに、鞘音は驚いた。

六

「虎峰先生は旦那を病で亡くしてるんだよ。もう三年経つかね。まだ若かったのに、医者の不養生ってやつだな」

徳利《とっくり》を傾けながら、壮介が語る。

「夫婦で医者だったのか」

鞘音はぐい呑みの酒をちびちびと舐《な》めた。酒は人並みに嗜むが、今日は酔う気になれぬ。眠ることもできぬ。そこで結局、壮介とこうして駄弁っているのであった。

「虎峰先生の父親が初代の佐倉虎峰、二代目が婿養子だった旦那、三代目が今の虎峰先生ってわけさ。先代が亡くなってどうするのかと思ったら、一人で診療所を続けるってんで、みんなびっくりしたもんだよ」

「なるほど、それで女の身で虎峰などと名乗っているわけか」

「本当の名前はお光《みつ》さんだよ」

「そうか」

それは正直、どうでもいい。

「覚えてねえかい？」

「何をだ？」

「ガキの頃、忠信塾《ちゅうしんじゅく》で一緒に学んだ仲じゃねえか」

「なに、そうなのか？」

鞘音は遠い記憶を掘り起こした。忠信塾。懐かしい名だ。町の儒者《じゅしゃ》が開いていた私塾で、武士だけでなく、少数ながら壮介のように裕福な町人の子も通っていた。

「……お光などという娘がいたか？」

「いたよ。ほれ、勉学はよくできるのに、字がおそろしく下手な娘がいたろう」

鞘音の記憶がひとつの像を結んだ。

「あれか！　あの娘が虎峰なのか！」

極端に人見知りで、いつも教室の隅で小さくなって書物を読んでいた娘だ。乱暴な塾生にからかわれて、よく泣かされていた。壮介もその一人だったはずだ。

「人間、変われば変わるもんだよな。あの泣き虫だったお光が、今はあんなに堂々としちまってさ」

「いや、堂々としすぎであろう……」

いったい何があって、あんなふうに変わったのか。

「江戸に医学修業に出て、帰ってきたときにはあんな感じだったかなあ」

壮介が言うには、旦那も医学修業で「つかまえて」きたらしい。同じ医塾の生徒だったそうだ。

「親父さんが亡くなった後は、夫婦で診療所をやっていてね。仲の良い夫婦だったんだよ。旦那が死んだときはそりゃあ辛《つら》かっただろうが、初七日を終えてすぐ、気丈に患者を診てまわってた。だから、このあたりの住人はみんな、虎峰先生のことは信頼してるんだ」

虎峰がお光であれば、鞘音や壮介と同い歳のはずである。いろいろな人生があるものだ。

「子供はおらぬのか」

「いねえな。いれば随分と慰めになっただろうがねえ」

そうであろう。自分の身に重ねて、鞘音は思った。尊敬する兄夫婦の死は、鞘音にも大きな喪失感をもたらした。だが、若葉という忘れ形見がいたおかげで、ずいぶん気が紛れた。やるべきことが多すぎて、悲しんでいる暇もなかったのだ。まずは二人分の生計《たつき》をなんとかしなければならない。急遽《きゅうきょ》家督を継ぐことになったので、さまざまな手続きにも追われた。あれやこれやを解決して、ようやく一息ついたのはごく最近のことだ。

「ゲンさんはどうして嫁をもらわねえんだ?」

「浪人も同然の身だからな。それにずっと独り身だったゆえ、嫁がおらずとも今さら困りはせぬ」

ぐい呑みを傾けようとして、鞘音ははたとその手を止めた。

「……そう思っていたのだがな」

「どうした、気が変わったか？」

「我が身が不甲斐ない」

「固《かて》えな、武家言葉ってのは。要は、若葉ちゃんの親父をちゃんとやれる自信がなくなったってことか」

つまりはそういうことだ。町人言葉は簡潔明瞭《めいりょう》である。

「難しい年頃の娘の親父に、いきなりなっちまったんだ。うまくいくわけねえよ」

言葉は乱暴だが、壮介なりに慰めているつもりらしい。

「だが、こんな父親では若葉が不憫《ふびん》だ」

「ゲンさんはよくやってるんじゃねえか。知らねえけど」

ひとこと余計である。

「それよりゲンさん、サヤネ紙のことだけどよ」

そういえば、その返事も保留していたのだった。考えることは、まだまだ多い。

「手直しの件か。もう少し待ってくれ」

「急がなくてもいいが、あんまり待ってられねえぜ。こっちは虎峰先生と二人で始めてもいいいんだからよ」

鞘音にはいささか大袈裟《おおげさ》に聞こえた。たかが一商品の手直しのはずなのに、壮介の口振りは、まるで何か一大事業を立ち上げるかのようである。

「実はよ、サヤネ紙を手直ししたら、でっかく売り出したいんだ」

「……でっかく？」

「虎峰先生の話を聞いたとき、何かこう、ぴんと来たんだよ。こいつは、すげえ商売になるかもしれねえって」

「おぬし、サヤネ紙を見たときもそう申していたであろうが」

現状は、売れ残りの山である。

「そのとおりさ。だが、そのときの勘も外れちゃいねえと思ってる。売り方を間違えたんだ。サヤネ紙は傷薬でも縁起物でもなく、虎峰先生の言うとおり、月の穢れに使うものだったんだ」

勝手に決めつけられたのに、鞘音は怒りが湧いてこなかった。壮介の目が意外に真剣だったのである。否、この男がこれほど真剣になるさまを、鞘音は初めて見た気がした。

「菜澄の紙は柔らかくて肌触りがいい。こいつは菜澄の紙だからやれるんだ。いや、やるべきなんだ。それもでっかく」

「でっかくやるなら、そのときは私の名で売るのは許さんぞ」

「名前、駄目か？」

「駄目に決まっておろうが」

「サヤネって良い名前なんだけどなあ。優しげで、それでいて凛《りん》としていて。たとえるなら、菜澄湖を吹き渡る清《さや》かな風の音《ね》ってところだな」

「阿呆《あほう》、字が違う」

「俺、兵衛《ひょうえ》先生はそういう意味も掛けたんじゃねえかと思ってるんだけど」

「む……」

言下に否定できなかった。掛詞《かけことば》。考えたこともなかったが、「鞘音」の名付け親である剣術の師匠は、俳諧《はいかい》をよく嗜んでいた。あり得るかもしれない。

「昔のゲンさんは今と違って、なんだかゴツゴツしてたからなあ。もうちょっと柔らかくなれって訓《おし》えだったんじゃねえか？　稽古のときなんか、鬼瓦《おにがわら》みてえな顔してたもんな」

「鬼瓦……」

「いや、昔の話だよ。気を悪くしねえでくれ」

「そうではない。江戸の道場でもまったく同じことを言われたのを思い出してな。鬼瓦のような顔で剣を振るっては動きが硬くなると、よく諭されたものだ」

道場の仲間からも鬼瓦とあだ名された。今となっては懐かしい思い出だった。

「そのおかげで丸くなったのかねえ？」

「昔の私はそんなにゴツゴツしておったか」

「してたさ。俺は久しぶりに会ったから、よくわかるぜ」

壮介は軽く笑ってから、首をひねった。

「だから、そこがちょっと妙なんだよな。昔のゲンさんが剣鬼って呼ばれるならわかるんだが、今のゲンさんは鬼って感じじゃねえし。なんで今になって剣鬼なんだ？」

「私に聞かれても困る」

「まあ、ゲンさんが自分でそんな噂を流したんじゃないのはわかってるよ。そうやって名前を売る奴はよくいるが、ゲンさんにそんな真似ができてたら、もっと出世してる」

いささか言いすぎたと思ったのか、壮介は口を手で覆って咳払《せきばら》いした。

「ええと、サヤネって名前はやっぱり駄目か？」

「そこは譲れぬ」

「しょうがねえな。まあ、手直しすればサヤネ紙とは別物になるんだしな。名前も別に考えるとするか」

そこを譲ったからというわけでもあるまいが、壮介は妙に強気になった。

「今のサヤネ紙は、月の穢れに使うには不具合がいくつかある。どんな不具合かは、虎峰先生と相談してまとめてる。あの人はサヤネ紙を使った患者の声を直《じか》に聞いてるからな」

一旦話を止めると、壮介は鞘音の顔を見て苦笑した。

「聞きたくなさそうだな」

「うむ……月の穢れの話というのが、どうにも……」

抵抗がある。サヤネ紙が人の役に立つものであることは、虎峰の話でわかった。若葉の療養のためにも必要なものだ。だが、武士たる身で女の下のことに関わっていると、世間に知れたらどうなる。師範との約束は。

「だったら、呑みながら聞き流してな。俺が勝手に話すからよ」

徳利を鞘音に押し付け、壮介は仰向けに寝そべった。頭の下に手をやり、天井に向かって話しはじめる。

「ゲンさんに頼みてえのは、その不具合の手直しがひとつ。もうひとつは、作り方を職人に指導してもらいてえんだ。大量に作らなきゃならねえからな」

大きく売り出したいというのは、先ほども言っていた。大量といっても、どこまでを想定しているのだろうか。

「江戸で売るには、今の十倍じゃ足りねえ。二十倍は必要だ」

「江戸で売る!?」

聞き流せと言われていたのに、鞘音は思わず反応してしまった。

「そうだ、江戸で売るんだ」壮介はニヤリと笑った。「いずれ百人の職人に作らせる。それでも間に合わねえぐれえ、売ってみせる」

話があまりに大きい。鞘音は別の意味で危惧《きぐ》を覚えた。この男、商売を博奕《ばくち》か何かと勘違いしてはいまいか。いずれ大店《おおだな》を背負う身としては、危うすぎる。

「まだ虎峰どのの診療所で処方しているだけではないのか。流行っているとしても、御城下だけであろう」

鞘音が会話に乗ってきたためか、壮介は力強く起き上がった。

「だからいいのさ。江戸で、まず江戸で売るんだ」

「順序がおかしい。まずは城下で売り、次に菜澄の領内各地で売り、手応《てごた》えを得て初めて、江戸へと手を伸ばしていく。それが堅実な道であろうが」

壮介は呵々大笑《かかたいしょう》した。

「そいつは唯者《ただもの》の考えだぜ、ゲンさん」

「唯者で悪かったな」

「江戸から見れば菜澄は田舎だ。田舎で流行ったモノには田舎の臭いがついちまう。それじゃ駄目なんだ。江戸っ子って奴らは、そんなものには飛びつかねえ」

壮介の目はやはり真剣である。

「あれは、何としても洒落《しゃれ》たモノでなけりゃならねえんだよ」

重々しく言い切ると、壮介はまたいつもの人を喰《く》ったような表情に戻った。

「ちゃんと成算があってのことだ。もし失敗しても、ゲンさんや虎峰先生に迷惑はかけねえよ」

まだ迷惑をかけていないつもりかと思いつつ、鞘音は尋ねた。

「職人を増やすということは、紙の里で作らせるのか？」

菜澄領南部の、紙の産地。そこになら職人はたくさんいる。

「いや、紙の里ではサヤネ紙に使う分も紙を作らせなきゃならねえ。そんな人手はねえよ」

想定していた質問だったらしく、即答であった。すでに頭の中で計画を練り上げているようだ。

「では、どこで人手を集める?」

「近場の農家をあたってみるつもりだ。稲刈りが終わって、手が余ってるはずだからな」

やはり、そこまで考えている。単なる思いつきではなさそうだ。

「おぬし、ずいぶん商売熱心ではないか」

「商売人なんだから当たり前だろ?」

「昔はそれほどではなかったと思うが」

「そりゃあ、兄貴が店を継ぐものとばっかり思ってたからな」

たしかに、壮介だけでなく城下の誰もが嫡男の「壮太《そうた》」が店を継ぐものと思っていた。今は出家して宗月と名乗っている壮太だが、少年の頃から妙な風格があり、町の悪餓鬼たちからも一目置かれていた。腕っぷしが強いだけでなく懐の深い人徳のようなものが備わっており、武士の鞘音でさえ頭が上がらなかった。

「宗月どのとは、まだ和解しておらぬのか」

「するわけねえだろ。全部俺に押し付けて出ていきやがって」

舌打ちしてから、話が逸《そ》れたことに気づいたのだろう。

「なあゲンさん、決して悪い話じゃないはずだ。乗ってみねえか。礼は弾むつもりだからよ」

鞘音はまだ答えられなかった。

「約束はできぬが、今日のことでいろいろと思うところもあった。いましばらく時をくれ」

「わかった。ただ、さっきも言ったがあんまり長くは待てねえぞ」

壮介は鞘音に押し付けた徳利を引き戻して、自分のぐい呑みに酒を注いだ。

何やら目まぐるしく話が動いた夜である。鞘音の頭は疲れきっていた。

「とりあえず、私は横にならせてもらう。明朝、若葉を迎えにいかねばならぬからな」

「きっと元気になってるさ」

「そう願いたい」

「若葉ちゃんは村に連れて帰るのかい？」

「むろんだ」

続く壮介の言葉は、半ば独り言のようであった。

「それじゃあ、どうして菜澄じゃ駄目なのか、もうひとつの理由が嫌でもわかる」

謎かけのような言葉であった。

「どういうことだ？」

壮介は「嫌でもわかるんだよ」と繰り返し、手酌で酒をあおった。

七

翌朝、鞘音が虎峰の診療所に行くと、若葉のすっきりした顔に出迎えられた。

「ご心配をおかけしました、ととさま」

「おお、熱は下がったようだな」

「虎峰先生とタキさんのおかげです」

虎峰はすでに往診に出ていたが、手伝いのタキが微笑みながら若葉の頭をなでていた。

「若さですねえ、一晩寝たらすっかり良くなって」

「かたじけない。虎峰どのにもよろしゅう伝えてくだされ」

その虎峰から、逆に伝言があるとのことであった。

「なんでござろう?」

「若葉さんは病み上がりなので、村に帰るまではよく気を付けてあげること」

「うむ、心得た」

「もうひとつ、村で何があっても逆らわないこと」

どういうことだ。タキに尋ねてみたが、「先生がそうおっしゃっていました」ということしかわからなかった。

城下町を出て、船着き場へ向かう。

この時間に村へ下る者はいないと見え、船着き場では船頭が退屈そうに煙管《キセル》をふかしていた。

「二人だけだが、やってくれるか」

声を掛けると、船頭は煙管を音高く地面に打ちつけた。焼けた灰が鞘音の足元まで飛んでくる。ずいぶん機嫌が悪いようだ。

「乗りな。あんたらを待ってたんだよ」

病み上がりの若葉への親切――でないことは、その表情を見ればわかる。どう見ても嫌々であった。

「頼む」

違和感を抱きながらも、鞘音は舟に乗り込んだ。若葉もついてくる。

舟が動き出した。

若葉は片手を舟から下ろし、指先で湖面をなでていた。

幼さの残るその仕草を見ながら、鞘音は感慨にふけっていた。まだ子供だと思っていたが、若葉は「娘」になったのだ。兄上、義姉上《あね》、見ておられるか。若葉は「娘」になりましたぞ。

壮介が言うには、初花のときは赤飯を炊いて祝うものだそうだ。婿の候補も今から探しておこうかと、鞘音は気の早いことも考えた。

「身体は辛くないか」

「大事無《の》うございます」

これだけ会話すると、また沈黙が訪れた。

帆が広げられ、舟が風に乗った。

そういえば、若葉は今、あのサヤネ紙を身に着けているはずではないか。鞘音はふと気づいた。深く考えなかったが、どのように着けているのだろう。着け心地はどうなのだろうか。さすがに、若葉にそれを聞くのは憚《はばか》られた。実の父であれば聞けたかもしれない。否、もっと聞きづらいだろうか。

やがて村の船着き場が見えてきた。

昨日は舟上で若葉の具合が悪くなり、同乗の村人にも迷惑をかけてしまった。普段から交際が無いので気まずくはあるが、ひとこと詫《わ》びを入れてから帰ろうか。

舟は当然ながら船着き場に着くと思われたが、船頭が断りを入れてきた。

「お侍さん、今日は船着き場には着けられねえが、いいかね？」

「何かあったのか？」

「あったさ」

憎々しげな、と言ってもよいほどの口調である。よほど腹に据えかねることがあったらしい。

「娘が病み上がりなのだ。濡れずにすむ場所に着けてくれ」

「そんな場所はねえな」

本当だろうか、と鞘音は訝《いぶか》しんだ。岸に直接着けられる場所がほかにありそうなものだ。とはいえ、湖を知り尽くした船頭が言うなら信じるしかない。

「浅瀬に着けるんでね。お侍さんがおぶっていけば濡れやしねえよ」

船頭は船着き場から五丈（約十五メートル）ほど離れた浅瀬に舟を軽く乗り上げた。

「ここで下りてくれ」

水はごく浅いので溺《おぼ》れはしないが、脚が濡れることになる。致し方ない。

「腰の物を預かるかね？」

鞘音は躊躇《ためら》ったが、刀が水に濡れるのは避けたかった。

「頼む」

鞘音は袴《はかま》をたくし上げ、水の中に下り立った。膝《ひざ》まで水に浸《つ》かる。思ったより深い。ただ、水の冷たさはなかなかに気持ちが良かった。

若葉に背を向けると、おとなしく義父の背に身を預けてきた。重うなったな、と鞘音は感慨に浸った。七つぐらいまではよくおんぶをしてやったものだが、その頃と比べても骨格がはるかにしっかりしている。生まれたばかりのときはあれほど弱々しく、小さかった命が、よくぞここまで育ったものだ。鞘音は亡き兄夫婦に改めて敬意を抱いた。

岸に近づくにつれ、水草をかきわけながら進むことになる。

「葉で脚を切らぬようにな」

「はい」

若葉を岸に下ろし、待っているように言いつけたときだった。

若葉が「あっ」と小さく声をあげた。沖のほうを見ている。

鞘音が振り返ると、舟が漕《こ》ぎ出されていた。鞘音の刀を載せたままで。

「待て！」

鞘音の声は間違いなく届いた。だが、船頭は振り向きもせず舟を漕いでいく。

何のつもりだ。鞘音はひとまず陸にあがった。その瞬間、鞘音の背筋に緊張が走った。

湖岸は丈の高い薄《すすき》の海である。その波間に、人の気配があった。一人や二人ではない。囲まれている。

異様な雰囲気だ。追い剝《は》ぎか。城下のすぐ対岸の村に、追い剝ぎなど出るものだろうか。あの船頭も共謀していたに違いない。いったい、この村に何があった？

望月鞘音、一生の不覚である。この窮地を丸腰で切り抜けねばならなくなった。

「若葉、私のそばを離れるな」

「……はい」

「よいか、走るぞ」

村まで辿《たど》り着けば、なんとかなる。鞘音は懐から手拭《てぬぐ》いを取り、その端を湖水に浸した。

「……ゆくぞ！」

若葉の手を引き、鞘音は駆け出した。そこは薄の海のただひとつの切れ間、土手まで続く一本道である。

途端に、薄の中から人影が飛び出してきた。身なりは農夫だが、口と鼻を白い紙で覆い隠し、棒きれを手にしている。どう見ても賊であった。

「うぬら、我を望月鞘音と知ってか！」

菜澄ではそれなりに剣名が轟《とどろ》いているはずだ。賊は明らかにひるんだ。その隙に鞘音は、若葉を半ば小脇に抱えるようにして一本道を駆けた。水を吸わせた手拭いを振り回し、中途半端な包囲網を一気に突破する。

「逃がすな！」という声に追いかけられながら、鞘音は走った。

土手までたどりつくと、鞘音は若葉を放し、背を押した。

「村まで走れ。ここは私が喰い止める」

「ととさま……」

若葉は泣きそうな声になったが、すぐに、きゅっと表情を引き締めた。自分がいては足手まといになると悟ったのだろう。

「すぐに村の人を呼んでまいります」

「頼むぞ」

若葉は懸命に、這《は》うように土手を登っていった。その背中を一瞬だけ見送り、鞘音は追っ手に向き直った。

賊は五人。ほかに隠れている者の気配は感じない。となれば、薄の海の一本道、もはや囲まれる心配はあるまい。丸腰とはいえ、賊ごときに一対一で負ける気はしなかった。しかもこの賊からは、かつて山中で襲ってきた追い剝ぎほど手慣れた様子は感じられない。

鞘音は賊に向かって猛然と走った。賊の先頭は恐れをなして下がる。後尾は前に進もうとする。

狭い一本道で渋滞した末、賊の先頭と後方が入れ替わった。

鞘音の前に現れた賊の手には、礫《つぶて》が握られていた。

——まずい。

鞘音は咄嗟《とっさ》に袖《そで》で顔を覆った。礫が次々に飛来し、鞘音の身体を打つ。

「いまだ！」の声とともに賊が押し寄せてきた。

鞘音は先頭の賊の鼻面に手拭いを打ち当てた。普通ならかなり痛いはずだが、興奮状態にある賊にはさほど効かないだろう。賊が目を瞑《つぶ》った瞬間、重い体当たりを喰らわせる。吹き飛ばされた賊は薄の海に呑み込まれていった。

「まずは一人」

すりこぎのような棒きれが振り下ろされる。鞘音は手拭いを両手で突っ張って受け止め、巻き込んだ。賊の手からあっさりと得物を奪う。丸腰になった賊の腹を膝で一撃し、さらに手刀を延髄に叩き込む。二人目が倒れた。

残りの賊はすでに浮き足立ち、逃げに転じようとしていた。鞘音は賊から奪った棒きれを手に、賊に迫った。闘う気力を完全に奪うまでは、手加減無用。かつて追い剝ぎと斬り合ったときの経験が鞘音にそう告げていた。

鞘音は賊の一人の袖をつかまえて無理やり前を向かせ、棒きれで鳩尾《みぞおち》を突いた。三人目の賊がうずくまる。

残る二人の賊は、もはや完全に逃げ腰である。

「死にたくなければ降参せい！」

大喝で圧倒する。

「つ、強《つえ》え……」

「やっぱり、すげえお侍さんだったんだなあ」

賊の口からやたらと素直な感想が漏れてきたので、鞘音の闘志が空回りした。

「ととさま！」

若葉の声。鞘音の背筋に冷たいものが走った。不覚、まだ仲間がいたのか。若葉は人質に取られてしまったに違いない。

「若葉、今——」

土手のほうを振り向くと、若葉が二人の大人に挟まれてこちらを見下ろしている。だが、その大人の顔に、鞘音はどちらも見覚えがあった。

一人は宗月方丈であった。賊と同じく鼻と口を紙で覆っているが、禿頭《とくとう》と目付きでわかる。

そして、もう一人の総髪の人物。

「虎峰どの……？」

佐倉虎峰であった。こちらは顔を隠していない。薬箱を下げて、若葉の肩に手を置いている。

なぜ虎峰どのがここにいる？　宗月方丈はなぜ？

二人とも助けに来た様子ではない。ただこちらを見ている。まるで賊の仲間のように。まさか。

鞘音の頭が混乱した。

「鞘音さま！」虎峰が呼びかけた。「村で何があっても逆らわぬようにと、言伝《ことづて》したはずです」

そういえば、そんなことを聞いたような——

注意がそれた隙に、脚に組み付かれた。倒れていた「賊」の一人であった。

棒きれで打ち据えようとすると、その腕に別の「賊」がしがみつく。振りほどこうとすると、次々に両腕、胴、両脚に組み付かれた。五人がかりである。

「ふ、不覚――！」

鞘音は抱え上げられ、大空と正対させられた。

「えっほ、えっほ」

駕籠《かご》かきのように息を合わせながら、「賊」たちは走り出した。

「ええい、放せ！」

「暴れなさんな、お侍さま」

岸辺まで運ばれた。

「何をするか――！」

「息を思いきり吸いなせえ」

おかげで、何をされるか見当はついた。

「やめい、やめぬか！」

「そおーれっ」

息の合った掛け声とともに、鞘音は湖に放り投げられた。

第三章　不浄小屋

一

　宗派にもよるが、仏教では古来、女人は女人のままでは極楽往生できないとされている。女人が極楽往生を遂げるためには、来世で男子に生まれ変わらなければならない。「変成男子《へんじようなんし》」と呼ばれる思想である。

　女人は穢《けが》れであり、女人結界《によにんけつかい》（女人禁制）の霊山は全国各地に存在した。

　女人が穢れとされる理由は何か。それを説く経典がある。

　血盆経《けつぼんきよう》である。

　足利《あしかが》将軍家の時代に大陸から伝わったとされるこの経典によれば、女人は出産や月経における出血により、地の神・水の神を穢す。そのために死後は血の池（血盆）地獄に落ちなければならない。だが、血盆経を信仰すれば救済されるという。

その血盆経信仰の拠点のひとつが、菜澄の清泉寺である。菜澄湖のほとりにあり、関東から近《き》畿《きん》まで、貴《き》賤《せん》を問わず多くの信者を得ている。寺の縁起によれば、菜澄湖の一角があるとき突然に光を発し、蓮《はす》の花とともに血盆経二巻が現れた。清泉寺にはそれが今でも宝として納められている。

「つまり、菜澄湖は血盆経が生じた尊い湖。菜澄湖の水には、月経の穢れを浄《きよ》める霊験がある――そのように信じられておる。それゆえ、鞘音どのを湖に放り込むように拙僧が村人に申しつけた」

宗月方丈の話を、鞘音は忌々《いまいま》しい思いで聞いていた。自宅の囲炉裏に火を起こし、総髪からぽたぽたと水をこぼしながら。

「血盆経なら私も多少は存じております。しかし、この村ではそこまで深く信じられておるのでござるか」

「鞘音どのは十七まで御城下に暮らし、その後はずっと江戸と上方にて武者修行をされていたであろう。それでは、村の風習に疎いのも無理はない。御城下と村々とでは、人々の暮らしはまったく違う。むしろ、菜澄のうちで御城下――特に武家地だけが特別なのだ」

菜澄は譜代領らしく、たびたび領地替えが行われている。江戸開府以来、現在の高山家にいたるまで、領主家は十二度も替わった。城下の武家地には、旧領主家に仕えていた者たちと、現在の高山家に従って菜澄に来た者たちが雑居している。頻繁に国替えのある武士と、永くこの地に住まう町人・村人との間では、風俗習慣の断絶が生じるのも自然ではあった。

「月経の穢れというのは、若葉のことにござるか」

「さよう。経血を流している若葉どのと、そなたはずっと一緒におられたゆえな」

宗月は淡々とした表情である。相手が僧侶《そうりょ》とはいえ、鞘音は不快であった。

「人の娘を穢れなどと……」

「そういう習わしなのです」

ぴしゃりと言ったのは、宗月ではなく佐倉虎峰であった。

「鞘音さまご自身もおっしゃったではありませんか。サヤネ紙を女の下《しも》の用に使うなど、穢らわしいと」

「いや、そのようなつもりで言ったのでは――」

なかっただろうか。鞘音は考え込んでしまった。同じことではないのか。

虎峰は少し表情を和らげた。

「若葉さんのことは、村の人たちにお任せなさいませ」

宗月も頷《うなず》く。

「うむ、万事任せればよい。村の女たちは頼りになる」

鞘音も承知するしかなかった。

「お二人がそう仰せなら信じよう。だが、若葉はどこに連れて行かれたのだ」

「不浄小屋《ふじょうごや》です」

「不浄小屋――?」

月役の期間、女たちは村外れの小屋にこもる。その間、家人も交流を持つことはできない。穢れが極まった時期を、女たちは隔離されて過ごすのである。

「そのようなものが菜澄にもあったのか」

「ご存じでしたか?」

「武者修行の道中で見たことがある。私が見たのは月経小屋などといったが」

「同じような風習は日本中にある」宗月である。「呼び方もさまざまだ。月経小屋、汚れ屋、変わったのでは他火屋《たびや》というのもあるな」

隔離されている者とは同じ火を使わないことから、そう呼ぶという。その土地では、月役中の女がそこで過ごすことを「他火《たび》暮らし」などともいうそうだ。

「駄洒落《だじゃれ》のようだがな」

宗月は月役をめぐる風俗に妙に詳しかった。やはり血盆経の僧侶だけに、それに関する知識も豊富なのだろうか。

「不浄小屋にいる間は、食事も着替えも村の女たちが世話をします。不自由はしません」

虎峰はそう言うが、鞘音はどうにも気にかかった。

「その不浄小屋とやらに、ずっと閉じ込められているのであろう？」

「庭に出るぐらいのことはできます。それに、一人ぼっちではありません。同じように月役が来ている女たちが一緒におります。若葉さんと歳の近い子もいますよ」

「しかし、知らぬ女たちばかりだ。若葉は人見知りをする」

「鞘音さま」虎峰はふたたび声を厳しくした。「少し甘やかしすぎではありませんか。若葉さんをずっと村の隅で囲って育てるおつもりですか」

痛いところを突かれた。亡き兄の意向でもあるとはいえ、村人との交流をずっと避けている。鞘音自身も若葉が百姓に馴染《なじ》むのは好ましくないと考えていた。この村はあくまで、若葉の療養中の仮住まいのはずである。だが、その腰の定まらなさは当の若葉にとって良くないのではないかと、鞘音は思い始めていた。三十路《みそじ》の鞘音にとってはたかが二、三年でも、十三歳の子供にとって、それは大切な時間ではないのか。

「失礼ついでに申し上げますと、鞘音さまは月役の知識をお持ちではないでしょう。村の女たちに知恵を学ぶためにも、不浄小屋に入ったほうがよいのです」

虎峰は感情を表に出さず、努めて平易に語ろうとしているように見えた。医者という職業がそうさせるのだろうか。

「それに、不浄小屋に入っているあいだ、女は野良仕事や家の仕事を休めます。程度の差はあれ、月役が来ると女は気も体《たい》も乱れるもの。不浄小屋で休めることは理に適《かな》ってもいるのです。まして若葉さんは病み上がり。おわかりでしょう」

虎峰は理詰めで畳みかけてきた。

「しかし、休むなら自分の家で休めばよいではないか。穢れたものとして隔離されるのとでは、やはり……」

「それは理屈ですね」虎峰は言い切った。「家でただ寝ていることが、女たちに許されるとお思いですか。不浄小屋にいたほうがましなのです。私は人々の健康のためになるなら、穢れだの何だの、どうでもようございます」

もはや吐き捨てるように言い放ち、虎峰は立ち上がった。

「村での往診も終わりましたので、これにて失礼いたします」

そういえば、虎峰がなぜこの村にいたのかを聞いていなかった。こんなところにまで往診に来るのか。なるほど、この村には医者がいないのだ。

「若葉さんに何かして差し上げたいのなら、サヤネ紙を不浄小屋に届けさせてください。不浄小屋にいる、ほかの女たちの分も。何よりの助けになるはずです」

鞘音が困惑していると、虎峰は冷たく言った。

「私から言付《ことづ》かったと仰せになればよろしいのです。貴方様《あなた》がお作りになったものと知れば、女たちは気味悪く思うやもしれませんのでね」

そうかもしれぬと、鞘音はうなだれた。男が作ったものだから、というだけではない。この村での鞘音の評判は、おそらく「丘に住む得体の知れない侍」といったもので、決して芳しくはないはずだ。そんな男の作ったものを、素直に受け取るとは思えぬ。

佐倉虎峰は辞去し、鞘音と宗月が家に残された。

「さて、拙僧は茶をもう一杯いただくぐらいの暇はある」

やはり兄弟だけあって、図々《ずうずう》しいところはそっくりだ。この糞《くそ》坊主めと心の中で罵《のの》しりながら、鞘音は茶を淹《い》れなおした。

二

若葉が不浄小屋に入ってから、五日目の朝が来た。

盥《たらい》の水に黄金の陽が揺れている。盥を満たしているのは菜澄湖の水である。

若葉は白装束で膝《ひざ》をついていた。二人の女が桶《おけ》で水をすくい、両肩からかぶせる。冷たさを覚悟して若葉は身構えていたが、ぬるま湯であった。哮喘《こうぜん》持ちの若葉のために、女たちが湯を混ぜてくれていたらしい。

不浄小屋に持参した身の回りのものが、盥の中に放り込まれる。食器や裁縫道具である。衣類は昨日洗濯して、物干しにぶらさげてある。下着は特に穢れているので、日陰に干さねばならないという。お天道様にあてたら罰が当たるから、とのことであった。

白装束から普段の着物に替え、浄められた身の回り品を風呂敷《ふろしき》に包んで肩に担う。

「みなさま、大変お世話になりました」

不浄小屋の女たちが笑顔を返す。

「月のものが来たら、毎月ここに来るんだよ」

「わからないことがあったら、いつでもうちに聞きにおいで」

若葉は有り難さに自然と頭が下がった。

「若葉ちゃん、ここを出たら遊ぼうね」

若葉より少し年長の少女が、名残惜しそうにする。

「はい。おりんさんがご一緒で、心強うございました」

かしこまって、若葉はほんのしばしの別れを告げた。

女たちに見送られて不浄小屋をあとにし、稲刈りの終わった田の畦《あぜ》を歩く。と、若葉と同じぐらいの年齢の一団に出くわした。顔だけは知っている。村の少年たちだった。

「お前、不浄小屋から出てきたのかあ?」

卑しい笑い方だった。

「こっちに来んなよ、端っこを歩け」

若葉はうつむき、端に寄った。

「もっとだよ、穢れがうつるだろ」

これ以上端に寄ったら、田に落ちてしまう。若葉はできるだけ身を小さくした。ぽん、と何かが胸にあたった。小石だと気づいたのは、それが足元に転がったのを見たときだった。石を投げられた。なぜ。信じられなかった。

「おい、泣いちまうよ、こいつ」

「こいつの新しい親父、こええぞ」

「悪い悪い、言いつけんなよ」

決して涙は見せまいと、若葉は唇を強く噛《か》んだ。侍の娘が、こんな下郎共に涙を見せてたまるか。

錫杖《しゃくじょう》の音。

「餓鬼どもが家の手伝いもせず朝から群れおって、邪魔だのう」

少年たちの後ろから現れたのは、宗月方丈であった。

「ほれ、邪魔だ邪魔だ。端に寄れ。ほれ、もっともっと」

宗月は少年たちを錫杖で押しやり、まとめて田に突き落とした。田はすでに乾いているので、少年たちは泥まみれにはならずに済んだ。そのまま逃げ散っていく。

「方丈さま、ありがとうございます」

安堵《あんど》した若葉の目から、涙がこぼれ落ちた。

「今日あたり出てくるかと思うてな。悪餓鬼どもに出会う前に、間に合えばよかったのだが」

朝陽が宗月の坊主頭を照らしている。

宗月は若葉の頭の上から、輪になった紐《ひも》をかけた。

首からぶら下がった紐の先に、小さな巾着《きんちゃく》がある。若葉は手にとってみた。

「御守りでございますか？」

「そうだ。中に血盆経が入っておる。血盆経は知っておるな？」

「はい、小屋でおばさま方から伺いました」

「これを肌身離さず持っておれば、穢れが浄められる。たとえあの世で血の池地獄に堕《お》ちても、如意輪観音様《にょいりんかんのん》がお救いくださる。女たちが言うには、月の穢れが軽く済むご利益もあるそうだぞ」

「……はい」

「何も心配することはない。御仏《みほとけ》はあまねく衆生を見守っておられる。女人だからとてお見捨てになるようなことは、決してなさらぬとも」

若葉は涙をぬぐい、御守りを握りしめて頷いた。

三

結局、若葉は四日のあいだ不浄小屋にいたことになる。普通は七日ほども滞在するそうだが、若葉の場合、すでに月役が始まって三日後からの小屋暮らしだったので、短く済んだらしい。

「ご不自由はございませんでしたか?」

若葉の顔つきが、どこか大人びたように鞘音には見える。不浄小屋に入るという「儀式」を経ることで、大人の女としての自覚が芽生えたのかもしれない。頬に涙の跡があったが、不浄小屋の女たちとの別れが寂しかったそうである。

「小屋ではみなさまによくしていただきました」

別れが辛《つら》いほど親切にされたのなら、じつに良きこと。鞘音はそうして呑気《のんき》に喜んでいた。

「お友達もできました」

このときの若葉は本当に嬉《うれ》しそうであった。その顔を見て、鞘音は考えさせられるものがあった。やはり女は女同士か。気安くつきあえる同性が村にいなかったのは、若葉にとって、決して良いことではなかったかもしれない。

「友達ができたか。よかったな」

「少し歳上の方ですが、私と同じく初花《はつはな》だったそうにござります。二人して、おばさま方にいろいろと教わりました」

こうして女たちからさらに若い女たちへ、知恵が受け継がれていく。穢れとして隔離された小さな世界で。それはある種の聖域なのかもしれない。男にとって未知の、決して足を踏み入れることのできない場所。それが畏《おそ》れを呼び、いつしか穢れとして遠ざけられる理由のひとつになったのではないか――

背伸びして長押《なげし》にハタキをかけている若葉の背中を見ながら、鞘音はしばし国学者のような思索にふけった。

「そこは今朝、掃除したぞ」

「道理で、ずいぶんきれいにござります」

「雑巾もかけたからな。埃《ほこり》を吸うとよくない。帰ったばかりなのだから、少し休んでおれ」

「……はい」

若葉は下を向いてハタキを弄《もてあそ》びながら、ふたたび不浄小屋のことを話し出した。

「そういえば、サヤネ紙はみなさまにとても喜ばれました。みなさま、目を輝かせていらっしゃいましたよ。こんなに良いものがあるのかと」

「……そうか」

村の女たちにサヤネ紙は広まっていない。つまり、「サヤネ」が月役の別名として広まっているのは、まだ御城下だけのようだ。鞘音にとっては、多少なりとも安堵できることだった。

鞘音は刀に打粉《うちこ》をしながら、しばし思案した。

「皆、ほかには何か言うておらなんだか。サヤネ紙について」

「何かとは?」

若葉はハタキを持ったまま振り返った。心なしか、所作がぞんざいになった気がする。以前なら、ハタキを置いて膝をつき、話を聞く姿勢になったのではないか。たった四日の不浄小屋暮らしで変わってしまったのなら、やはり百姓と関わらせるのは考えものであった。

「何ぞ不満を申してはおらなんだかのう?」

壮介の言葉が気になっていたのである。女の用に使うにあたって、サヤネ紙にどんな不具合があるのか。ひとつやふたつではないような口振りだった。合力するか否かによらず、自分の作ったものに文句を言われるのは面白くない。一応、何が問題なのかだけは知っておきたいのである。

「さあ、わかりませぬ」

若葉は顔を背けた。

——おや、嘘をついたな。

鞘音はすぐに気づいた。めずらしいこともあるものだ。

「知っておろう。話さぬか」

「知りませぬ」

これはどうやら、恥ずかしくて言いたくないようだ。無理もない。鞘音は安心させるように、声の調子を和らげた。

「若葉、サヤネ紙に何ぞ不具合があっては、使う者が困るであろう。あれを作った者として、聞いておきたいのだ」

　若葉はしばし考えていた。ため息をついた後、意を決したように無言で歩いてきた。静かに正座し、淡々と話しだす。

「不浄小屋のおばさま方の中には、サヤネ紙を使うのをおやめになった方がおられました。これまでどおり、使い古した布や紙をあてがったほうが、具合が良いと」

「なんと？」

　不具合があるというのは本当らしい。

「かく言う私も、三日目で使うのをやめました」

「そなたもかっ」

　鞘音は自分でも驚くほど衝撃を受けた。若葉の初花にあたって、何もしてやれなかった己の不甲斐《ふがい》なさ。それを唯一慰めたのが、サヤネ紙が役に立ったという事実だった。それを若葉は使えなかったというのだ。

「私は使い古しではなく、虎峰先生のおっしゃるとおり、新しいものを使いましたが」

「どんな不具合があったのだ」

「恥ずかしゅうござります」

「気にせずに申せ」

「恥ずかしゅうござります！」

　強情であった。これまた無理もない。

「では、差し支えないところまでで良いから、教えてくれぬか」

どうして娘にここまで下手に出なければならぬのだ。鞘音は釈然としない。

若葉は眉間《みけん》に深い皺《しわ》を寄せ、そっぽを向きながら、ようやく口を開いた。

「……マスル」

「ん？　聞こえぬ」

「モレマスル」

漏れまする。棒読みのようであったが、なんとか理解できた。

漏れる——ということは、サヤネ紙で経血を受けとめきれていないということだ。月役の際には、それほどに多くの血が流れるのだろうか。聞き返しそうになって、あやうく鞘音は思いとどまった。これを若葉に聞くのは、さすがに憚《はばか》られる。

「漏れる、か……」

どこをどう直せば漏れずに済むのだろう。そもそも、深く考えたこともなかったが、月役とはどういうものなのだ？　考え始めて、鞘音は思わず頭《かぶり》を振った。いつの間にか深入りしようとしていた。

「……それだけではござりませぬ」

若葉が半ば自棄《やけ》になったように続きを語りはじめた。

「まだあるのか」

「かぶれた方がオラレマス」

また語尾が棒読みになった。

「ほ、ほかには？」

「ズレマスル」

「ずれる……？」

「ヤブレマスル」

鞘音の反応にかまわず、若葉はずっとそっぽを向いたまま、からくり人形のように口を動かしている。我が娘ながら、いささか不気味であった。

「アトハ、チーサスギ。オーキスギ。イジョーニゴザリマス」

手をついて深々と一礼すると、若葉は立ち上がった。

「オチャヲイレテマイリマス」

きっと、心を無にしていたのであろう。その顔は瞑想《めいそう》する菩薩《ぼさつ》のごとく、半眼になっていた。

四

「どうしたんだよ、急に」

真剣な顔で訪ねてきた旧友を、壮介は怪訝《けげん》な顔で迎えた。

「この前の話、まだ間に合うか」

「サヤネ紙の手直しの話か」

「そうだ」

壮介は「ははん」と目を細めた。

「何かあったな？」

「若葉が、あのサヤネ紙は使えぬと言うのだ。いささか……否、じつはたいそう、それがこたえてな」

「ははあ、なるほどね。ちょうどよかった、いま虎峰先生も来てるんだ。サヤネ紙の手直しについて相談してたところだ」

壮介は店の奥に鞘音を招いた。間口が狭いかわりに奥行きがある鰻《うなぎ》の寝床なので、密談には都合がよい。

奥には虎峰がいて、疲れた顔で茶を啜《すす》っていた。一日の仕事を終えてからなので、疲れも出ようというものだ。顔色もあまり良くないように見える。いずれにせよ、医者に体調を問うのも愚かであろう。

「あら、鞘音さま。若葉さんの具合はいかがですか?」

「すっかり元気になっておる。その節は世話になった」

社交辞令の後、鞘音、虎峰、壮介の三人は車座になった。

「じゃあよ、まずはサヤネ紙の手直しについてだ」

「漏れる、破れる、かぶれる、ずれる、小さすぎる、大きすぎる。ほかにはあるか?」

鞘音がたたみかけると、壮介が感心したように膝を打った。

「話が早《はえ》えや。虎峰先生とも、まさにそこが問題だって話してたんだよ」

虎峰も頷いている。

「村の女たちにお聞きになったのですか?」

「いや、若葉に聞いた」

虎峰が呆《あき》れ顔になった。

「あんな若い娘に聞く人がありますか。怒ったでしょう」

「一日、ろくに口を利いてくれなかった」

「当たり前です」

鞘音は頭をかき、壮介は呵々《かか》大笑した。

「さて」鞘音は話題を戻した。「漏れるというのは、文字通り血が漏れるということだな」

「そうです。サヤネ紙の厚みが足りずに漏れるのです。また、サヤネ紙がずれて漏れることもあります」

漏れるとずれるは近い関係のようだ。

「破れるはそのまんまだな。紙だもんな」

壮介が言う。異論はない。

「かぶれるというのは、何故だ？」

「女陰は皮膚が薄くて弱いのです。紙が擦《す》れれば、かぶれてしまいます」

擦れるということは、ずれやすいということでもある。いろいろと問題が重なり合っているようだ。逆に言えば、ひとつを改善すれば、同時に他の問題が軽減されることも期待できるのではないか。

「なるほど、そこまではわかった。だが、小さいと大きいというのがわからぬ。人によって寸法の合う合わぬがあるということか」

「それよりもむしろ、経血の量の問題です」

「経血の量？」

「人によって経血の量にはかなりの差があります。月にお猪口《ちょこ》一杯ほどしか出ない者もいれば、湯呑《ゆのみ》一杯ほども出る者もいます」

「そこまで違うのか？」

「日によっても変わりますよ。初日から二日目が最も多く、三日目から量が減っていきます。三日目で止まる者もいれば、七日ほど出続ける者もいます」

鞘音と壮介は感心して聞いていた。そういうものなのか。知らないことばかりだ。

「ですから、経血の量が少ない時にはサヤネ紙は大きすぎ、多い時には小さすぎるのです」

なるほどと、よく理解はできた。だが、これはずいぶんと厄介な問題ではないだろうか。人によっても日によっても大きな違いがあるものを、誰にでも、どんな時にでも合うように作るなど、不可能だ。

「難しいことではありません。大きいものと小さいものを作ればよいだけです。多い時用と、少ない時用として」

たしかに虎峰の言うとおりであった。一種類しか作ってはいけないなどという法はない。寸法の違うものを何種類か作ればよいのだ。

壮介が念を押すように尋ねる。

「大きいものと小さいものだけでいいんですかい？」

「今までどおり、中《ちゆう》くらいのものもですよ」

「そりゃそうか」

壮介と虎峰の会話を聞きながら、鞘音は思い切って尋ねてみることにした。

「虎峰どの、大きいのと小さいのと中くらい、その三つがあれば、若葉にも使えるだろうか」

「若葉さん？」

「漏れるからと、使うのをやめたそうだ」

「若葉さんは特別多いほうではないと思いますよ。しかも、サヤネ紙を使いはじめたのは、量が減る三日目からです。それでも漏れるというのは……」

なにか病が隠れているかもしれない。虎峰がそう言い出すのではないかと鞘音は緊張したが、虎峰は合点したようにぽんと手を打った。

「そうでした。特に大きいものをもうひとつ、作っていただけませんか」

「どんなときに使うのだ？」

「眠るときです。おそらく若葉さんが漏れたのは、眠っているときでしょう。朝起きたら着物が汚れていたのかもしれません。あの年頃の娘ですから、恥ずかしくてサヤネ紙を使うのをやめてしまったのでしょうね」

サヤネ紙は一時《いっとき》（約二時間）ごとに取り替えるのが衛生上も望ましいが、睡眠中はそうもいかない。漏れそのものもだが、不快感で眠りの質が悪くならないように、特大が必要だとのことであった。

「夜用《よるよう》ってことか。ゲンさん、できそうかい？」

確認されて鞘音は考え込んだ。

「先刻から引っかかっていたのだが……大きくするというのは、何を大きくするのだ？」

壮介が「えっ」と驚き、虎峰も目を丸くした。

鞘音は自分の疑問を説明しなければならなかった。

「つまりその、股《また》にあてるものではないか。大きくするといっても、脚と脚の間のわずかな幅より大きくはできまい。厚くするというならわかるが……」

壮介はなるほどと顎《あご》に手をあてた。

「言われてみればそうだ。俺もよくわかってなかった」

虎峰も鞘音の疑問を理解はしたようだ。だが、そこから説明しなければならないのかという顔である。

「おっしゃるとおり、幅は変えられません。そうではなく、前と後ろに長くしていただきたいのです。特に後ろですね。夜用は尻《しり》を覆うほどに」

鞘音も壮介も得心していない様子を見て、虎峰は極めて淡々と理由を述べた。

「尻の割れ目をつたって血が漏れるからですよ」

鞘音はどんな表情をしてよいかわからず、「そうか」とだけつぶやいて目を伏せた。壮介も目を泳がせている。

虎峰はそんな二人を冷めた目で見ていた。

「もちろん、厚くしていただくことも必要ですよ」

壮介が絞り出すように言った。

「先生が女でよかった。俺たちじゃわからねえことが多すぎる」

「まったくだ。いささか自信がなくなってきた」

虎峰はほめられてもなお淡々としていた。

「この程度のことで気後れなさっているようでは、先が思いやられますね。やめますか？」

壮介が背筋を伸ばし、大きく首を横に振った。

「いやいや、知らねえことはこれから学べばいい。先生にはこの調子で、今後もご指導をお願いしてえ」

神妙に頭を下げる。頭を上げると、鞘音を見た。

虎峰も鞘音を見ている。

気付くと、二人の視線が鞘音に集まっていた。

「ゲンさんはどうするんだ?」

「む?」

「やるのか、やめるのか。まだちゃんと返事を聞いてねえ」

鞘音はまだ踏ん切りがつかなかった。虎峰の言葉に気後れしたから、というだけではない。これから作ろうとしているのは、明確に女の用に使うためのものだ。これに合力すれば、傷の治療のために作ったものがたまたま女の用に使われたという言い訳は利かなくなる。

「やるとなれば、条件を出したいのだが……」

「ほほう、言ってみなよ」

「前にも言ったが、ひとつは、サヤネ紙という名で売らぬこと。もうひとつは、私がこの件に関わっていることを一切口外せぬこと。このふたつが叶《かな》わぬなら、合力はできぬ」

壮介は腕を組み、顎をそらした。鞘音を見下すような格好になる。

「武士の体面に関わる?」

「武士の体面、御家の体面、ひいては我が道場の体面にも関わる」

壮介が鼻を鳴らした。とらわれの多い身の上を笑われたように、鞘音には思えた。

「わかったよ。名前は改めて、みんなで考えようぜ。それに、ゲンさんが関わってることも口外はしねえし、させねえよ」

すでに鞘音が「女の下の用」に関わっているという噂は広まっている。この約束にどれほどの意味があるかはわからない。壮介としては、仁義を守る意思を示《すた》したということであろう。

「新しい名前で通るようになれば、サヤネって呼び方もいずれ廃れるさ。それでいいよな?」

鞘音は頷いた。それなら、師範との約束も守れるはずだ。

「よかろう。望月鞘音、合力いたす」

背水の陣である。あえて退路を断つため、鞘音は大仰に宣言した。

「ふうん、本当にいいの？　後悔しない？」

「どうしてそういうことを言うのだ！」

「へへ、初めから素直に言わねえからだよ。待ってやったんだから、ちょっとぐらいからかってもいいだろ」

「武士に二言はない」

「よし、決まりだ」

壮介は嬉しそうに膝を打った。

「今さら申すのも詮無《せんな》きことだが、本当に私でよいのか？」

武士の鞘音よりも、紙の里の職人のほうが適任ではないだろうか。鞘音にはそんな疑問もあったのだ。

「サヤネ紙のことを一番知ってるのはゲンさんじゃねえか」

「それはそうだが」

「それに俺は、ゲンさんにやってもらいてえんだよ」

壮介は柄にもなく照れているのか、湯呑で顔を隠すようにして茶を啜った。湯呑を置くと、昔の話を始めた。

「ガキの頃、俺も大和田道場で剣術の稽古《けいこ》をしたよな。ゲンさんと一緒に」

「うむ。おぬしもなかなかのものだった」

「そうさ、ゲンさんと同じぐらい強かったつもりだ。だが、やはり武士と町人じゃ違うんだよ。ゲンさんは剣に生きる人だ。俺の剣は、どこまで行っても町人の道楽だ。たまたま同じ道場にいただけで、元から道は違ってたんだ」

道楽であれほど強ければ相当な才があったのだろうと、鞘音は当時を振り返った。ただ、壮介の剣術修行には、どこか自分を見切ったような風情があったのも事実だ。「これぐらいでいいだろ」が口癖だった。他の門弟のように、自分なりにでも剣を極めんとする気概があれば、壮介はもっと強くなっただろうと思う。

「それが今、何の因果か知らねえが、こうしてまた行きあったわけだ。しばらく珍道中してみるのも悪くねえんじゃねえか。虎峰先生も一緒にな」

虎峰はこれも表情を隠すためなのか、長い時間をかけて茶を啜っている。

三人とも、幼馴染同士である。それぞれに三十路まで違う道を歩んできたものが、今またこうして再会し、一時とはいえ同じ道を歩もうとしている。数奇といえば数奇なめぐり合わせではあろう。

「ゲンさんには、サヤネ紙の手直しと、作り方を職人に教えるところまでやってもらう。虎峰先生には、都度意見を聞かせてもらう。そこまでやってくれたら、二人とも手を引いてくれて構わねえ。あとは俺の商売だ」

壮介の口調は相変わらず軽いが、その言葉にはどこか悲壮な趣があった。何があろうと責任は自分一人でひっかぶる。そんな覚悟が感じられた。壮介らしくもない気負いだと、鞘音はおかしく思った。

虎峰が湯呑を膝に下ろした。

「鞘音さま、若葉さんを迎えに行かなくてよろしいのですか」

「むっ」

日が落ちてきたようだ。奥まった部屋では、時刻の変化がわかりにくい。だが、虫の声が聞こえ、空気に冷たさが混じり始めていた。

「もうそんな刻限か。すまぬ、今日はここまでとさせてくれ」

壮介は残念そうであった。

「なんだ、成功を祈って三人で盃《さかずき》でも交わそうと思ってたのに」

「いずれまたな」

鞘音は立ち上がった。だが、すぐにまた座り直した。

「どうした?」

壮介が怪訝そうな顔をする。

「いや、大事なことを聞くのを忘れていた――虎峰どの」

「は、私ですか?」

「そうだ。ひとつ、教えてもらいたい」

虎峰からひととおりの説明を聞き、鞘音は納得した。そうして三人は、次の会合の日取りを決めて、一旦《いったん》解散したのである。

五

女が着物の下に穿《は》くものといえば、腰から膝下までをゆるく覆う腰巻きである。湯屋でも穿くので湯文字《ゆもじ》ともいう。女たちの裾《すそ》から緋《ひ》色や白色の腰巻きがのぞくのは、ささやかな色気でもあった。

農村の女たちは腰巻きすら着ける習慣がないのか、農作業をしているときなど、裾がはだけて女陰が見えてしまうこともある。あけっぴろげすぎて、色気も何もあったものではないと鞘音は思う。

だが、これはどうだろう。女がこんな男物のような褌《ふんどし》を穿くのか。鞘音は虎峰に借りた綿布を目の前に広げた。月役のときに使われるものだそうだ。

越中褌《えっちゅう》によく似ている。縦二尺、横一尺ほどの長方形の綿布で、短いほうの辺に紐が付いている。着け方は次のとおりである。

一、背中側から前に紐をまわし、臍《へそ》の下にて結ぶ（このとき、布は腰の後ろから尻に垂れている状態である）。
二、当て布を女陰にあてがう。
三、布を尻から股間《こかん》に通し、当て布を押さえる。
四、一にて結んだ紐の下に布をくぐらせ、当て布がしっかり押さえられるまで引っ張る。
五、余った布は前に垂らす。

以上である。

この褌は、馬の腹帯に似ていることから「馬《うま》」と呼ばれる。二の手順で「当て布」としているものは、ぼろ布であったり浅草紙であったり、サヤネ紙であったりする。あるいは、唾《つば》で湿らせた紙を女陰に詰めることもあるという。

鞘音が虎峰に尋ねたのは、このようなサヤネ紙の着け方であった。これを知らねば、手直しもしようがない。

何度目のことか、鞘音は感心してしまった。月役のとき、女子《おなご》はこんなことをしていたのだ。知らない世界があるものだった。

実際、着け方がわかればいろいろと手直し案も浮かんでくる。

「ずれる」に関しては、すでに鞘音の中に解決策は見えていた。サヤネ紙を「馬」に糊付《のりづ》けしてしまえばいいのだ。サヤネ紙が固定されるので、擦れてかぶれる心配もなくなるはずだ。これは手直しではなく、着け方の指導で対応できる。

こうして、「ずれる」と「かぶれる」は解決した、はずである。

「あとは、破れる——か」

紙でできている以上、ある程度は仕方がない。だが、強度を上げる工夫は必要であろう。紙を二重にしてみるか。否、いささか工夫がない。紙そのものの強度を上げる方法はないだろうか。

「渋紙《しぶがみ》を使ってみるか」

渋柿をしぼった汁（柿渋《かきしぶ》）を熟成させた液体で、二枚の紙を貼り合わせる。これを天日で乾かし、七日ほど燻蒸《くんじょう》する。もう一度柿渋を塗り、さらに天日干しにする。こうして渋紙ができる。丈夫で、完全な耐水性を有する。

自分で作るとそれだけの手間と時間がかかるが、渋紙を含めたあらゆる種類の紙は、事前に我孫子屋からもらい受けている。壮介は手直しのための費用を出し惜しみすることはなかった。

女陰に触れる面に耐水性を持たせては元も子もない。となれば、普通の紙と渋紙の縁を貼り合わせ、袋状にして中身を入れるのがよかろう。

やってみると、両面の紙質と色がはっきりと分かれる形になった。渋紙の面は赤茶色で、すぐにわかる。

この長方形の袋に、よく揉《も》みほぐした清潔な浅草紙を詰める。この浅草紙は従来どおり灰汁《あく》で煮て毒消ししている。さらに、木炭の粉末を混ぜて漉《す》いた。臭い消しのためである。虎峰いわく、月役のときに女たちは臭いも気にするものだという。

「牛額草《うしのひたい》の黒焼きは臭い消しにはなるはずですよ。炭ですからね」

黒炭ならば材料は何でも良いというので、安く手に入る木炭の粉を使い、いっそのこと浅草紙に漉き込んでしまうことにしたのであった。

手順の最後に、袋の口を糊で閉じる。こうして、サヤネ紙の手直し品の試作第一号ができあがった。

鞘音はそれを引っ張ったり、くしゃっと潰《つぶ》してみたりした。うむ、ずいぶん強くなった。これなら大丈夫ではなかろうか。ただ、実際に使う人間の感想を聞くまではわからない。

土間で竈《かまど》に火を起こしている若葉をちらりと見る。また口を利いてくれなくなりそうだ。

だが、若葉のほうが鞘音の視線に気付いた。火照った顔で立ち上がり、上がり框《かまち》に膝をつく。

「何をなさっておいでてでございます……？」

鞘音の周囲の床を見て、身をのけぞらせた。

湯文字と渋紙と作りかけのサヤネ紙に囲まれた義父の姿が、異様だったようだ。

「サヤネ紙を手直ししてみたのだ」

「お手に持たれているものが、それにござりますか？」

「うむ、そうなのだが……」

鞘音の言うに言えない様子を察したのか、若葉は草履を脱いで上がってきて、無言で手を延べた。

鞘音が渋紙を使ったサヤネ紙をためらいつつ渡すと、若葉は鞘音がしたように引っ張ったり、くしゃっと潰したりした。

「悪うはないと存じます」

微妙な感想だ。素晴らしく良いというわけでもないらしい。だが、ほかに方法も思いつかないので、ひとまずこれでいくことにする。一応、「漏れる、破れる、かぶれる、ずれる」の問題は解決したはずだ。

あとは大きさの異なるものを四種類作るだけである。大・中・小、そして夜用の特大。

「大中小は良いのだが、特大が存外に難しくてな」

「どう難しいのでござりますか？」

「中身が偏ってしまうのだ。大きい上に、その、尻を覆うためにしゃもじのように広げねばならぬのでな。どうしたものか」

真剣に悩む鞘音に、若葉がふと尋ねてきた。

「ととさまは、なぜこのお仕事を引き受けられたのでござりますか？」

「このようなものが女子に必要なのは確かであろう。今でもすっかり割り切れたわけではないが、壮介も報酬を弾むと言うておることだしな」

「お金のため……でござりますか」

「金があるに越したことはなかろう？」

鞘音は笑ってみせた。直接的には若葉がきっかけだったのだが、それを言えば負担に思うやもしれぬ。鞘音としては、そう配慮して露悪的に答えたのである。だが、それは裏目に出た。

「私が男の子で、もっと丈夫であれば、ととさまはこのようなことをなさらずに済んだのでございますね」

鞘音は驚いて、若葉の顔を見直した。

「若葉、何を言うておる」

「これから冬になれば、私はまた哮喘の発作を起こします。お医者様にかかることもございましょう。お薬も買わねばなりませぬ。お金が入用なのはわかっております」

「違う、違う」

若葉の眉間に深い皺が寄り、唇がへの字になった。

「若葉は情けのうてなりませぬ。ととさまに、このような穢らわしい仕事をさせて」

涙がこぼれ落ち、しゃくりあげる。

「なにゆえ、ととさまとかかさまは迎えに来てくださらぬのでございましょう。私など、生きておっても人様の迷惑になるばかりなのに」

この「ととさま」は鞘音のことではない。若葉はあの世にいる実の父母に呼びかけていた。

「若葉、そのようなことを言うてはならぬ！」

「御家の存続が大事なら、ゲンゴジさまが奥様をもろうて子を産ませればよいではございませぬか。若葉は婿取りなどしとうはございませぬ」

鞘音に対しても昔の呼び方に戻っている。

「家事とてゲンゴジさまのほうが丁寧にござります。私がおらぬでも何もお困りにならぬではござりませぬか」

鞘音はさすがに、若葉が普通ではないことに気付いた。思い返せばここ数日、不意にふさぎこむようなことがあった。初花のせいだと思っていたが、それぱかりではなさそうだ。

鞘音は若葉に向き直った。

「若葉、何かあったのだな」

若葉は首を横に振るばかりである。

「本当のことを申せ。義父《ちち》はそんなに頼りないか?」

鞘音は笑顔をつくってみせた。若葉も少し笑みを返したが、すぐに咳《せ》き込みはじめた。

まずい。鞘音は若葉の横に座り、背中をさすった。

「ゆっくり息をせよ」

「大事のうござります。少し、むせただけでござりますから」

実際、若葉はすぐに落ち着いた。鞘音は囲炉裏の鉄瓶で大葉子《おおばこ》の茶を温めなおし、若葉に飲ませた。

茶を飲んで一息つくと、若葉はぽつぽつと語りだした。

「……石を投げられました」

「なんだと?」

「不浄小屋を出てすぐ、村の子らに行き合いました。そのとき、お前は穢れているといって石を投げられたのでござります」

鞘音は絶句した。

「血の穢れのこと、話には聞いておりました。ああこういうことなのかと、思い知りました。女子はそこにいるだけで穢らわしいのだと」

鞘音は立ち上がり、刀を取った。

「言語道断っ！」

若葉が驚いて義父を見上げる。

「どうしたのでございますか」

「その者たちの名を申せ」

「名は存じませぬ。村で見かける顔というほかは……」

「顔はわかるのだな。よし、来い」

若葉の腕を取り、立ち上がらせようとする。

「何をなさるおつもりでございます!?」

「一人残らず斬って捨ててくれる」

「おやめください、何ということを」

「このまま黙っていられようか！」

「武士の体面に関わるとお思いなら、なりませぬ。あのような者どもを斬っては、かえって御名に傷がつきまする」

「名などどうでもよいわ！」

思わず叫んだ言葉に、鞘音自身が驚いた。名とは、武士にとって最も重んじるべきものではなかったか。若葉も驚いたようで、きょとんとして鞘音を見上げている。

鞘音は空回りしてしまった怒気をとりつくろうように、若葉に言い聞かせた。

「……よいか、娘を辱められて、怒らぬ親などおらぬのだ」

「お気持ちはよくわかりました。若葉はもう十分にござります。ととさまが私の代わりに怒ってくださったので、何やら気が晴れたような心地がいたします」

「私は晴れておらぬ」

「お気を鎮めてくださりませ。若葉は大事のうござりますから。それにほら、ごらんくださいませ」

若葉は首からさげた御守りを見せた。

「この血盆経の御守りがあれば、穢れが浄められるそうにござります。これを身に着けていれば、月役のときでも神社やお寺にお参りができまする」

若葉は義父を安心させようと、あえて明るい声を出している。

そなたは穢れてなどおらぬ。鞘音はそう言ってやりたかった。だが、それが正しいのかどうか、わからない。なぜ女人が穢れとされるのか。これまで疑いもしなかったが、穢れとは何なのだ。血盆経によってそれが浄められ、女人が救われるというなら、それでよしとすべきなのか。

鞘音は刀を置き、座りなおした。若葉も横に座る。

「ととさまもお茶を一杯いかがにござりますか?」

「……もらおう」

若葉を侮辱した者共をどうしてくれようかとまだ考えながら、熱い茶を一口啜る。少しは気分が落ち着いた。

「今日はもう、仕事をする気にならぬな……」

夜用の、特大のサヤネ紙をつくる難題は、まだ片付いていない。

「そのことでござりますが」若葉が夜用の紙を手にした。「この中に、小分けした袋をいくつか詰めてはいかがでござりますか？」

「……む？」

「中身が偏ってしまうのがよろしくないのでござりましょう？」

鞘音は若葉から夜用の紙を受け取り、想像してみた。

「……いけるかもしれぬ。そなた、頭が良いのう」

そのとおりにしてみると、なるほど上手《うま》くいった。

「若葉、そなたのおかげだ。大きい小さいの問題は、これで良しだ」

とりあえず、これですべての問題を解決できたはずである。大きさの異なる試作品を十種類ほど作ってみよう。

「ととさま、これを不浄小屋に届けてまいります。むろん、虎峰先生の月役紙として」

たしかに、意見を聞くにはそれ以上のことはないだろう。

「よく気がつくのう。そなたは本当に頭が良い」

若葉は笑顔を見せた後、すぐに真剣な表情になった。

「そう思われるなら、若葉にも漢字を教えてくださりませぬか」

その目には切実な光があった。

六

「ふうん、若葉ちゃんが漢字をねえ」

「うむ、どうしたものか」

別に相談したつもりはなかったが、壮介は真面目な顔で考えていた。

「教えてやればいいじゃねえか」

「しかし、女子《おなご》には平仮名だけで十分ではないか。私の母も、若葉の亡き母上も、漢字はほとんど書けなかった」

「当人が教わりたいって言ってるんだから、教えてやれって。なあ、虎峰先生」

虎峰は茶を飲みながら、首を横に振った。

「お家ごとのなさりかたがありましょうから、私からどうこうは申しあげられません」

意外であった。女だてらに学問を積み、医術を修めた虎峰ならば、当然、若葉を応援するものと思われたのに。

「虎峰どのの思うところを聞いてみたかったのだが」

「なにゆえでしょう?」

なにゆえだろう。

「若葉と同じ女としての意見を聞きたい……といったところか」

「私の意見など、お役に立つまいと思いますよ」

たしかに、虎峰のような生き方は特殊すぎて参考にならないかもしれない。だが。

「それでも、聞かせてくれぬか」

虎峰は湯呑を膝におろし、心持ち居住まいを正した。

「では、申し上げます。漢字ぐらいは教えてもよろしいのではありませんか。かの熊沢蕃山《くまざわばんざん》先生も、女子に漢字までは教えるべしと説かれております」

かつて岡山の重臣として政事を指導した、高名な儒学者《じゆがく》であった。政経書を多く著したが、子弟の教育に関する著作もある。そのような権威を持ち出されては、鞘音も異論は唱えにくい。

「それに、若葉さんとお話をする良い機会になると思いますよ」

そうかもしれない。難しい年頃である。あまり関わりすぎてもいけないし、放任しすぎてもいけない。せっかく自分から義父に漢字を教わりたいと言ってきたのだから、それをはねつけるのは得策ではなかろう。

「教えてやることにしようか」

そうなさいませ、とは、虎峰は言わなかった。あくまで他人の家の問題と考えているようだ。

「何から教えればよいかのう?」

これまでは『女大学《おんなだいがく》』『女今川《おんないまがわ》』といった女訓書の定番を読ませていた。

「『千字文《せんじもん》』でよろしいのではありませんか」

漢字を学ぶための初級の教科書であった。千字で書かれた漢詩である。鞘音や壮介も、それで漢字を習った。

「虎峰どのも、それで習《なろ》うたか」

鞘音、壮介、虎峰が同じ学び舎《や》にいたのは、幼少のほんの一時期である。虎峰は読み書き算盤《そろばん》の基本を覚えた段階で、塾をやめていた。

「そうですよ。誰も教えてくれませんでしたけれどね」

鞘音は言葉に詰まった。虎峰の父、つまり初代佐倉虎峰は、娘に積極的に学問をさせようとはしなかったらしい。偏屈そうな親父だったからな、と鞘音は昔の記憶を思い出していた。

「それどころか、女に学問はいらぬと言って、私が勉強していると本を取り上げられましたよ。

まあ、それが普通なのでしょうね」

父親が黙認するようになったのは、娘が『千字文』『三字経《さんじきよう》』と独学で漢字を覚え、気がつけば『論語《ろんご》』まで読みこなし、果ては父の書斎から『医心方《いしんほう》』『傷寒論《しようかんろん》』などの医学書を勝手に引っ張り出すようになってからであったという。根負けしたのである。

「漢字を覚える程度ならばことさらに心配なさることもないと存じますが、そのさき四書五経を読みたいなどと言うようであれば、婿の成り手は減るとお思いください」

「やはりそうか」

「私がそうでございましたから」

学のある女は理屈が勝っていけない。世間ではそう思われていたし、鞘音も同様だった。虎峰の場合、いちいち歯に衣《きぬ》着せぬ物言いも敬遠されたであろうとは思ったが、さすがに口には出さなかった。

「さ、私のことはどうでもよろしゅうございます」

虎峰は話の流れを断ち切るように手を打った。

「今日はサヤネ紙のことで集まったはず。まずは鞘音さまが手直しなさったものをお見せくださいませ」

「うむ」

鞘音は行李《こうり》から試作品を一抱え、畳の上にばらまいた。

「なるほどね、渋紙を使ってるのか」

さすがに壮介はひと目でわかったようだ。ただ、その表情があまり晴れやかでないのが鞘音は気になった。

「不浄小屋の女たちの評判は上々だ」

「そりゃいいや、不浄小屋で試してんのか」

壮介は愉快そうに笑った。

「虎峰どのは、いかがだろう」

「悪くはないと思いますよ」

またまた微妙な回答だった。虎峰は鞘音と若葉がやったように、サヤネ紙を引っ張ったりくしゃっと潰したりしている。

「先生は何が引っかかりますかね？」

その言い方からすると、壮介にも何か引っかかるものがあるようだ。

虎峰はしばし考え込んだ後、頭を振った。

「気になることがいくつか。ただ、実際に使わせてみないと、はっきりとは申せません」

「不浄小屋の女たちに使わせたと言ったではないか」

「御城下の女たちですよ。御城下の女は不浄小屋に籠《こ》もりません。月役のときも働くのです」

これは鞘音にとって、まさに不覚であった。

「正直、そこまでは考えておらなんだ」

不浄小屋で休むのと、活発に動くのとでは、使う状況が大きく異なる。江戸で売る計画だというなら、むしろ城下の女たちを参考にすべきだったのだ。迂闊《うかつ》と言うしかない。

「私自身が使ってみることができればよいのですが、もう今月は来てしまいましたから」

そうか、来ていたのか。あっけらかんと言われても、どんな顔をしてよいかわからない。

「ちなみに、この前の会合のときですよ」

「なに、そうだったのか?」

そんな気配はまったく感じなかった。

「女同士でもなかなか気づきませんからね。殿方ならば、まずわからないでしょう」

「少し疲れているようには見えたが」

「ああ、そういうことです」

「仕事の後だからだと思っていた」

「そのようにしか見えないでしょうね。しかし、つらいものですよ。これも人によってずいぶん差がありますが」

虎峰の「講義」が始まりそうだったので、鞘音も壮介も思わず姿勢を正した。

「私の場合、月役の間は臍の下あたりが締めつけられるように痛みましてね。同じような症状を持つ者の中には、つらくて起き上がれないほどの痛みを訴える者もおります」

「それはもう、病ではないのか」

「血の道の病(婦人病)と考えるべきだと思います。ですが、周囲の人々はそう見てくれません。月役は病ではないとして働かされます。先ほど申し上げたとおり、人によっても差が大きいものですから、女同士でさえ怠けや甘えと取られてしまうことがあります」

かつて虎峰が「不浄小屋にいたほうがまし」と言った意味が、鞘音にもようやく得心できた。

「月役のさなかだけでなく、それが始まる三日ほど前、人によっては十日ほど前から調子が悪くなる者もおります。お腹の痛み、乳の張り、体のだるさ、肩こり、頭痛。それに、気分が鬱々《うつうつ》としたり、いらいらしたり。私も、月役の七日ほど前から体がだるくてたまらなくなります」

ということは、月経の期間も合わせて、月の三分の一から半分を超える期間を、万全でない体調で過ごさねばならない女たちがいることになる。

「つらくはないのか」

鞘音の聞き方が軽々しく聞こえたのか、虎峰は目を剝《む》いた。

「つらいに決まっているでしょう。毎月ですよ、毎月」

「す、すまぬ。しかし、城下の女たちを見ていても、そのような気配を感じたことがないゆえ……」

「そう見せないように辛抱しているんですよ。怠けていると思われるのが落ちですからね」

虎峰はため息をついた。

「これはサヤネ紙を使って治せるものではありません。薬湯を飲むか、温石《おんじゃく》で腹を温めるか、できることはそれぐらいです。何ゆえ女ばかりが月役と付き合わなければならないのか、悔しいかぎりですよ」

壮介が宙を見ながら、ふとつぶやいた。

「あれはそうなのかなあ……」

虎峰と鞘音の視線が壮介に集まる。

「いや、うちで働いてるお志津な。普段はしっかりしてるのに、たまに仕事中にぼーっとして眠そうにしてるときがあるんだよ」

「ああ、物事に集中できなかったり、強い眠気に襲われたりする症状もありますよ」

虎峰の説明に、壮介は大きく頷いた。

「やっぱりか、きっとそうだ。親父とお袋にも強く叱らないように言っておかなきゃならねえな。いや、今の話は聞いておいてよかった」

虎峰が一瞬、ニヤリと笑ったように鞘音には見えた。だが、続く言葉は淡々としたものだった。

「お優しいんですね、若旦那《だんな》」

「そりゃ、お志津はうちの大事な奉公人だからな」

「もうずいぶん長いでしょう」

「十年だ。うちで奉公しているうちにすっかり嫁《い》き遅れちまってなあ」

虎峰は唇の両端を吊《つ》り上げた。先刻から、鞘音が見たことのないような奇妙な笑い方をする。

「ご心配はいりませんよ。お志津さんには近頃、良い人ができたみたいですから」

「嘘だろ⁉」

「お志津さんから聞きました。もうとっくに将来を誓い合った仲だとか」

「本当か、本当なのか？」

虎峰は壮介の狼狽《ろうばい》ぶりを楽しむように眺めてから、しれっと言い放った。

「嘘ですよ」

「はあ⁉」

「ちょっとからかってみただけです。まさかそこまで取り乱されるとは思いませんでしたので、失礼いたしました」

「あ、あんたって人は……！」

鞘音にもさすがに察しがついた。

「おぬし、すでに手を出しておったのか⁉」

「人聞きの悪いことを言うな！　指一本触れちゃいねえよ！」

それはそれで信じられない。城下では遊び人の色男と噂の立っている壮介である。

「私がお志津さんから伺ったのは、若旦那が近ごろ妙にお優しいというお話だけですよ。何やら、江戸の土産のお菓子をお志津さんにだけ渡したとか」

「なんでそんなことまで知ってるんだ」

「お志津さんはよくサヤネ紙を届けてくれますから、仲良しなんですよ。ちなみに、そのお菓子は奉公人のみなさんで分け分けして召し上がったそうですが」

壮介が見る影もなく落ち込んだ。

「みんなで食ったのか……」

「明るくて朗らかで、良い方じゃありませんか。若旦那が惚《ほ》れるのもわかりますよ」

むしろ若旦那にはもったいない。言外に虎峰の嫌みが聞こえた気がした。

「その様子では、まだお志津さんに言い寄ってはいらっしゃらないようですね」

「当たり前だ。言い寄るとしても、お志津の年季が明けてからだ」

おや、という顔を虎峰がした。

「奉公先の若旦那に言い寄られたら、嫌でも断りにくいだろ。よその店でそうやって奉公人を泣かせてきた屑《くず》野郎を、俺は何人も見てきた。そいつらみてえにはならねえって、心に決めてんだ」

虎峰は本気で感銘を受けたようだ。

「若旦那がそこまで奇特な心がけをなさっているとは、ほんの少し見直しましたよ」

「当たり前だ。俺が女にもてるのは、俺が好《い》い男だからだ。大店《おおだな》の若旦那ってことを笠《かさ》に着る必要なんかねえ」

虎峰は途端に冷めた表情になった。

「さて、サヤネ紙ですが」冷めた顔のまま話題を戻す。「漏れる、破れる、かぶれる、ずれる、小さい、大きい。初めの問題は解決できていると思います。ただ、あちらを立てればこちらが立たずということもありますからね。これまでとは異なる問題が新たに生じていないともかぎりません」

虎峰は試作品をもらい受けてよいかと尋ね、鞘音は「うむ」と頷いた。

七

「蒸れる……か」

第三回の会合である。

虎峰が女たちに手直しの試作第一号のサヤネ紙を使わせた結果、多くの者から、同じ問題が指摘された。蒸れるというのである。

渋紙が原因だった。丈夫な渋紙なら、サヤネ紙が破れない。さらに、水をはじく性質があるので、経血を漏らさず都合がよい。それは正しかったのだが、同時に湿気をこもらせる弊害ももたらしていた。

「蒸れによって汗疹《あせも》ができたと訴える者がおります」

女陰の皮膚は弱い。湿気は大敵であった。

「それから、かぶれが生じたという者も」

すでに解決したはずの「かぶれる」が再発している。まさに、「あちらを立てればこちらが立たず」の状況が起きていた。

「もうひとつ、申し上げにくいことですが――やはり漏れる、と」

渋紙が貼られている面からは漏れないが、かわりに横漏れするというのである。

結局、何も解決していないではないか。鞘音は肩を落とした。

「ゲンさん、落ち込むこたぁねえ。まったく初めに戻ったわけじゃねえんだ。大きい小さいは解決してる。そうだろ、虎峰先生」

「これも申し上げにくいのですが」と言いながら、虎峰の口調は明瞭《めいりょう》である。「大きいのは良いのですが、厚みがありすぎて動きにくいです。渋紙も硬すぎます。立ったり座ったり歩いたり、動くうちにサヤネ紙が捩《よじ》れてしまいます」

さきほどまでと違い、伝聞調ではない。鞘音と壮介の違和感が顔に出たのか、虎峰は冷静に告げた。

「今のは私が着けてみた所感です」

そうか、着けてみたのか。この月は終わったと言っていたが、着けてみるだけ着けてみたらしい。鞘音も壮介も、ただただ頭を下げるしかなかった。

結局、解決したのは「破れる」だけであった。だが、それを解決するために渋紙を使ったことから、他の弊害が出ている。実質、振り出しに戻ったも同然であった。

「渋紙は使えぬか……」

「渋紙を使うのは悪くないと思いますよ。裏表がわかりやすいですし、渋《しぶ》で血の色が目立たぬのも私は良いと思いますが」

虎峰は壮介を振り返った。

「若旦那はどう思われますか？」

壮介はずっと、渋紙のサヤネ紙を手に考え込んでいた。

「渋紙の質を変えりゃいいのかな……」

渋紙は革のように硬い。これは何度も柿渋を塗り重ねているためである。

「渋を引く回数を減らすよう、職人に言ってみる。それでずいぶん変わるはずだ」

耐水性が強すぎれば蒸れが生じ、弱すぎれば漏れが生じる。中庸《ちゆうよう》を探るしかなかった。

「だけどなあ、渋紙しかねえのかなあ……」

渋紙を使うことに、壮介はずっと引っかかりを感じているようだった。だが、何が問題かと説明できるほど明確ではないらしい。とりあえず、引き続き渋紙を使うことになった。

あとは、厚みがありすぎて動きにくいという、虎峰が提示した問題である。

鞘音はサヤネ紙の試作品を手にとってみた。

「これで厚すぎるなら、もう少し薄くするしかないか……」

「だけど、薄くしたら漏れるんじゃねえか？」

壮介の疑問に鞘音はしばし考え、「こうしてはどうか」とサヤネ紙を両手ではさんで押しつぶした。

「今でも型に入れて押しつぶしてはいるが、さらに強く押しつぶす。中身をもっと密にするのだ。そうすれば厚みは減り、なおかつ血がしみこむのに多少の時が稼げるはず」

「時を稼ぐとどうなる？」

「しみこんだ血が乾いて固まる。そうすれば漏れることはあるまい」

「ははん、なるほどな」

壮介が素直に感心したので、鞘音は得意になった。

「これで上手くいけばよいがのう」

「上手くいきませんよ」

言下に否定したのは虎峰である。

「な、なにゆえだ」

「血が固まるとおっしゃいましたね。経血は固まりませんよ」

「そんな馬鹿な。血は血であろう。固まらぬはずがない」

「なぜなのかはわかりませんが、経血は固まりません。膣《ちつ》の中で固まると大変ですから、そうならぬようにできているのでしょうね。人の体は不思議なものです」

鞘音は愕然《がくぜん》とした。虎峰が嘘をついているとは思えぬ。ここに来て、またも男であるがゆえの見落としに気付かされてしまった。壮介も知らなかったと見え、目を丸くしている。

「そんなことも知らずに私は今まで……」

基本的なところで心得違いをしていたのだ。これまでの工夫をすべて見直したほうが良いのではないか。そんな疑念すら鞘音の中に芽生え始めた。

「いや、そんなに落ち込むことはねえよ。今のところいい線行ってるんだから」

壮介が「なあ先生」と言わなかったのは、虎峰なら慰めるどころか追い討ちをかけかねないと学んだためかもしれない。

だが、このとき虎峰はめずらしく壮介に同調した。

「若旦那のおっしゃるとおりです。ここまではおおむね正しい道を進んでおられると思いますよ。もし間違えたら、今のように私が引き戻します」

虎峰の声に心なしか力が込もった。

「若旦那が初めにおっしゃったように、わからないことは学べばいいのです。そのために私がいます。学ぶ気をなくされたら、そのときは匙《さじ》を投げますけれどね」

なんと頼もしい女子《おなご》だろう。鞘音は思わず胸が熱くなった。

「ついでなので確かめておきますが、お二人とも、経血は尿のように我慢できるものとは思っておられませんね？」

鞘音と壮介は無言であった。

虎峰はため息をつく寸前の表情になったが、つい先刻の自分の言葉を思い出したのか、咳払いして顔を引き締めた。

「よろしいですか、経血は我慢では止まりません。たとえば、鼻血と同じようなものだとお考えください。もっとも、鼻血は啜《すす》れば多少は引っ込みますが、女陰にそんな芸当はできませんよ？」

虎峰は口にしてから、鞘音と壮介の顔を真剣にのぞきこんだ。

「まさか、そんな芸当ができると思っておられましたか？」

「いやいや、さすがにそれはない」

「それならよろしい。噂では、自分の意思で経血を我慢して、廁《かわや》でまとめて出せる者が稀《まれ》にいるとは聞きます。ただ、少なくとも私は、そのような者にこれまで一度も会ったことはありませんね」

虎峰は「さて」と手を叩いた。話題を変えるときの癖なのかもしれない。

「話を戻しますが、薄くするにしても、鞘音さまがなさったようにさらに押しつぶすのは考えものです。中身を密にするということは、そのぶん気が通りにくくなるということですから」

蒸れやすくなってしまうと虎峰は言う。中身の密度は、おそらく今の状態が最適であろうとのことであった。

鞘音は文字通り頭を抱えた。固まらず、自分の意思で止めることもできないものを、ただの紙のかたまりの中に留《とど》まらせる。そんなことができるのか？

「ただの紙——」

鞘音は肩幅よりやや大きく腕を広げ、手首を返すような動作を繰り返した。ほとんど無意識である。

壮介はその動きを見て、「ああ」と勘づいたようだ。

「ネリを入れるってことか」

「うむ……」

虎峰は何のことかわからないようで、二人を交互に見ている。

「先生にもわかるように教えて差し上げましょうかね」

いつも虎峰に教えられる立場なので、壮介は嬉しそうである。

「お願いします」

虎峰は淡々と促した。

「紙を漉くときには、まず大きな水槽《おけ》に水を張る。そして紙の材料の繊維を入れる。これは楮《こうぞ》の皮を叩いて綿《わた》みてえにしたものだ」

浅草紙の場合は、屑紙を煮溶かした繊維である。

「この水槽《おけ》のことを俺たちは舟《ふね》と呼んでるんだが、舟には紙の材料だけじゃなく、ネリというものを入れるんだ」

「ネリとは？」

「黄蜀葵《とろろあおい》の根を漬け込んだ水さ。根っこから粘りが出て、名前の通り水がとろろみたいになる。

その水を舟にぶちこめば、舟に張った水にわずかな粘り気が出る」

鞘音が説明を引き継いだ。

「水に粘りをつけることで、繊維を舟の中に満遍なく散らすことができるのだ。それがなければ繊維が底に沈んでしまう。漉くときにも粘り気のある水のほうが扱いやすい」

「粘りの加減は職人ごとに好みがあるな」

「しかもその粘り気は、乾くとなぜか消えてしまう。漉いた紙を濡《ぬ》れたまま重ねても、乾けばきちんと一枚ずつ剝《は》がせるのだ」

「あれは不思議だな。ともかく、ネリは紙漉きには欠かせないものなんだ。先生、わかってもらえましたかね？」

得意げな二人に、虎峰は小さく会釈した。

「よくわかりました。学ばせていただきました」

頭を上げると、虎峰は鞘音のほうを向いた。

「ということは、鞘音さまのお宅には黄蜀葵《とろろあおい》の根汁――ネリがあるのですね？」

「むろんだ」

「ならば、若葉さんが咳をしたときにはネリを飲ませてあげてください。咳を鎮める薬効があります」

「なに、あれは飲んでよいものなのか？」

「立派な漢方薬ですよ」

「私は腹を下したのだが」

「飲んだのかよ」という壮介の声を意に介さず、鞘音は前のめりになった。若葉の体に良いとなれば、聞かずにはいられない。

「便通をよくする働きもありますが、そもそも腐りやすいですからね。傷んでいないか、飲む前によくお確かめください」

紙漉きが主に冬場に行われるのは、ネリが腐りにくい季節だからでもある。

壮介が何かを思い出したような顔をした。

「そういえば俺もガキの頃、咳をしたらばあさんにネリを飲まされたなあ。あれはちゃんと意味があったのか」

ネリはまったくの無味無臭で、決して美味《うま》いものではなかったという。

「黄蜀葵《とろろあおい》の花は火傷《やけど》に効きますし、根汁は丸薬を練るときにも使います。黄蜀葵は漢方でも何かと重宝するんですよ」

知識で虎峰に勝とうと思ったのが間違いだったようだ。結局、鞘音も壮介も講義を聴く姿勢になっている。

「さて話を戻しますと、鞘音さまはサヤネ紙にネリを入れてはどうかと考えていらっしゃる？」

鞘音は頷いた。

「経血が固まらぬのなら、せめて粘りを与えればサヤネ紙の中に留まるのではないかと思うての。だが――」

「黄蜀葵《とろろあおい》の根っこを刻んで入れるってわけにはいかねえもんな」

ネリを作るには、黄蜀葵の根を水に一昼夜漬けておかねばならない。サヤネ紙は一時ごとに取り替えるものなので、そんな悠長なことでは役に立たなかった。

「どうしたものか」

「どうしたものかねえ」

鞘音は天井の木目をにらみ、壮介は畳の縁《へり》を見つめている。

「とはいえ、経血に粘りを与えるという思いつきは、なかなか面白いですね」

虎峰は、経血が固まらないのは当然だと思っていたので、そんな発想はできなかったという。

「粘りを与えられれば、黄蜀葵《とろろあおい》でなくとも構わないはずです。何かそんなものが……」

あるだろうか。三人が頭を悩ませたとき、襖《ふすま》の外から声が掛けられた。

「失礼いたします」

襖を開けたのは、奉公人のお志津である。お志津のほかに二人の奉公人がいて、それぞれ膳《ぜん》を運んできていた。茶菓子の差し入れのようだ。

「奥様からの陣中見舞いとのことです」

室内の三人は苦笑した。我孫子屋のおかみさんは三人が何をしているかをおおよそ知っていて、応援してくれているようだ。ありがたいことである。

「ちょいと一休みするか」

壮介が伸びをしながら提案する。気付かなかったが、鞘音も頭が疲れ切っていた。虎峰も大きく息を吐いて肩を回している。

だが、配膳された菓子を見たとき、鞘音はくわっと目を見開かずにいられなかった。壮介と虎峰も同様である。

一礼して部屋を出ようとしたお志津が見たのは、ぷるぷると震えるわらび餅《もち》を食い入るように見つめる三人の姿だった。

第四章　蟷螂《とうろう》の斧

一

秋は深まり、早朝ともなればもはや寒いほどである。小高い丘の上の望月家は清冽《せいれつ》な空気の中にあった。

鞘音は疲れた顔で雨戸を開けた。徹夜明けの目に日射しが痛いほどだ。眠っている若葉を起こさぬよう、夜通し土間で作業をしていたのである。土間には失敗した紙が散乱していた。

「若葉、ちと来てみよ」

外で顔を洗ってきたばかりの養女を、鞘音は縁側に呼んだ。若葉はまだ眠そうである。

「ととさま、お顔の色が悪うございます」

「うむ、昨晩からずっとこれを作っていてな」

縁側には食事に使う膳《ぜん》が置かれていた。ただ、膳の上には食事ではなく、サヤネ紙が一枚、うやうやしく置かれている。

若葉は縁側に上がらず、庭から膳をのぞきこんだ。

「これが、新たに手直しなさったサヤネ紙でござりますか？」

「うむ」

鞘音はサヤネ紙をひっくり返してみせた。裏も表も、柿渋の赤褐色ではない。紙の地の色のままである。

「渋紙をお使いになったのではござりませんね？」

「壮介にもらった渋紙が、どれも塗り加減がいまいちに思えてな。手にとってみよ」

若葉は両手でサヤネ紙を持ち上げた。

「表と裏で、手触りが違います」

「そうであろう」

「柿渋ではないものを塗られたのでござりますか？」

「いかにも」

「色がついていないということは、わらび糊《のり》でござりましょうか」

「もっと良いものがあったのだ。ふ、ふ、ふ」

若葉がさりげなく半歩退く。

「効き目は柿渋と同じで、しっかり塗れば水も気も通さぬ。だが、それでは蒸れてしまう。気を通しても水を通さぬ塗り加減を探して、それはどうにか摑《つか》めた。このうえさらに、水を漏らさずサヤネ紙に留《とど》める工夫が必要だった」

若葉はサヤネ紙を横からのぞいた。

「厚くしたのではございませんね。むしろ薄くなっているような？」

「厚みがあると動きにくうなるからな」

鞘音は水をたたえたお猪口《ちょこ》を掲げた。

「これは人肌に温めた酒……ではない、水だ」

疲れで頭が回らない。

「なぜ水の色が青いのでございますか？」

「わかりやすいように藍《あい》で色をつけてみた。紅《べに》でもよかったのだが、いささか生々しいからの。は、は、は」

鞘音は乾いた声で笑ったが、若葉は表情を消している。

「見ておれ」

鞘音は薄い藍色の水をサヤネ紙に垂らした。少しずつ、少しずつ。

「――え？」

若葉が不思議そうな顔をしたのを見て、鞘音は得意になった。

「わかったか？」

「サヤネ紙がふくらんでいるような気がします」

そのとおりであった。水は外に漏れ出すことなく、サヤネ紙の中に留まり、藍色のふくらみを作っている。

「触ってみよ」

若葉は指先でなでるように触ってから、軽く押した。

「どろどろしていて、何やら気持ち悪うございます……」

「何かに似ていると思わぬか」

「葛餅《くずもち》のような……」

「惜しい」

「わらび餅？」

「やはり惜しい。におうてみよ」

若葉はサヤネ紙に鼻を近づけた。

「……もしや、こんにゃくでござりますか？」

「そのとおり、こんにゃくだ」

鞘音は胸を張った。

「サヤネ紙の中にこんにゃくが？」

「こんにゃく芋《いも》を乾かして粉にしたものを混ぜたのだ。じつは葛粉もわらび粉も、さらには片栗粉まで試したが、とろみをつけるにはこれが最上だった」

「こんにゃくの粉というものがあるのでござりますか？」

「うむ、水戸《みと》で作られているものだ」

こんにゃく芋を精粉する技術は、水戸で開発されたと言われる。こんにゃくはほとんどが水分である。できあがったこんにゃくを江戸に運ぶよりも、粉の状態で運ぶほうが、輸送料がはるかに安くつくのだ。水戸ではこんにゃく粉を専売制にし、藩政改革の資金にしていた。

「サヤネ紙の片面に塗ったのは、こんにゃく粉を溶いた糊だ。乾けば、渋紙と同じく水を通さぬ」

「しかし、かぶれませぬか？」

若葉の疑問はもっともで、生のこんにゃく芋からこんにゃくを作るとき、素手で触るとひどくかぶれる。

「乾いたこんにゃく糊なら、かぶれはせぬ」

「中に入っているこんにゃく粉は？」

「生のこんにゃく芋ほどにはかぶれぬ。壮介や虎峰どのは、まったくかぶれぬそうだ」

「そうなのでございますか」

「とはいえ、誰もがというわけではないらしい。これを見よ」

鞘音は左腕を若葉の前に伸ばした。肘《ひじ》の関節の内側、血管が浮き出たところが赤くなっている。

「ご自身で試されたのでございますか」

「人の肌にあてるものゆえ、まずは自分で試すのが筋であろう」

「私も触ってしまいましたが」

「それはいかん。早く手を洗ってきなさい」

若葉は何かぶつぶつ言いながら手を洗いに行った。自分で触らせたくせに、と文句を言ったようだ。まだ寝起きで機嫌が悪いのであろう。

手拭《てぬぐ》いで手をふきながら戻ってきた若葉は、やはりもっともな疑問を投げかけてきた。

「かぶれてしまうのであれば、このサヤネ紙は失敗ということにはなりませぬか？」

「うむ、このままでは使えぬ。だが、道筋は見えてきた」

徹夜明けの興奮からか、鞘音は早口になっていた。若葉の返事も待たずにまくし立てる。

「たとえばサヤネ紙の中を二層にしてみるのはどうだ。肌に触れる層にはかぶれにくいわらびや葛の粉を混ぜ、反対の層にこんにゃく粉を混ぜる。直《じか》にこんにゃくが肌に触れなければ、かぶれを起こすことはないはずだ。二層にするには紙の折り方をこう工夫して……」

「あの、少しお休みになっては」

控えめに提案されて、鞘音は空を見上げた。早朝の日射しがまぶしい。

「そうだな、道筋は見えたことだし、少し横になるか……」

「お布団を用意いたします」

「ありがたい」

布団を敷きながら、若葉がためらいがちな声を発した。

「あの、先程のこんにゃくについて、つまらぬことを思いついたのでございますが……」

「つまらぬことなど、私は何度思いついたかわからぬぞ。塵《ちり》の山に玉《ぎょく》が隠れているのだ。恥ずかしがらずに申してみよ」

「では申し上げますが、こんにゃく粉と一緒に草木灰《そうもくばい》を混ぜたら、本当にこんにゃくになるのではございませぬか？」

こんにゃく芋に草木灰を混ぜて練り、熱湯に通すと、ぷるぷるとしたおなじみのこんにゃくができあがる。こんにゃくに水を吸わせただけでは、先刻のようにとろみがつくだけだ。どうせなら固めてしまえばよいのではないか、というのが若葉の提案であった。

言ってはみたものの、若葉はすぐに自信をなくしたようだ。

「やはり、つまらぬ思いつきにございましょうか」

「じつは試した」

「試されましたか」

「試してみたが、とろみがつくだけでこんにゃくのようには固まらなかった。やはり湯に通さねばならぬようだ」

「そうでございましたか」

「それに、においがいかん。こんにゃく粉に草木灰を混ぜて水を吸わせると、ひどく生臭いにおいがするのだ。そなたは眠っておったが、寝床までにおいが届いたと見えて、何やら唸《うな》っておったぞ」

「夢見が悪かったのはそのせいやも知れませぬ。さ、お布団を敷きましたぞ」

布団に入りながら鞘音は言った。

「起きたらすぐに作業を始めるゆえ、土間は片付けなくてよいぞ」

「炊事ができませぬ」

「ならば、適当に脇によけておいてくれ」

横になるとどっと疲れが襲ってきた。だが、頭だけは妙に高揚している。

「もうすぐだ。もうすぐ新たなサヤネ紙が完成する」

若葉は神妙な表情で枕元に座っていた。

「ととさまは、なにゆえそこまでこのお仕事にご熱心なのでございますか？」

その言い方には、若葉の複雑な心情がにじみ出ているようであった。

「私がこの仕事をしていることで、そなたには恥ずかしい思いをさせているやもしれぬ。だが、もう少しの辛抱だ」

「いえ、恥ずかしいなどとは……」

言葉とは裏腹に、無理をしているように聞こえる。

「私がこの件に関わっておることは内密にしてある。会合のために我孫子屋に出入りするときも、裏口を使って人目につかぬよう用心しておるくらいだ。そう人に知られはせぬ」

「噂はすでに広まっておりまする」

「噂など時が経てば消える。心配は無用だ」

鞘音は天井の渦巻き模様の木目を眺めた。

「私も初めはこのような仕事と思うておったが、やってみると奥が深い。誰も作ったことがないものを作る面白さもある。まして人の役に立つものであれば――」

鞘音は自分の言葉に引っ掛かりを覚えた。

「誰も作ったことがない……何故であろうか」

思考に沈みそうになったところで、若葉がまだ枕元に座っていることに気づく。鞘音は努めて優しく声を掛けた。

「今日は村の友達のところへ遊びに行くのか？」

「いいえ、家で『千字文』を読みます」

「そうか、精が出るのう」

眠気が襲ってきた。

「やはり疲れていたようだ。少し眠るとしよう。火事でもないかぎり起こさぬでくれ」

鞘音のつまらない冗談に、若葉は笑顔を見せた。

「とつぜん殿様が訪ねて来られましたら、いかがいたしましょう？」

めずらしいことに、冗談に冗談で返してきた。

「決まっておる。起きるまで庭先でお待たせ申し上げるのだ」

「かしこまりました」

二人は笑いあった。

若葉は枕元を離れると、書見台を出してきて縁側で『千字文』を開いた。すぐに夢中で読み始めた娘の背中を見ながら、鞘音は虎峰の言葉を思い出していた。四書五経を読みたいなどと言うようであれば、婿の成り手は減る。そんなことを言っていた。

婿の成り手か。そういえば若葉は以前、婿取りなどしたくないと言っていなかったか。その場の勢いで言ったまでで、本気ではなかろうと思っていた。果たしてそうだろうか。もしも本気ならば、武士の娘として由々しきことだ。由々しきことだが……

考えがまとまらないうちに鞘音は眠りに落ちていった。

二

三と八のつく日は、鞘音が大和田道場に師範代として稽古《けいこ》をつけにいく日である。

「休むな、続けて打ち込め！」

「おめん、おめん」

「もっと速く！」

「おめんめんめん！」

「いいぞ！」

鞘音が鍛えた門弟たちはめきめきと腕を上げている。サヤネ紙もいよいよ完成に近づき、鞘音は充実した日々を過ごしていた。

「ありがとうございました！」

「よし、次！」

威厳のある足取りで巨軀《きよく》を進めてきたのは、花見川である。

「私が相手だ」

「稽古をつけて差し上げましょう、花見川どの」

「兄弟子に対し無礼な。あのときは不覚を取ったまで」

「……参られよ」

鞘音が竹刀《しない》を構える。花見川も構える。道場が静まる。剣尖《けんせん》が触れ合う。

花見川が吠《ほ》えた。

「ぬおおおお！」

「おめんめんめん！　おこてこてこて！」

滅多打ちである。花見川はあっという間に床に這《は》いつくばった。

「花見川どの、何か申されたきことは？」

「……ました」

「もっと大きな声で」

「ありがとうございました、先生！」

鞘音は重々しく頷《うなず》き、稽古を終わらせた。

帰り支度をしていると、またも道場主の大和田利右衛門に声を掛けられた。いつにも増して顔色が冴《さ》えない。良くない話である予感がした。

「鞘音どの、誠に申し訳ない」

師範室で二人きりになるなり、頭を下げられた。

「何事でござるか、ご師範」

「……年内で道場を閉めることになりましょう」

「なんと!?」

利右衛門が言うには、経営がいよいよ行き詰まり、進退窮まったとのことであった。

「鞘音どのが師範代になってくださったおかげで、我が道場の門弟は増え申した。しかし、いかんせん――」

その門弟たちからの月謝が思うように集まらないというのである。

「そもそも、御公儀から家来衆への給金が減っておるのでござる。門弟たちも皆、暮らし向きを立てるのに精一杯でござってな」

この場合の御公儀とは、幕府ではなく藩である。菜澄領内の財政は、近年悪化の一途をたどっている。ついには家老から足軽まで、家臣たちの給金を減らさざるを得ないほどだった。これは菜澄だけでなく、全国の多くの藩が同様であり、そのために各地で藩政改革が急がれていた。

「鞘音どのに師範代をお願いするのも、年内までとなりまする。誠に申し訳なく……無念に思うております」

利右衛門はふたたび頭を下げた。


ほぼ完成に近いサヤネ紙を携えて、意気揚々と今日の会合に臨むはずであった。

だが今、鞘音の胸中には寒風が吹いていた。幼い頃から世話になった道場が、ついに看板を下ろしてしまう。そんな感傷だけではない。師範代の収入が絶たれるのだ。

家の畑の収穫に、紙漉《かみす》きとサヤネ紙の作料。これだけで若葉と二人、食べていけるだろうか。

サヤネ紙の手直しと職人に教える分の報酬も、これから入ってくるはずではある。売上の一部も受け取れる約束にはなっている。だが、何と言ってもどれだけ売れるものか、予測がつかない。あてにするわけにはいかなかった。

「まずいな……」

これまでどうにか成り立たせてきた暮らし向きが、ついに崩れてしまう。せめてあと五年、いや三年でよい。若葉に婿を取らせるまで保《も》ってくれなかったものか。

暗澹《あんたん》たる思いを胸に抱え、鞘音は往来を歩いていた。若葉には伝えておくべきか。否、余計な心配をかけたくない。

「おやおや、望月鞘音どの。ずいぶんと憔悴《しょうすい》した顔をしておられるな」

質素だが仕立てのいい袴《はかま》姿の男。剣術指南役の眞家蓮次郎であった。

三

この男は暮らし向きの心配などいらぬのだろうな。鞘音は正直に嫉妬《しっと》を覚えながら、「いささか風邪を」と目礼して通り過ぎようとした。

また、例の二人が出てきた。

「月役でも来たのではないか」

「サヤネ紙をあてがってはいかがか」

太郎右衛門と次郎右衛門が嘲笑《ちょうしょう》する。

「これこれ、やめぬか」

以前と同じ光景だ。だが、鞘音は相手をする気になれなかった。

「鞘音どの——？」

怪訝《けげん》そうな蓮次郎の声が、鞘音の背中に当たって落ちる。

「鞘音！」

今度は強烈な一喝。さすがに鞘音は振り返った。

「ははん、さては道場をクビにでもなりおったか。経営が苦しいとは聞いておったがのう。剣鬼とまで呼ばれる男が女の下《しも》で口に糊せねばならなかったのだから、いずれはこうなる定めだったのであろうよ」

薄笑いを浮かべる蓮次郎に、鞘音は詰め寄った。

「初めてみずからの口で侮辱したな」

「む、もしや図星か……？」

蓮次郎の顔から嘲笑が消えた。

「まことに道場が危ういのか？」

「おぬしには関わりのないことだ」

「今後のあては？」

「関わりのないことだと言うておろう」

「聞かれたことに答えぬか、鬼瓦《おにがわら》め」

鞘音は舌打ちした。

「古い話を」

以前、壮介にも話した。かつて鞘音は、江戸の道場の師範から「鬼瓦のような顔で剣を振るうでない」とたしなめられた。それ以来、その道場では「鬼瓦」というあだ名がついてしまった。

そういえば、蓮次郎と初めて会ったのもその道場である。

太郎右衛門と次郎右衛門がまた前に出てきた。

「所詮《しょせん》おぬしは女の――」

「やめよ」

蓮次郎が皆まで言わせずに止めた。初めてのことである。太郎右衛門と次郎右衛門は、ばつが悪そうに下がっていく。

「鬼瓦どの、まさかこれからずっと女の下で食い扶持《ぶち》を稼ぐつもりではあるまい。仕官する気があるのなら、この蓮次郎から殿に口を利いてやってもよいぞ」

「誰がおぬしの世話になるか」

「なぜそう意地を張る」

「意地を捨てて武士が生きられようか！」

鞘音の激した声に、往来の人々が振り返る。

蓮次郎は苛立《いらだ》ちを隠さなかった。

「ならば勝手に惨めな暮らしを続けておればよい。紙問屋と女医者にたぶらかされて、剣鬼も血迷うたと見える」

「言わせておけば……」

鞘音の手が腰のものにかかった。辱めを受けてそのままにしておくことは、罪悪である。三つ子の魂で身に染み付いた武士としての体面が、鞘音の体を動かしていた。

蓮次郎が素早く柄頭《つかがしら》を押さえ込む。

「往来であるぞ」

往来で斬り合いなどしては、双方とも御公儀からどんな沙汰《さた》を受けるか知れぬ。

「太郎右衛門、次郎右衛門、木刀を」

二本の木刀を受け取ると、蓮次郎は鞘音に一本を投げ渡した。自分は腰の刀を太郎右衛門に預ける。

木刀で立ち合いをしようという誘いらしい。

――よかろう。

鞘音は受けて立つことにした。ここまで険悪になっては、もはやたがいに引き下がれない。刀をどうしようかと迷っていると、後ろから袖《そで》を引かれた。振り返ると、なぜかそこに若葉が立っている。

「若葉、裁縫の稽古はどうした」

「ととさまこそ、裁縫塾の前で何をなさっておいでてでございますか」

見ると、裁縫塾の生徒たちがそろって往来に出てきている。初老の先生もいた。

「これは先生、いつも若葉がお世話になっており申す」

「いえいえ、本当によくできた娘さんで」

「先生のご指導の賜物《たまもの》でござる」

「御父君がご立派なのですよ」

繰り返し先生とお辞儀をしあう鞘音に、蓮次郎の苛立った声が放たれた。

「望月鞘音、決闘を前に所帯じみた姿を見せるでない！」

集まり始めていた野次馬が、ぎょっとした顔をする。

蓮次郎は急いで言い直した。

「……否、決闘にあらず！」

鞘音も振り返って叫んだ。

「喧嘩《けんか》にもあらず！」

そして、図らずも二人の声が揃った。

「稽古なり！」

鞘音は腰の刀を若葉に預けた。

「ととさま、あの御方は強そうにございます」

「強いぞ、あやつは。江戸の道場で何度も立ち合《お》うたが、今はもっと強くなっておろう」

「できれば、おやめいただきとうございます」

「そうもいかぬのだ。なりゆきでな」

どちらから喧嘩を売ったのか、もはや当事者同士も覚えていない。

蓮次郎は舌打ちとともに吐き捨てた。

「女子《おなご》に刀を預けるとは、望月鞘音もいよいよ堕《お》ちたものだ」

「地が出てきたな。御公儀の剣術指南役ともあろう者が、品のないことよ」

蓮次郎の顔が紅潮した。逆上してくれればしめたものだが、さすがに軽々しく挑発には乗らなかった。

「望月鞘音、おぬしに稽古をつけてやる前にひとつ尋ねる」

勝手に稽古をつけていただく立場にされてしまった。

「あのとき、なにゆえ逃げた」

昨年、殿の御前で催された他流試合のことのようだ。領内すべての剣術道場が招かれたが、大和田道場からの代表者は、剣鬼と名高い望月鞘音ではなく、道場主の利右衛門であった。

「道場主が試合に出るのは当然ではないか」

「屁理屈《へりくつ》をこねるな。あのような若輩者に大事な試合を任せるとは、いかなる了見か」

「若輩者とは無礼。我が道場の師範であるぞ」

「その師範に恥をかかせることになるとは思わなんだか」

じつは、そこを突かれると痛い。蓮次郎や他の道場の剣客たちと渡り合うには、利右衛門が未熟であることはわかっていた。だが、その経験がきっと師匠の将来の糧になると思い、鞘音は辞退したのである。

今のところ、それは裏目に出たと言わざるを得ない。利右衛門はますます自信を失い、今や道場を畳もうとする事態にまで至ってしまった。

太郎右衛門と次郎右衛門が懲りずに前に出て、囃《はや》し立てる。

「どうせ蓮次郎様に恐れをなしたに違いなかろうて」

「そうだ、腰抜けめ」

今度は蓮次郎も「やめよ」とは言わなかった。

「この者たちの申すとおりよ。我に恐れをなしたか、望月鞘音」

鞘音はうんざりしつつ、鼻で笑ってみせた。

「おぬしに恥をかかせたくなかっただけよ、蓮次郎」

「言いおるわ。万に一つも私に勝っていたならば、今頃おぬしが剣術指南役になっていたやもしれぬというに」

「そのようなお役目、望んでおらぬ」

「なぜ望まぬ！」

突然の大声に野次馬が驚いたのを見て、蓮次郎は取り繕うように咳払《せきばら》いした。

「……その剣をもって世に出ようと、なぜ思わぬか。武士ならばそれが当然であろう」

「私はただ、己の剣を極めたいだけだ」

「それは独り善がりに過ぎぬ。秀でた力があるなら、それを世のために使うべきではないか。見下げ果てた奴め」

蓮次郎はずっと苛ついている。そもそも、この男はなぜいつも自分に絡んでくるのか。昔の知り合いとはいえ、一介の郷士など放っておけばよかろうに。鞘音は今さらそんな疑問を抱いた。

そのとき、蓮次郎に真っ向から抗議した者がいた。

「ととさまを悪く言うのはおやめください！」

誰よりも鞘音が驚いた。若葉であった。この子は、このように大きな声が出せるのか。しかも、これほどの見物人がいる前で。

「ととさまは私の病のせいでお城仕えができませぬ。それなのに試合に出るのは殿様に礼を失するとお考えになり、試合を辞退なさったのでございます」

なんと、若葉の訴えに蓮次郎が聞き入っていた。蓮次郎に従う侍たちも。見物人たちも気の毒そうに若葉を見ている。

「本当は、ととさまは試合に出て腕を振るわれたかったに違いありませぬ。ととさまは剣術にかけては、菜澄の誰よりもお強いのでございますから」

目に怒りの涙を浮かべている義娘《むすめ》の頭を、鞘音はなでた。

「若葉、すまぬ。自分のせいなどと思うておったのか」

自分がそう思わせてしまったのだ。人の心に敏感な若葉が、気づかないわけがなかった。領内の猛者を集めた他流試合、鞘音の剣術家としての血は、たしかに騒いだのである。興味のないふりをしていたが、義父の心の奥を若葉は見抜いていたのだ。

実の父ならばまだしも、義理の父親である。きっと、子供ながらに想像もできぬほど気を遣っているに違いない。鞘音が慣れない田舎暮らしに戸惑っていることも、さっさと若葉に婿を取って御役御免になりたいなどと思っていたことも、おそらく、すべて悟られている。なんとむごいことをしてしまったのか。なんと情の無いことをしてしまったのか。

鞘音は若葉の目線までしゃがみこんだ。娘の肩をしっかりと摑む。

「若葉、そうではないぞ。そなたのせいではない。この望月鞘音、今のあらゆる事どもについて、そなたのせいなどと思うたことは一度もない」

若葉は涙を溜《た》めた目で、時々しゃくりあげながら鞘音を見返している。

鞘音は不器用に笑いかけてみせた。

「今の暮らし、私は悪うないと思うておるぞ。二人で育てた大根で作った味噌汁《みそしる》、あれは美味《うま》かったのう。江戸でも上方でも、あのように美味いものは食うたことがない。ちと塩辛かったがの」

若葉が涙の中に少し笑顔を見せた。

「何となれば、婿など取らぬでもよいのだ。御家の存続は大事だが、それならば、どこぞの遠縁をさがして継がせればよい。今の私は、そなたが幸せになれる道を選ばせたいと思うておる」

不思議なほど滑らかに言葉が出てきた。奇妙な解放感すらあった。心の奥底で、そうありたいと願っていたのかもしれない。そう、自分も若葉も、武家としてかくあらねばならないという規範に縛られすぎていたのだ。その縛りをほんの少し緩めるぐらい、御先祖方も許してくれよう。

若葉がひとまず落ち着いたようなので、鞘音は裁縫の先生に若葉を預けた。木刀を握りなおして振り返り、蓮次郎を鋭く睨《にら》みすえた。

「さて、稽古をつけていただこうか、蓮次郎どの」

鞘音は「どの」に嫌みを込めた。

「よかろう……菜澄の誰よりも強い、望月鞘音どの」

この「どの」には嫌みがなかった。何か感じるものがあったような蓮次郎の顔である。だが、「稽古」をやめようとは言わなかった。

鞘音は木刀を中段に構えた。

四

鞘音は蓮次郎の構えを見て呆《あき》れた。稽古をつけてやると言った側が上段に構えてどうする。攻める気満々ではないか。

「参るぞ、鬼瓦」

こやつ、まだ言うておる。鞘音は思わず言い返しそうになったが、もはやそれどころではなかった。

「けええええい！」

雄叫《おたけ》びと同時に、蓮次郎が一気に間合いを詰めてきた。来る！

鞘音は頭上からの一の太刀を受けとめた。手が痺《しび》れる。だが、休む間もなく二の太刀、三の太刀が振り下ろされた。激しい連打。打ち返す隙もない。やはり剣術指南役は伊達《だて》ではなかった。

打ち込みは一向に止む気配がない。だが、その速さには慣れてきた。蓮次郎の太刀筋も見切れてきた。機をとらえて、攻撃を受けとめるのではなく、木刀に滑らせるように受け流す。

「……！」

さすがに眞家蓮次郎、勢いあまって地を打つような醜態は晒《さら》さなかった。だが、ほんの一瞬の隙で鞘音には十分である。

「ほうっ！」

咆哮《ほうこう》とともに、鞘音の木刀が蓮次郎の肩口を狙う。普通なら避《よ》けきれないところだ。

だが、蓮次郎はその太刀を回避した。退《さ》がるのではなく、逆に前に出て鞘音の懐に飛び込んだのだ。剣の勢いが殺された。

体当たりされる形になり、鞘音は懸命に踏ん張った。蓮次郎はさらに押してくる。伝統ある道場の師範にしては、泥臭い闘い方であった。

鞘音の足が宙に浮く。咄嗟《とっさ》に蓮次郎の上体を抱え込み、体を入れ替えた。相撲のうっちゃりのような形になり、蓮次郎が背中から落ちた。だが、組み伏せる前に蓮次郎が鞘音を突き飛ばした。

二人の身体が地面に転がる。

相手より一瞬でも早く立ち上がったほうの勝ちだ。遅れれば、無防備で攻撃を受けてしまう。

先に立ち上がったのは鞘音であった。背中から落ちた蓮次郎のほうが、体勢を立て直すのにわずかに時間がかかったのだ。

「もらった！」

木刀を振り下ろそうとした瞬間、鞘音の足の下で何かが潰《つぶ》れる感触があった。ぬるりとしたそれに、草鞋《わらじ》の足が滑る。

――しまった。

一瞬の隙であった。だが、それを見逃す眞家蓮次郎ではない。

鞘音の喉元《のどもと》には、蓮次郎の木刀の切っ先が突きつけられていた。

振りかぶったままの木刀を、鞘音は静かに下ろした。

「……参った」

だが、蓮次郎は木刀を下ろそうとしない。

「参ったと言うておろう」

「納得できるか、このような勝ち方」

「勝ちは勝ちだ。つまらぬことにこだわるな」

鞘音は突きつけられた木刀を手の甲で外した。太郎右衛門と次郎右衛門に、借りた木刀を投げ返す。

「その足元にあるのはなんだ」

「おぬしには関わりのないものだ」

鞘音は足元を見下ろした。

「若葉、どきなさい」

鞘音の足元に覆いかぶさるように、若葉がその身で何かを必死に隠していた。

「若葉、それが何であるか、ここにいる誰も知らぬ」

若葉ははっとして、鞘音の足元から退いた。そこには、薄い紙包みがあった。破れて、青白いとろろのようなものが飛び出している。若葉が必死に隠そうとしたことで、それが何であるかが逆に見物人にも察しが付いてしまった。

鞘音は破れたサヤネ紙を懐紙に包み、袖の下に収めた。

「望月鞘音、そのようなものがどこから落ちたのだ」

「おぬしには関わりないと言った」

「まさかおぬし……」

鞘音は蓮次郎には答えず、若葉の頭をなでた。

「ととさま、申し訳ございませぬ……」

「何を謝ることがある」

若葉に笑いかけ、預けていた刀を受け取る。見物人の輪の外に出ていく鞘音の背に、ささやき合うような声が届いた。

「望月鞘音が女の下で銭儲《ぜにもう》けしてるって噂は、やっぱり本当だったんだ……」

五

いつもどおりの我孫子屋、奥の部屋である。第四回の会合であった。

「ばれたって？」

「うむ、今ごろ噂が城下を駆けめぐっておろう」

苦笑しながら、鞘音は茶を啜《すす》った。

「それにしちゃ、ずいぶん落ち着いてるな」

「もともと噂にはなっておったようだからな。それが真実《ほんとう》になっただけのこと」

「ばれないようにって、あんなに気をつけてたのに」

「望月鞘音の名は地に落ちるやもしれぬ。だが、不思議に何やら憑《つ》き物が落ちたような心地もしてのう。体が軽うなったようだ」

「ヤケになってる……って顔でもねえな」

「ここに」鞘音は胸に拳《こぶし》をあてた。「恥じるべきものはないという自負がある。そのような自負があったことに、我ながら驚いておるが」

「世間が笑っても？」

「世間を斬って汚名を雪《そそ》ぐわけにはいくまい。まして、この刀ではな」

鞘音は壮介に刀を投げた。鞘に納まったままの刀が、壮介の膝《ひざ》に落ちる。

鞘音の刀を持ち上げて、壮介は絶句した。

「……なんていうか、大丈夫なのかい、ゲンさん」

「サヤネ紙の報酬はあてにしておるぞ」

「それはもちろんだが、いくらか前金で払ってもいいんだぞ？」

「無用」とは、鞘音は言わなかった。「いずれ相談しよう」

黙って二人の会話を聞いていた虎峰が、ここで発言した。

「鞘音さま、お顔が柔らかくなりましたね」

「そうかのう？」

「それは俺も思ってた。さっきからよく笑うよな」

鞘音は掌《てのひら》で顔をおさえた。

「そんなことを言われたら、恥ずかしゅうなるではないか」

壮介が声を上げて笑い、虎峰もめずらしく笑顔を見せた。

「でもよ、ゲンさん」壮介が改まって、鞘音の前に正座した。「やっぱり一言、謝らせてくれ。ゲンさんに迷惑をかけるつもりじゃなかったんだ。すまん」

「何を馬鹿な、顔を上げろ。おぬしが悪いわけではない」

「いや、やっぱり名を穢《けが》しちまったことには変わりねえだろ。あんた、武士なんだから」

武士なんだから。何であろう、かえって突き放されたような寂しさを鞘音は感じた。

「名を穢されたなどとは、もはや思うておらぬ。よくよく考えればたいした名でもなし」

「いや、そういうのは良くねえよ。武士でなくたって、自分の名前にはそれなりに誇りを持たなくっちゃいけねえ。俺だって、こんな名でもちっとは誇りを持ってるぜ？」

壮介は虎峰を振り返り、「先生だってそうだろ？」と話を振った。代々襲名する号を名乗っている虎峰である。

「そうですね。虎峰の名を背負っていると、夫に見守られているようで安心しますよ」

虎峰は亡き夫を偲《しの》ぶように、目を閉じて胸に手をあてた。ふたたび目を開けると、二人の男を訝《いぶか》しそうに見た。

「なんですか、しんみりして」

「あんたがしんみりさせたんだろうが……」

「それは悪かったですね」

鞘音が尋ねた。

「父君も虎峰を名乗っていたであろう？」

偉い先生だとは聞いていたが、子供の頃の鞘音にとっては、偏屈な爺《じじい》でしかなかった。

「父には別に、見守ってもらわなくて結構ですね。化けて出ない程度には弔っておりますが」

部屋の空気が冷えた。そういえば以前、学問をすることに猛反対されたと言っていた。まだ恨んでいるのだろうか。若葉にはこのように嫌われたくないものだと、鞘音はしみじみ思った。

「さて、そろそろ本題に入りましょうか」

虎峰が手を叩《たた》き、サヤネ紙の手直しに関する打ち合わせが始まった。

六

「例のこんにゃく粉はどうだった？」

「うまくいったとも」

鞘音は用意された膳にサヤネ紙を載せ、徳利《とつくり》から墨で色をつけた水を注いだ。

「すげえな、こんなに水を吸うのか」

「こんにゃくだからな」

「かぶれねえか？」

「中は二層になっていて、肌に触れる層にはわらび粉、肌から遠い層にこんにゃく粉を混ぜておる。私はこんにゃく粉にかぶれる体質《たち》だったが、こうすればかぶれなかった」

「へええ、よく考えたもんだ」

「わらび粉は、葛粉や片栗粉でもさほど違いはないと思う」

「だったら、その時の相場で安いものを使えばいいな」

黙って見ていた虎峰が、めずらしくためらいがちに声を掛けてきた。

「あの、つまらぬことを思いついたのですが」

聞き覚えのある物言いに、鞘音は虎峰の顔をよくよく見て、先回りして答えた。

「草木灰を混ぜても、こんにゃくにはならぬ――」

虎峰は唇を結んで引き下がった。

「お忘れください」

月役の講義をするときには堂々としているのに、思いつきを口にするのは気恥ずかしかったようだ。下を向いた姿に、心なしか昔の内気なお光の面影が重なった。

鞘音は水気をたっぷり吸ったサヤネ紙を手にした。

「これで経血の漏れはほとんど防げるはずだ。これ以上の工夫は、私には思いつかぬ」

「十分だと思うぜ」

壮介が頼もしく請け合い、虎峰も頷《うなず》く。

だが、鞘音は満足できていなかった。

「それはよいのだが、いささか気になることがある。糊で褌《ふんどし》に貼りつけているのに、歩いているとサヤネ紙が捩《よじ》れてくる。水気のせいで糊付けが弱くなってしまうのやもしれぬ」

壮介と虎峰がなぜか訝しげな顔をしているが、鞘音は構わず続けた。

「そのせいで蓮次郎との勝負――ではなく稽古で不覚を取ってしまった。言い訳はせぬが、口惜しいことだ」

昼間の蓮次郎との「稽古」は、すでに町中の噂になっている。

さらに続きを話そうとすると、壮介がたまらずといった様子で「待った」をかけてきた。

「あのさゲンさん、さっきから変なこと言ってるぞ?」

「変なこと、とは?」

「歩いてるとずれてくるとか、そのせいで不覚を取ったとか。まるでゲンさんが自分で……」

「………」

「……嘘だろ?」

言葉を失った壮介のかわりに、虎峰が言った。

「ご自身で着けてごらんになったのですね?」

鞘音は二人から目をそらし、頷いた。

「サヤネ紙を、ゲンさんが、着けてた⁉」

一語ずつ強調してから、壮介は畳にうずくまった。

「笑うでない。笑《わろ》うたら斬るぞ」

「斬られる前に笑い死ぬって。ぐ、は、は、は」

「さっきまで神妙に頭を下げておったと思えば……」

いつか必ず斬り捨てようと思いながら、鞘音は虎峰に向き直った。壮介は笑い転げて話ができそうにないので、しばらく放っておく。

「何も伊達や酔狂で着けてみたわけではない」

「わかっております。着け心地を試されたのでしょう?」

「なんでも自分でやってみねば気が済まぬ性分でな」

「いかがでしたか?」

「正直に申して、気持ち悪うて仕方がなかった。水気がずっと股《また》にあるのは、どうにも落ち着かぬ。いくら薄くとも、歩くときはやはり気になる。座るときも気になる。座ってから立ち上がるときは、座った場所を汚してはいまいかとさらに気になる」

「さようでございましょう」

「だが、あれでもずいぶん心地が良うなったのであろう?」

「さようでございます。今までがどれほど不快だったか、お察しください」

鞘音は思わずため息をついた。

「難儀なものよのう、女子は」

「ええ、難儀なものですよ、女子は」

虎峰が微笑を見せ、鞘音も釣られて笑う。一瞬、何かが通じ合ったような親密な空気が流れて、鞘音は戸惑った。虎峰も咳払いして目を泳がせる。

壮介が床に転げながら、鞘音の膝を叩いた。

「ゲンさん、あんた本当によくやるよ。む、ひ、ひ、ひ」

「……阿呆《あほう》だのう、おぬしは」

空気を救われたことに内心安堵しながら、鞘音は壮介の尻を叩いた。虎峰がその様子を見て笑っているのが、目の端に映った。

七

笑い尽くした後、壮介は真面目くさってこれまでの動きを報告した。

鞘音がサヤネ紙の手直しをしている間、壮介は菜澄と江戸を何度も往復していた。結果、手直し後のサヤネ紙の卸し先を江戸に複数確保できたという。

「意外と忙しかったんだぜ?」

鞘音も虎峰も、壮介が遊んでいたとはそもそも思っていない。

「苦労自慢をしたいわけじゃないが、モノがモノだけに売り込むのは一筋縄じゃいかなくてな。医者や薬屋なら話が早いんだが、小間物屋が難しい。女のシモの用を足すものを店先に置けるかって、どいつもこいつも判で押したように同じことしか言わねえ」

医者や薬屋に扱わせれば十分ではないか。鞘音はまずそう思った。そもそも、医者や薬屋が扱うものと考えて手直ししていたのだ。小間物屋といえば、裁縫用品や化粧品などの細々した生活用品を扱う店である。

「だから絵師にもこだわったんだが、これを探すのがまた大変でなあ。目を付けた絵師に何人か当たってみたが、自分の絵に女のシモの色がつくのは御免だって断られちまう。まあ、報酬を弾むのと名前を秘するってことで、ようやく一人、首を縦に振らせたがな。ゲンさんのときと同じよ」

自分の名が出たところで、鞘音はようやく口をはさむことができた。

「ちと待て。小間物屋というのもわからぬが、絵師というのがさらにわからぬ。どこに絵師が必要なのだ？」

今のところ、サヤネ紙の製作工程に絵が入る余地はないはずである。

「サヤネ紙を裸で売るわけじゃねえ。包み紙だよ」

裸のままでは清潔さを保てないという、虎峰の提案によるものだった。ただ、壮介はそれをただの包み紙で終わらせるつもりはなかった。

「包み紙には季節の花の絵を刷らせる。色とりどりの花でサヤネ紙を包むんだ」

「ほう……」

なかなか風流ではないか。鞘音は感心し、同時に疑問を抱いた。月役を処置するための商品だ。風流など必要か？

「だからこそだ」壮介は力を込めた。「渋紙のサヤネ紙が気に入らなかったわけが、今になってようやくわかった。色が悪かったんだ」

「渋紙の色が悪いとは、私は思わぬが……」

文字通り、渋みのある上品な赤褐色である。

「血が乾いたみてえな色だろ。それじゃ駄目だ」

「何が不都合なのだ。虎峰どのも、血の色が目立たなくてよいと申されていたであろう」

「駄目なんだ。血の色は穢れを思わせる。雪のような白がいいんだ。こんにゃく糊なら紙の白い地肌を活《い》かせる。これなら文句なしだ」

壮介はサヤネ紙を握りしめて力説した。

「包み紙だけじゃねえ。サヤネ紙を売る棚には、客の目を引く錦絵《にしきえ》も飾る」

「それも季節の花か？」

「いいや。吉原の花魁《おいらん》、雪松《ゆきまつ》だ」

「花魁⁉」

これには、さすがに虎峰も驚いたようである。

「雪松というのは、雪松髷《まげ》の雪松ですか？」

「そうさ」

なんでも、雪松の髪型が江戸の女たちの間で流行《はや》っており、そのような名前で呼ばれているらしい。花魁は江戸の女たちの憧《あこが》れの的であり、装いの手本でもあった。

「言っただろ、あのサヤネ紙は洒落《しゃれ》たもんじゃなきゃならねえって。紅《べに》や簪《かんざし》みてえに、女たちが胸をときめかせて買う物にするんだ」

たしかに、そんなことを言っていた覚えはある。だが、ここまで本気だったとは思いもよらなかった。鞘音が抱いていたサヤネ紙の印象が、がらりと変わる。無味乾燥な実用品だと思っていたが、洒落た小物のような趣になる。

「サヤネ紙の売り場には雪松の絵を飾る。町中にも張り出す。雪松御用達《ごようたし》のサヤネ紙ってわけだ。そこまでやると言って、ようやく何軒かの小間物屋が取り扱いを約束してくれたんだ」

「いや待て、そのようなこと、雪松とやらに断りもなくやってよいのか」

「ちゃんと承知してもらったよ」

信じられない。我孫子屋はたしかに菜澄城下では大店《おおだな》のうちに入るが、高級遊女の花魁と懇意になれるほどの財力が、果たしてあるものだろうか。

「嘘じゃねえぜ?」壮介の声の調子が変わった。「じつはな、雪松がまだ売れてなかった頃、俺はあいつの馴染《なじみ》客だったのさ。そのときの恩があるからって、あいつは快く承知してくれたよ。もう手の届かないところに行っちまったと思っていたが、やっぱり、いい女は義理にも厚いってことかな……」

遠くを見る目が、おそろしく似合わない。

そこでふと思い出したように、壮介は改まって座り直した。

「そう、そこでだ。そろそろ大事なことを決めなくちゃいけねえ」

「さほどに大事なことが、まだ残っていたか?」

「こいつの名前だよ。いつまでもサヤネ紙ってわけにはいかねえだろ」

八

　すっかり忘れていた。鞘音自身が耳に馴染んでしまって、これをサヤネ紙と呼ぶことにさほど抵抗を覚えなくなっていたのだ。

「どんな名前がよいのだ？」

「サヤネって名前みてえに、優しげで、それでいて凜《りん》とした風情のあるものだな」

　壮介は「サヤネ」という名をいたく気に入っている。いつかは「菜澄湖を吹き渡る清《さや》かな風の音《ね》」などと似合わぬことを言っていたものだ。

　鞘音は顎《あご》に手をあてた。

「我孫子紙というのはどうだ。我孫子屋が売るのだから」

「駄目。風情が足りない」

「自分の店の屋号ではないか」

「親父の店だ」

　いずれは自分の店になるはずだが、壮介なりの謙虚さだろうか。

「虎峰先生には、何か良い案がありますかね？」

　虎峰は静かに首を横に振った。

「私は月役紙《つきやくがみ》という名で処方しております。でもそれでは、若旦那《わかだんな》のお気には召さないのでしょう？」

「そのまんますぎるんだって」

「使い途《みち》がわかりやすくていいじゃありませんか」

「詩心《しごころ》ってものがねえのかな、先生には」

「これに詩心が必要とは思いませんね」

取り付く島もなかった。

「しょうがねえな。名前はそれぞれに案を考えて、次の会合で持ち寄って決めることにしよう」

とりあえず、それで異存なしということになった。

鞘音はふと、数日来の疑問を口にした。

「名前がないのだな……」

他の二人が怪訝な顔をする。

「このようなものに、名前がないのだ。湯呑《ゆのみ》には湯呑、茶には茶という名前がある。しかし、これには名前がない。月役を処置するための物に、名前がないのだ」

虎峰が一部訂正した。

「ないわけではありません。馬《うま》に相当するものには、古くから名があります」

馬とは月役時に当て布を固定するための褌である。鞘音も現物を見たばかりだ。

「『医心方《いしんほう》』では、それを月帯《けがれぬの》と呼んでいます」

平安中期に書かれた日本最古の医書である。

「穢れ布、か……」

平安の昔には、すでに月役が明確に穢れとされていたことを示す名だった。

「ただ、当て布や当て紙のほうには、私の知るかぎりでは名前はありませんね」

ここで壮介が、おもむろに口を開いた。

「ゲンさん、雪松から言伝《ことづて》がある」

「私に？」

「月役などのためにお侍様がご尽力くださって、これほど嬉《うれ》しいことはない。くれぐれも御礼を申し上げてほしい――とさ」

「大袈裟《おおげさ》に言うておらぬか？」

「本当さ。泣いてたぜ、ありがたいって」

「泣いていた？」

　何がそこまで雪松の心を動かしたのであろう。

「初めて人としてまっとうに扱われた気がしたそうだ。女のためだけに作られた物を初めて見たってな」

「女のためだけに作られた物……」

　それなら、着物でも簪《かんざし》でも化粧品でも、いくらでもあろう。よりによって、月役を処置するものに心を動かしたのはどういうわけか。

「俺はわかる気がするぜ」

「私にも」と虎峰が頷く。

　じつは鞘音にも、おぼろげながらわかる気がした。

「遊女にとって、着物も簪も化粧も、男の気を引くための商売道具ということか……」

「雪松は生真面目なんだ。だからこそ花魁にまでのぼりつめることもできた。身を飾るのは客のためって、どこかで割り切っちまったんだろうな」

「市井の女にとっては、身を飾るのは自ら楽しむためでもあります。それなのに、女たちが憧れ、身を飾る手本とする花魁が自ら楽しめないのは、皮肉なことですね」

虎峰自身は医者の身なりなので、薄く紅をさしている程度である。これが彼女なりの「自ら楽しむ」なのだろう。

「女のためだけに作られた物は、この世にどれほどあるのでしょうね。もしかすると、本当にこれが初めてなのかもしれません」

しみじみとした口調であった。

「よかったじゃねえか、ゲンさん」

鞘音は頷くことができなかった。

「……よかったと、言ってよいのか」サヤネ紙をひとつ、鞘音はひっつかんだ。「今までなかったことがおかしいのではないか？　なにゆえ今まで、このような物を誰も作らなかった？」

サヤネ紙を両手でつかみ、捻《ひね》るようにちぎる。こんにゃくとわらびの粉が薄く舞う。サヤネ紙が煙を上げているように見えた。

「誰でも作れるとは言わぬ。だが、からくり時計のように難しいものでもない。なぜ誰も作らなかった。虎峰どのでさえ、自ら作ることは思いつかなかったのだぞ」

壮介はそんな鞘音を眺め、唇をゆがめて笑った。

「穢れた女のための物だからさ、ゲンさん」

「だから目を背けてきたというのか。これまで何十年、否、何百年も」

あるいは何千年も。神代の昔から月役は女の身に訪れていたであろうに。

「そういうものだと思わされてきたんだ、誰も彼も。俺もゲンさんも、虎峰先生もな」

そう思わせてきたものは何なのか。

鞘音はちぎれたサヤネ紙を握りしめた。

「雪松とやらは、侍の私がこれを作ったことがありがたいという。だが、私は女の下の用など穢らわしいと思っていた一人だ。責められこそすれ、礼を言われるに価するような者ではない」

歪《ゆが》んでいる、と鞘音は感じた。今の世のありようは、何かが、根っこから歪んでいるのではないか。

――蟷螂《とうろう》の斧《おの》。

そんな言葉が脳裏に浮かぶ。

この仕事は、単に月役を処置する商品を売り出すだけのことなのか。何かもっと、得体の知れない大きなものに勝負を挑もうとしていまいか。それも、無謀な勝負を。鞘音の胸にそんな思いがうずまいた。

虎峰は戸惑ったように、壮介は満足そうに、そんな鞘音の様子を見守っていた。

第五章　清く気高く美しく

一

名前をどうするか。

鞘音は芋《いも》掘りの手を休め、秋の空を眺めていた。

甘藷《かんしょ》の収穫の季節である。まったくこの作物は優れもので、農作業に慣れぬ鞘音でも、驚くほどの量が収穫できた。もともとは大陸の作物で、琉球《りゅうきゅう》や薩摩《さつま》に伝わっていたものである。五十年ほど前、青木《あおき》昆陽《こんよう》が救荒作物として関東に普及させた。今や望月家の食糧事情を支える大切な作物である。

芋を握りしめながら空を見つめる義父を、若葉は不思議そうに眺めた。

「いかがなさいましたか、ととさま」

「うむ、名前をな……」

「サヤネ紙でございますか」

「そうだ。名前が大事だと、壮介が妙にこだわっていてな」

サヤネ紙の手直しはほぼ終わったというのに、名前が決まらない。壮介は断固として名前にこだわった。虎峰などは「月役紙」でよいと冷めたものだったが、壮介に言わせると、名前ひとつで売上が何倍にも変わってしまうものだという。「サヤネ」が城下で月役の名として流行《はや》ったのも、その「優しげで凜《りん》とした」響きが女たちの琴線に触れたからだろう、とのことであった。

「もしかすると、新しい名前を付けても菜澄ではサヤネって呼び方が残るかもな」

冗談ではない。鞘音は反射的にそう思ったが、よくよく自分の胸に問うてみると、それはそれで致し方なし、と思うほどには抵抗が薄れていた。月の穢《けが》れ。女の下《しも》。そのように蔑《さげす》んでいた心持ちが、いつしか変わりつつあるようだった。

「どのような名前がよいのでございましょう？」

「壮介が言うには、やはり優しげで凜とした風情の名前がよいらしいのだが」

若葉は周囲を見回し、畑の畦《あぜ》を指し示した。

「あのような風情でございましょうか」

一輪の野菊がすっくと立って秋の陽を浴び、柔らかな風に揺れている。

「芋で指すでない。だが、まさにあのような風情だろうな」

「それでは、野菊という名はいかがでございましょう」

「むむ、よいのう」

鞘音は唸《うな》った。じつに風情がある。なるほど、壮介が言っていたのはこういうことか。

「……いや待て、包みに季節の花の絵を刷ると言うておったな。野菊では秋に限られてしまう」

「それでは、駄目にござりますね」

「だが、花というのは捨てがたい」

芋を手に考え込んでいると、若葉の叱責の声が飛んできた。

「ととさま、先ほどから手が止まっておられますぞ」

「や、すまぬ」

鞘音はふたたび芋掘りに精を出した。

二

我孫子屋の奥まった部屋で、三人の男女がまたもや密談を交わしている。

「よし、今日こそ名前を決めるぞ。お二人さん、考えてきたか？」

鞘音と虎峰が頷《うなず》く。

「じゃあ、ゲンさんから出してもらおうか」

鞘音は畳まれた半紙を懐から出し、車座の中央に広げた。

「……花紙《はながみ》、だ」

鞘音は二人の反応を注意深く観察した。壮介は首を捻《ひね》っている。虎峰は何の興趣もそそられていない顔である。

「やはり駄目か」

「自分でもいまいちだと思ってるだろ」

「そうなのだ。野菊でも桜でも、季節のものになってしまうのでな。いっそ『花』だけにすれば年中通用すると思うたのだが、やはり風情が足らぬ」

次は虎峰の番であった。

「月役紙」

鞘音と壮介の予想どおりである。二人が感想を述べる前に、虎峰が無愛想に言った。

「字が汚くて悪かったですね」

「何も言ってねえだろ」

「うむ、しかと読める」

虎峰はじろりと鞘音を見たが、すぐに淡々と話しはじめた。

「前にも申し上げたとおり、使い途《みち》がわかるのが一番と私は思っておりますのでね。優しげでもなく、凛ともしておりませんが、これで十分と思いますよ」

「虎峰先生の言いたいことはわかるんだが、それじゃ駄目なんだよなあ。ゲンさんの案もいまいちだしな」

「それなら、おぬしの案を見せてみよ」

「そうですよ、他人の案をくさしてばかりで、憎たらしい」

壮介はわざとらしく大きな溜《た》め息をつき、懐に手をやった。

「やはりお二人さんに詩心まで求めるのは酷だったようだな。俺の案は、ちょっとしたもんだぜ」

もったいぶって出した半紙には、こう書かれていた。

「虞美人《ぐびじん》」

鞘音と虎峰が同じ方向に首を傾げるのを、壮介だけが見ていた。

「……なんだよ、ほめてくれねえのか」

「まず、なぜ虞美人なのだ？」

「うちの家紋、雛芥子《ひなげし》だろ」

雛芥子は虞美人草ともいう。つまり、我孫子屋の目玉商品という意気込みの名であった。

「我孫子屋の名前をそのまま出すのは野暮だが、これぐらいならいいだろ。何かあれば誤魔化しもきく」

最後の一言の意味は不明だったが、鞘音はこの名に疑問を持たざるをえない。

「たしかに優しげで凜としているかもしれんが、虞美人というのは、あまりに悲しげであろう」

西楚《せいそ》の覇王・項羽《こうう》の愛姫《あいき》であった虞美人は、滅びゆく項羽に殉じて自害したと言われる。虞美人草という名は、彼女の墓に雛芥子が咲いたという言い伝えに由来するものであった。

「それに雛芥子は初夏の花だ。それでは『野菊』の案を泣く泣く捨てた私の——否、若葉の思いはどうなる」

壮介は口を開けて天を仰いだ。失念していたらしい。

さらに虎峰も追い討ちをかける。

「そもそも、血の色を思わせてはいけないとご自分であれほどおっしゃっていたじゃありませんか。雛芥子の赤は虞美人の血の色だという言い伝えをご存じないんですか？　真っ赤ですよ、真っ赤」

鞘音は重々しく頷いた。

「それはいかんな。三つの案の中で一番よくない」

「ええ、よろしくありませんね」

壮介はいじけた顔をした。

「二人とも、貶《けな》された仕返しにわざときつく言ってねえか……？」

とはいえ、二人の評がもっともであることも認めざるを得なかったのだろう。

「畜生、どれも駄目か」

壮介は三枚並んだ半紙を乱暴につかみ取った。

「参ったな、ここで行き詰まるとは。サヤネ紙はほとんどできあがってるってのに」

半紙をまとめて天井に放り投げる。

「そう焦るな。いずれ良い案も浮かぼう」

「そうですよ、せっかく書いたのに投げなくても」

字が汚いと卑下していた虎峰だが、それなりに一生懸命書いたものだったようだ。

「こういうのは一度行き詰まると厄介なんだ。雷みたいにどーんと落ちてきて、ぱっと閃《ひらめ》いたもんが一番いいんだよ」

だが、落ちてきたのは雷ではなく、三枚の半紙だけである。

「そうは言うてもな」

鞘音は向きも表裏もばらばらに散らばった半紙を眺めた。

「む……？」

「どうしました、鞘音さま？」

「何か見えた」

鞘音はがばっと四つん這《ば》いになり、半紙を拾い集めた。綺麗《きれい》に並べるのではなく、逆に乱雑に交ぜる。しばらくそうして眺めてから、「月役紙」と書かれた一枚を取り上げた。

「えっ」

虎峰が声をあげたのは、鞘音が半紙をいきなり上下ふたつに裂いたからである。

「月……」

つぶやきながら、鞘音は「花紙」を拾った。それも半分に裂く。

「花……」

そして最後に、「虞美人」を裂く。

「……美人」

鞘音は三枚の紙を縦に並べた。

「月」「花」「美人」

壮介の顔に、みるみる喜色が浮かんだ。

「月花美人《げつかびじん》か！」

「そう、月花美人。これならどうだ」

「はあ、月花美人ですか」

虎峰はどこか冷めていたが、壮介は小躍りせんばかりであった。

「決まりだ、月花美人。優しげで、凜としていて、しかも洒落《しやれ》てやがる。こいつは別品《べつぴん》の名だぜ！」

我孫子屋の奥まった部屋は、しばし騒がしくなったのだった。

三

「モノはできた。名前も決まった。ようやくここまで来たぞ。ところがあとひとつ、肝心なところがどうにも難しくってな」

会合はまだ続いている。次の議題は、サヤネ紙――改め「月花美人」を製作する職人を揃えることであった。できれば近場で、直接監督できるところで人手を賄《まかな》いたいという。

「近場がいいのか」

「ああ、運ぶのに金がかかるのは上手《うま》くねえ。サヤネ紙――じゃねえ、月花美人は嵩張《かさば》るからな」

吝嗇《けち》で言っているのではない。流通過程での出費は、月花美人の小売価格に跳ね返るのだ。壮介の思惑では、月花美人は十二枚組みを五十文で売りたいとのことであった。ざっと計算して、一枚四文余りである。五十文なら、江戸で蕎麦《そば》が三杯食える。

「……高いのではないか？」

消耗品である。昼は一時（約二時間）ごとに取り替え、夜はつけっぱなしにするとしても、十二枚なら二日で使い切るだろう。

「いや、それぐらいでいいんだ。強気の値をつけりゃ、それだけ良い物《もん》だと江戸の人間は考える」

「そういうものか」

実際、わらび粉やこんにゃく粉を使うことで材料費が上がっている。これ以上、費用がかさむのは避けたいとのことだった。

「山ほど売れるようになったら、山ほど作ってひとつあたりの値を下げる。贅沢品《ぜいたく》を作ってるわけじゃねえからな。いずれは誰でも買える値まで下げてみせる」

鞘音は単なる商売人ではない壮介の顔を垣間見た気がした。

「農家をまわってみると言っていたが、あれはどうした」

「店の者にまわらせてみた。だが、どうも難しいみてえでな」

「何が問題なのだ？」

「殿様だよ」

二年前に菜澄の新領主となった、高山重久公のことであった。

「殿がどうした」

「菜澄湖の普請《ふしん》に人手を使うらしいんだ」

菜澄湖はこれまで、たびたび氾濫《はんらん》を繰り返してきた。普段は菜澄湖から利根川に水が流れ出ているが、利根川が増水すると、利根川から菜澄湖に水が逆流する。菜澄湖は利根川の遊水池の役割も担っているのだ。利根川の上流で大雨が降るたび、菜澄湖沿岸の村々は水害に襲われた。利根川の東遷以来、それが菜澄の宿命である。その対策には歴代の領主も頭を悩ませてきた。

「たぶん、江戸で老中と話をつけて、でかい普請をやるつもりなんじゃねえかな。新しい殿様は遣《や》り手だって評判だからな」

幕府を巻き込んだ大普請のため、領内の各村に一定数の人夫の供出が義務付けられているようだった。壮介としては、あてにしていた人手をとられてしまうことになる。

「とはいえ、村人すべてが普請にあたるわけでもあるまい」

「それが、残った連中も暇じゃねえんだなあ」

農閑期とはいえ、冬は野菜を作ったり、菜澄湖で漁労をしたりで、手が回らないという。その収穫物は、自家で消費するだけでなく、市場で金品と交換される。

「近頃の百姓は小銭稼ぎがうまいんだ」

壮介の愚痴に、虎峰が頷いた。

「今は御城下のお侍のほうが、仕事にあぶれて苦しいですよ」

「お侍が苦しいと、商売人も苦しくなる。参ったねえ」

町の成り立ちからいえば、菜澄の町人町は城下に住まう侍の用を賄うためにできたものである。今は町人自身や近郊の村からの需要も大きいとはいえ、侍の財布の紐《ひも》が固くなるのは悩ましいことであった。

「では、侍にやらせてはどうだ」

鞘音はごく自然に、そう提案していた。口にしてから、壮介と虎峰がまじまじと自分を見ていることに気付く。

「本気で言ってんのか？」

「お侍は嫌がるでしょう」

「そうそう、女のシモで口に糊《のり》することができるかってな。いつかの誰かさんみたいに」

たしかに、嫌みを言われても文句は言えない。

「まあ実際、知り合いの浪人どもにも聞いてはみたんだ。案の定、誰も首を縦に振りやがらねえ。傘張りと変わらねえって言ってんのにな」

「武士は食わねど高楊枝《たかようじ》、か……」

そんなことを言っている場合ではないだろうに。そう考えてしまう鞘音は、自分で思うほど武士らしくはないのかもしれなかった。そもそもが次男坊ということもあって、主家への忠義というものをほとんど意識せずに生きてきた。高山重久公は形の上では主君だが、ご尊顔を拝したことすらない。忠義を尽くすべき御方と思うには、縁が薄すぎた。忠義に殉じた赤穂《あこう》義士が武士の鑑《かがみ》なら、自分は彼らとは程遠いところにいるだろう。

「ゲンさんには心当たりがねえか？」

「うーむ……」

そういえば、鞘音自身も暮らし向きを考えねばならない立場であった。師範代を務めている道場が閉鎖されるのだから。

――そうか。

鞘音の頭に閃くものがあった。

「心当たりは、ある」

四

次の大和田道場での稽古日、鞘音は師範と門弟の前で一切を打ち明けた。

「噂どおり、私は月役の処置に使うものを作ってござる。月花美人と名付けて、近々に売り出されるはず」

門弟たちのざわめき、どよめき。鞘音は静まるのを待たず、一気に要求を突きつけた。

「そこで相談でござる。何卒《なにとぞ》、皆様にもご加勢願いたい」

何を言われたか理解するのに時間が必要だったのか、しばし道場が静まった。

最初に沈黙を破ったのは、鞘音の予想どおり花見川であった。

「鞘音、おぬしは血迷うたか！」

もはや形だけですら敬称をつけようとしない。

それを皮切りに、他の弟子たちも口々に叫びはじめた。

「武士の体面をなんと心得ておいでか！」

「先生は、我らに女の下で口に糊せよと仰せですか！」

鞘音は門弟たちの抗議をどこか他人事《ひとごと》のように聞いていた。

――何なのだ、こやつらは。

肩を怒らせ、青筋を立て、やれ武士の体面だの武士の一分だのとわめきたてる侍たち。滑稽《こっけい》だった。滑稽で、小さく見えた。

そのとき、鞘音の全身に鳥肌が立った。何を言っている。彼らはほんの少し前の自分ではないか。自分も彼らと同じ言葉を吐いていたではないか。鞘音は拳《こぶし》を握りしめた。冷や汗がにじむ。

これは「恥」か。自分を恥じているのか。

鞘音はわからなくなってきた。この門弟たちと自分と、どちらが武士として正しいのだろう。

少し前までなら、答えは自明だった。わからない。自分は武士の心を失ってしまったのだろうか。

貧しくとも心だけは武士たるべしと思い定めていたのだが――。

「鞘音どの、よもや、あなたからそのような言葉を聞こうとは。我が道場を侮辱なさるか」

身も世もないといった声は、道場主の大和田利右衛門のものである。

「侮辱などと、滅相もないことにござる」

「いいや、鞘音どのはやはり、この道場を、否、この利右衛門を見下しておられたのであろう。さように穢らわしいものを、我らにも作れと。よくも申されたものだ。今度ばかりはあなたを見損ないましたぞ」

普段は頼りないほど優しげな師範が、悔しさと怒りに身を震わせている。やはり武士として、辱めを受けたと感じれば体が反応してしまうのだろう。あなたですらそうなのかと、鞘音は哀しみすら覚えた。

「鞘音どのは私との約束をお忘れか。穢らわしい噂が広まっていることについて、何とかするとあなたはおっしゃった。だから私は信じた。それなのに、なにゆえこうなった。武士に二言なしではなかったのか」

「何とかすると、確かに申しました。それがこの途《みち》だったのでござる」

「詭弁でござる！」利右衛門は床を叩《たた》いた。「あなた一人が恥をしのぶ覚悟ならば、まだ黙っていることもできた。だが、我が道場にまで恥を負わせようとなさるのならば、話は別。亡き父の、先代の恩を仇《あだ》で返すおつもりか！」

門弟たちも師範に同調し、口々に鞘音を非難した。鞘音は何も言わなかった。ただ、静まるのを待った。

ようやく道場に沈黙が戻ってから、鞘音はおもむろに門弟たちを見渡した。

「先代の御恩を思えばこそにござる。内職の途《みち》ができれば、皆も月謝が払えるはず。剣術修行も続けられよう。ご師範とて」

その先は言わない。道場を閉める決意を聞かされたのは、師範代の鞘音だけだ。鞘音の口から言うべきではなかった。

だが、ほとんどの門弟が言外の意味を読み取った。そこまで我が道場は困窮していたのか。戸惑いのさざなみが、板敷きの床を伝わっていく。

利右衛門は歯《は》嚙《が》みした。

「しかし、しかし……！」

「女の下で口に糊するは恥と、仰せになりましたな」

「当然にござる！」

「果たして、恥にござりましょうか」

いよいよ説得に入る。じつはここからは、多分に宗月方丈の入れ知恵である。図々《ずうずう》しく茶を呑《の》みにきた宗月に相談を持ちかけた成果であった。

「血盆経《けつぼんきょう》をご存じですな」

「むろんです」

「血盆経にいわく、女人は経血によって地の神・水の神を穢すゆえに血の池地獄に堕《お》ちると。しかし、月花美人を使えば、経血は地に流れませぬ。水にも流れませぬ。使い終えた月花美人は、火の神に捧《ささ》げるのです。女人を血の池地獄から救うもの、それが月花美人にござる」

宗月から聞いたばかりの、付け焼き刃の知識である。教義の解釈として正しいのかどうかは、正直、怪しいと思っていた。

「そ、そのような理屈……」

鞘音は利右衛門が反論する前に攻め手を変えた。

「兵法の大家たる山鹿素行《やまがそこう》いわく。三民あり、農は耕し、工は造り、商は売買す。しかるに士は、耕さずして喰《く》らい、造らずして用い、売買せずして利を得る。その故、何事ぞや？」

「………？」

「何事ぞや！」

「しょ、職分あらずして食用足らしめんことは、遊民と云うべし？」

「士の職分とは」

「ぶ、文武を修め、君臣父子の道を……？」

「畢竟《ひっきょう》！」

要するに何か、と問うている。鞘音は利右衛門の答えを待たず、自ら語りはじめた。

「わかりませぬか。三民の上に立ち、その範となり、教え導くこと。これこそが士の士たるゆえんにござる。これを心得ておらねば、城仕えに励もうと、二本差しを誇ろうと、所詮《しょせん》は遊民と言うべきにござる」

武士は弓馬の道に秀でてさえいればよい——そんな時代はとうの昔である。むしろ、学問こそが武士の嗜《たしな》みとされる時代であった。

「何がおっしゃりたいのです……？」

「今、民は正しき月役の処置を知りませぬ。そのために多くの女人が苦しんでおります。血の道の病により、死ぬる者さえある。だからこそ、月花美人によって正しき道を教え、民を導くのでござる。それこそが、士たる者のつとめでござりましょう」

いつの間にか、師範も門弟たちも鞘音の口上に聞き入っている。

「女人を救うことは、子を産む母親を救うこと。母親を救うことは、産まれくる子を救うこと。ひいては天下万民を救うことにござりまする」

門弟たちの中に、思わず頷いてしまう者が現れはじめた。

「たとえ世間に罵《ののし》られようと、蔑まれようと、何ほどのことにござりましょうや。かの大石内蔵助《おおいしくらのすけ》は、昼行灯《ひるあんどん》と罵られつつ、忠義に生き、忠義に死に申した。恥を残したは大石にあらず、大石を笑った者どもにござる。同じく我らはひたすら天下万民のためを思い、笑われようと、罵られようと、月花美人を作るのにござる。これぞ士道。まさしく士道。士道と申さずして何と申すべきや！」

赤穂《あこう》義士の討ち入りは百年も前の出来事である。大石が真実どのような人物だったのか、当然この場にいる誰も知らぬ。

鞘音の口上をずっと聞いていた利右衛門だが、何か胸に響くものがあったようだ。怒りに強張《こわば》っていた体から力が抜けている。

「我らは義士たるべしと……？」

「いかにも！」

鞘音は断言した。もはや勢いである。

利右衛門は唇を噛み、拳を握りしめていた。

あとひと押し。鞘音が直感したとき、利右衛門が立ち上がった。

「誰か、木刀を二本」

門弟が指示通りに木刀を二本持ってくると、利右衛門はそのうち一本を鞘音に突き出した。

「……これは？」

鞘音は座したまま、利右衛門を上目に仰いだ。

「私と勝負にござる。私が負ければ、鞘音どのの望みどおりにいたしましょうぞ」

なぜそうなる。理路は滅茶苦茶《めちゃ》だが、鞘音は利右衛門の心情を察した。あとひと押しが、やはりほしいのだ。勝負に負けたゆえ致し方なし。そのような名分を求めているのだろう。

ならば、敬意をもってその意を酌んで差し上げるべきか。

鞘音は戸惑いつつ木刀を受け取った。

五

鞘音と利右衛門は間合いを取って一礼した。

門弟たちが固唾《かたず》を呑む。

利右衛門が木刀を構えた。

綺麗な構えだ、と鞘音は思った。剣の所作にかけては、利右衛門は掛け値なしに美しい。ただ気魄に欠けるだけだ。殺気と言ってもよい。この穏やかな若者は、武門に生まれなければ、もっと豊かに生きられたのではないか。そんな思いが胸をよぎる。

鞘音は迷いを残したまま木刀を構えた。

たがいの剣尖《けんせん》が触れ合う。

「いざ!」

掛け声とともに利右衛門が打ち込んできた。鞘音は木刀で受けとめた。存外、力強い打ち込みである。眞家蓮次郎には及ばぬが、利右衛門の日々の鍛錬が、腕の痺《しび》れとともに伝わってきた。

鍔《つば》迫《ぜ》り合いになる。これも想像以上に力強い。手加減しては押し返せなかった。

「ほおうっ!」

鞘音は肚《はら》に力を込め、利右衛門をはね飛ばした。

利右衛門は体勢を崩しながらも踏みとどまり、ふたたび中段に構えた。

鞘音も構えなおす。だが、その心はまだ迷いの中にあった。

「もうひとつ!」

利右衛門が面を打ち込んでくる。

普段の鞘音なら、出鼻で籠手《こて》を打つなり胴を抜くなりするのは容易だったであろう。だが、心の迷いが反応を遅らせた。受け止めるのが精一杯である。鞘音は木刀を頭の上に掲げた。

すると、利右衛門の太刀筋が寸前で変化した。面を打つと見せかけた木刀が半月を描き、今度は鞘音の胴を狙う。

意表を突かれた。鞘音は無理な姿勢で木刀を逆さに立て、胴を守った。木刀と木刀が衝突する。勢いは殺したが、利右衛門の木刀は鞘音の横腹に届いた。一瞬、息が詰まる。

門弟たちがどよめく。師範の剣が「剣鬼」をとらえたのだ。

「まだまだ、今のは浅い」利右衛門はみずから判定した。「この利右衛門、自惚《うぬぼ》れてはおりませぬぞ。今の一太刀、いつものあなたなら触れさせもしなかったはず」

利右衛門は構えなおした。

「今度はそちらから打ち込んで参られよ」

大きく息を吐きながら、利右衛門は鞘音を誘った。その目にはもう、思い詰めた悲壮さはない。潑剌《はつらつ》とした興奮すら見てとれた。手応《てごた》えを感じたのだろう。

そう、あなたは強くなった。鞘音は喜びとともに認めた。蓮次郎に負けた悔しさを、あなたは厳しい鍛錬に昇華されたに違いない。望月鞘音、感服つかまつった。ならば、もはや迷いはなし。

鞘音は剣尖を下ろし、数歩退いた。膝《ひざ》をつく。木刀を利右衛門に捧げるように掲げ、横にして床に叩きつけた。

利右衛門は剣尖を鞘音に向けたまま、戸惑っている。

「何をなさる。まだ勝負はついておりませぬぞ」

鞘音は両手をついた。

「この勝負、ひとまず預けましょうぞ」

「今さらそのような――」

「このようなことでご決断をなされては、ならぬのでござる」

鞘音は床の上で両手を握りしめた。説得の論など、もはや必要なし。心からの言葉で語るのみ。

「月花美人を作る。このことを、立ち合いに負けた罰などにしてはならぬのでござる。これは決して恥ずべき仕事にあらず。ご師範、どうかご自身の心にてご決断くだされ」

最後のひと押しを、鞘音は利右衛門自身に委《ゆだ》ねたのである。

利右衛門は静かに剣尖を下ろした。

「……厳しいのう、鞘音どのは。昔と変わらぬ」

左手に木刀を納め、門弟たちに向き直る。

「おのおのがた、私は大石になることにした」

道場が水を打ったように静まる。

「世間が恥と呼ぶなら呼べ。穢れと呼ぶなら呼べ。背に腹は代えられまいが。のう？」

何かが吹っ切れたのであろう、苦笑とともに利右衛門は語った。

「皆についてまいれとは言わぬ。言えぬ。だが、月花美人とやらを作るのに合力せんとする者は、申し出るがよい。今すぐでなくとも構わぬ、よう考えて返事をくれ」

鞘音は自然と頭を垂れた。

六

「それで、道場の皆様には合力していただけたのでございますか？」

今日も『千字文』とにらめっこしていた若葉が、本から顔を離して尋ねた。

「やらせてほしいと申す者もおれば、しばし考えさせてほしいと申す者もおる」

そして、憤慨して道場を去った者もいる。自分の持ち込んだ話は結局、道場を救うどころか門弟たちを分裂させることになったのではないか。そう鞘音は懸念していた。

「それにしましても、義士とはいささか大仰な気がいたします」

「正直なところ、私も言い過ぎた気がしている」

「ととさまは勢いで物を言ってしまうところがございますゆえ」

「一言もない」

利右衛門を説得しながら、自分自身に言い聞かせていたようにも思う。そういう意味では、心にもないことを言ったわけではない。とはいえ、やはり「義士」は言い過ぎたかもしれない。

「それで、ととさまは何をなさっておいででござりますか？」

「月花美人をな……」

もう少し手を入れたい。虎峰を通して城下の女たちにも試させてはいるが、おそらく大きな問題は出てこないはずだ。江戸で売り出しても恥ずかしくない出来にはなっているだろう。

「ずいぶんご熱心にございますね」

「うむ……」

手離れするのを惜しむ気持ちが、鞘音の中にたしかに芽生えていた。最後までできるだけ手を入れてやりたい。職人にとって、作った品物は我が子のようなものだという。手塩にかけた月花美人に対して、鞘音の中にもそのような感情が芽生え始めていた。

「蓮次郎との立ち合いのとき、月花美人が落ちてしまった。それがどうにも面白うない」

立ち合いの前から感じていた、月花美人の捩《よじ》れ。それはあなたが大股《おおまた》で歩くからだ、女は男のように大股で歩かないし、まして立ち合いなどしない――虎峰でさえそう言ったし、壮介も同意していた。が、やはり念には念を入れたいのである。

「考えてもみよ。経血を吸った月花美人が往来の真ん中で裾《すそ》から落ちたら、どれほど女子《おなご》は恥ずかしい思いを――」

「知りませぬ」

若葉を相手に話したのが間違いだった。虎峰であれば涼しい顔で受け答えしてくれたであろう。医者であるだけに、そういうところは気を遣わなくてよい。

若葉は『千字文』を閉じた。

「おりんさんのところへ行ってまいります」

不浄小屋で仲良くなったという、歳上の友人であった。

「あまり遅くなるでないぞ」

「はい、ととさま」

若葉に「ととさま」と呼ばれることにも、ずいぶん慣れてきた。ずっと「ゲンゴジ（源吾叔父）さま」と呼ばれてきたのだ。その響きはもはや懐かしくなりつつある。

若葉はどうなのだろう。あの娘にとっての「ととさま」は、やはり亡き兄だけなのだろうか。

「ととさま」と呼ばせることで、自分が兄の代わりになるという決意を示したつもりだった。だが、気負いすぎだったのではないかとも思う。

「父上とでも呼ばせたほうがよかったかもしれんのう」

堅苦しくて好きではないが、そのほうがおたがい割り切れたかもしれない。若葉に無理をさせているとしたら、不憫《ふびん》なことであった。

「ああ、いかんいかん」

手元の作業ばかりしていると、つい思考が内向きになってしまう。少し身体を動かそう。

木刀を握り、縁側から庭に下りる。

ふと、ただならぬ闘気を感じて、鞘音はとっさに身構えた。

ぐええっ、ぐえええっ。鶏のつがいの喧嘩《けんか》であった。月花美人の手直しの報酬が一部支払われたので、村の農家から買ったのである。

「驚かせおって」

誰にも見られていなかったことを確認し、鞘音は素振りの姿勢に構えた。

ぐええっ、ぐえええっ。

「……うるさいのう」

鶏がはばたくたびに綿毛のような羽毛が舞う。小さな羽毛は若葉の胸によくないだろう。あれの世話は私がやらねばならぬな——

「羽か」

鞘音の脳裏に、新たな手直しの案がひらめいた。

七

月花美人は完成した。

江戸での卸し先と宣伝については、壮介が任せろと請け合っている。

月花美人を世に出す準備は整った。

あとは大量に作って出荷するのみである。

「正直なところ、もう少し人手がほしかったなあ」

嘆く壮介に鞘音は弁解した。

「根気強く説得したつもりであったが……」

道場で月花美人の作り方を指導するので、合力するつもりのある者は日没までに集まるように。門弟たちにはそのように伝えてある。

「私にもっと貫目《かんめ》があれば、皆をまとめられたのでござりましょうが……」

利右衛門師範が寂しく笑う。

今、夕暮れの大和田道場には、師範のほか門弟の半分、およそ十人ほどしか集まっていなかった。

鞘音、壮介、利右衛門の三人は道場の前庭まで出て、残りの門弟を待っていた。

「まあ、今はこの人数でも上出来なのかもしれねえな。いくら報酬を弾むとは言っても——」

モノがモノだけに、とこれまで何度も口にした言葉を壮介は繰り返した。

「正直なところ、私もすっかり割り切れたわけではないのでござる。不覚悟を笑われても致し方ないと存じております」

利右衛門は素直に心情を吐露した。日没後、隠れるように月花美人づくりを指導することになったのもそのためである。利右衛門だけでなく、参加を決めた門弟たちの多くも、この仕事のことは妻子に伏せているようであった。それでよいと鞘音は思う。不覚悟でも、まずは手を動かしてみればよい。

「皆、暮らし向きは楽ではないはずなのだ。本音ではここに来たいのではないか」

それができないのは、やはり武士としての意地か。

「否、見栄《みえ》というべきであろうな……」

つまらぬ見栄だ。家族を困窮させてまで、そんなものにしがみつく理があろうか。今となっては、鞘音はそう思う。

やがて西の空に日が落ち、空の青が黒に変わり始めた。虫が盛んに鳴き出したところで、三人は見切りをつけた。

門扉を閉ざす前に、念のため外を見回す。すると、門の脇に隠れるように一群れの侍が背を丸めていた。

「花見川どの、ほかの皆も」

鞘音が兄弟子の名を呼ぶと、花見川は丸めた背を無理に伸ばし、咳払《せきばら》いした。

「たまたま通りかかっただけだ」

「たまたま？」

「そう、たまたまだ」

花見川は仲間の門弟たちに呼びかけた。

「さ、帰ろうぞ」

門弟たちがそれぞれに背を向けたとき。

「逃がすな壮介！　ご師範も！」

鞘音は花見川を羽交い締めにし、壮介と利右衛門は他の者に先回りして立ちはだかった。

花見川は巨軀《きよく》を鞘音に引きずられながら迫力のない怒声をあげた。

「おのれ鞘音、放せー」

「なんの、力ずくでお連れしますぞ」

「力ずくとあらば是非もない。おお、なんと強い力だ」

鞘音は難なく花見川を門内まで引きずりこみ、他の者たちは「花見川どのを放せー」などと口にしながらぞろぞろついてきた。

門扉を閉めると、鞘音は花見川たちに向き合った。

「よくぞご決意くださった」

「何を申す、力ずくで引きずり込まれたのだ」

「ではこれより、力ずくで月花美人づくりを指南いたそう」

「ううむ、無念である」

新たに参加する門弟たちを、利右衛門が先導して道場の中に招き入れる。

鞘音と壮介は最後尾について歩きながら、短く言葉を交わした。

「足りるか？」

「十分だ」

月花美人づくりに当面必要な人数が確保できた。

八

「まずは手をしっかり洗え」

「中身の浅草紙はしっかり揉《も》み込むのだ。綿のように柔らかくなるまでだ」

「表の紙もよく揉んで柔らかくする。しかるのち、棒に巻いて両端から潰せ。そうすると、縮緬《ちりめん》のような皺《しわ》ができる」

門弟たちから質問が飛ぶ。

「皺をつけるのは何のためにございましょう？」

「ひとつには、肌にあたる面が少なくなるゆえ肌触りが良くなる。もうひとつには、こんにゃく粉が水気を吸って膨らむ分、皺が伸びることで紙が破れるのを防ぐのだ」

「なるほど」

「肌に接する面の端は、少し山折りにせよ。それだけでも横漏れをずいぶん防げる」

横で聴いている壮介がしきりに感心している。壮介にも、ここまでじっくり作り方を説明したことはない。

「けっこう細かいところまで凝ってたんだなあ」

「むろんだ。ずいぶん工夫を重ねたのだからな」

壮介は見本となる完成品のひとつを手に取った。

「気になってたんだが、こいつは今までと形が違うよな？」

サヤネ紙と呼んでいた頃から、試作品は丸みを帯びた長方形をしていた。夜用だけは尻《しり》を覆う部分が広がっていたが、基本的には同じ形である。だが、いま壮介が手にしているそれは、中央に羽のような出っ張りがある。

「激しく動いても月花美人がずれぬようにするための工夫だ」

「この羽みたいなのが？　どうやって使うんだ？」

「このように羽を外に折り、褌《ふんどし》をはさむように糊付けする」

「それだけで変わるもんか？」

「それを着けたまま道場で稽古をした。もしも落ちたらと気が気ではなかったが、最後までずれることも落ちることもなかったぞ」

壮介は感服したような、半ば呆《あき》れたようなため息をついた。

「いやゲンさん、あんたに手直しを頼んで本当によかった。しみじみ思う」

「恩は返せただろうか」

「なんだよ、恩って」

「おぬしと虎峰どのだけでもやれたものを、あえて私を巻き込んでくれたのだろう。我が家の暮らし向きのために」

誰の手も借りず若葉を育てようと、意地を張っていた。そんな自分に、旧友たちがさりげなく手を差しのべてくれたのだ。薄々わかってはいたが、いわば同情されたことを認めるには時間がかかった。

「恩なんて水くせえこと言うなよ。せめて借りと言ってくれ」

「借りか。たしかに、それなら多少は気が楽だ」

「借りなら利子を付けて返してもらったよ。ゲンさんがここまでやってくれるとは、俺も正直、期待しちゃいなかった。虎峰先生と俺だけじゃ、まずここまでのものはできなかったと思うぜ」

自分は物を右から左に動かすのは得意だが、物を作ることはそんなに得意ではない。虎峰先生は頭は良いが、同じぐらい頭が固いから、こんなものは思いつかない。壮介はそう言って笑った。

「まあ、ゲンさんに手伝わせようって初めに言ったのは虎峰先生だ。礼なら虎峰先生に言うんだな」

そうか、と鞘音はいささか困惑しながら頷いた。虎峰も昔のよしみで鞘音を巻き込んでくれたのだろうか。鞘音は虎峰とお光のことをすっかり忘れていたが、虎峰は覚えていたということづいた。会えば月花美人の話ばかりで、思い出話などほとんどしていないことに、鞘音はいまさら気づいた。

九

鞘音は壮介に関しても、ずっと気になっていることがあった。

「おぬしはなにゆえ、この仕事にこれほどまでのめり込むのだ？」

壮介は一瞬の沈黙の後、にやりと笑った。

「そりゃ決まってる、儲《もう》かると踏んだからよ」

「ほう。それで、本当はどうなのだ？」

鞘音がまるで相手にしないので、壮介は頭を掻《か》いた。

「別に嘘をついたわけじゃねえんだけどなあ」

「嘘とは思わぬ。だが、本当のことをすべて話しているとも思えぬでな。おぬしの入れ込みようは、いささか尋常ではない」

「妙に鋭いところがあるんだよな、ゲンさんは」

「昔からのつきあいだ」

兄夫婦が亡くなり、鞘音が菜澄に戻ることになったとき、真っ先に声を掛けてくれたのは壮介だった。サヤネ紙を商品化してくれたのも、壮介の一存だったという。本来なら足を向けて寝られないほどの恩人なのだが、そこは幼馴染《おさななじみ》の気安さに甘えているといったところである。

一旦《いったん》休憩にして、二人は道場の庭に出た。秋の陽はすでに落ちていたが、まだ空にはわずかな蒼《あお》みが残っている。満月が庭を明るく照らしていた。

「本当のことを話すから、笑うなよ」

「内股をつねりながら聞くことにしよう」

「革命《よなおし》だ」

革命《よなおし》。その言葉は鞘音の耳から入って、ゆっくりと腑《ふ》に落ちた。

「驚かねえんだな」

「いや、驚いてはいるが、妙に合点がいった気がしてな」

「ゲンさん、この前言ったよな。どうして誰もこんなものを作らなかったのかって。そのとおりだ。誰も作ろうと思わなかったんだよ。似たようなものを作った奴はいたかもしれねえ。だが、それを表立って商売にしようなんて思った奴はいなかったんだ」

「なぜだろうな」

「そう思わせないように、世の中ができちまってる。根っこからおかしいんだ」

根っこからおかしい。それは鞘音が抱きはじめた疑問と同じものだった。

「……血盆経を叩き潰してやる」

その声に殺気すらこもっていたので、鞘音は思わず壮介の顔を見直した。

「女は月役とお産で地の神・水の神を穢すから血の池地獄に堕ちるだって？　ふざけやがって。月役もお産も穢れでなんかあるもんかよ。だったら、女から産まれた男も穢れてなきゃ道理に合わねえ。なんで女だけが穢れたままなんだ」

鞘音は思わず周囲を見回した。

「おぬし、そんなことを言うてよいのか」

「誰に聞かれようが、構うこたあねえ」

壮介はことさらに声を大きくはしなかったが、黙りもしなかった。

「宗月方丈はどうなる」

「兄貴か？　あんな大馬鹿野郎のことなんざ知るか」

信じられないことに、鞘音は壮介の気魄にたじろいでいた。

「兄貴と俺を産んでくれた母親は、俺が三つのときに死んだ。あるとき血盆経の坊主が来て、何て言ったと思う？　血の池地獄で苦しんでいるお袋のためにお布施をしろとさ。あの坊主、まるで人助けみてえな顔をしてやがった」

血盆経は、血の池地獄から女人を救い出すための教えである。その僧侶《そうりょ》は、本心から善意で語ったに違いない。

「ぶん殴ってやりたかったね。女を救うなんて言いながら、血盆経の糞《くそ》坊主どもは、そうやって人を脅かして信者を増やしてるんだ。悪徳商売もいいところだ」

坊主に商売というのは語弊があろうが、言いたいことはわかる。

「兄貴はお布施どころか、お袋の供養のためにって出家までしちまいやがった。親父もお袋も、店のみんなだって期待してたんだぞ。俺だって、兄貴の下でなら喜んで丁稚《でっち》でもなんでもやるつもりだったさ。大店《おおだな》の旦那《だんな》なんて、俺の柄じゃねえんだ」

血盆経に我孫子屋はめちゃくちゃにされた。親の人生、兄の人生、そして自分自身の人生も狂わされた。壮介はそう思っているようであった。

「ゲンさんは道場の奴らを説得するのに血盆経を使ったらしいな。それについちゃどうこう言わねえが、俺の考えは違うぜ。血盆経をぶっ潰すために、月花美人を売る。そのために、宣伝だって派手にやる」

月花美人を季節の花の絵で包む。月花美人を売る店頭には、花魁《おいらん》の錦絵《にしきえ》を飾る。それが月役に使うものであることを、あえて隠さぬ。

「むろん慎重にやらなきゃならねえ。これまで隠し隠されてきたもの、穢れとされてきたものをお天道様《てんとうさま》の下に引きずり出すんだ。失敗すれば、女たちをさらに辱めることになる。だから打てるだけの手は打った」

娘たちが目を輝かせて月花美人を買いに来る。そんな光景をつくり出し、月役を穢れとする暗い因習を根本からくつがえす。

「それが俺の革命《よなおし》だ」

「おぬし、その意味するところがわかっているのか」

「わかってるさ。血盆経だけじゃねえ。この国の千年の呪いに喧嘩を売ってやる」

血盆経が伝わったから女が穢れとされたのではない。逆である。その前から、この国では女は穢れとされてきた。だからこそ、その穢れを浄《きよ》めるという血盆経信仰が根付いたのだ。その「呪い」に勝負を挑むという。壮介の途方もない志に、鞘音は戦慄《せんりつ》さえ覚えた。

「ま、でかいことを言ったが、金儲けのためってのも本当だぜ？　虎峰先生から月花美人が月役の処置に使えるって聞いたとき、ひらめいたんだ。こいつは売れるってな」

「おかげで私も暮らし向きが立っている」

「みんな幸せになってるだろ？　めでたしめでたしだ。商売はこうでなくっちゃいけねえ」

壮介がいつもの調子で笑ったので、鞘音もようやく緊張をゆるめた。

門前に人影が立った。月明かりを受けて庭に影が伸びている。

「虎峰先生、遅かったな。入りなよ」

自分の道場でもないのに、壮介が気安く虎峰を呼んだ。

十

虎峰は両手に桶《おけ》をぶら下げており、中身は浅草紙で雑に覆われている。何が入っているのだろう。

「大きな声で、物騒な話をしておられましたね」

「ありゃあ、聞こえてたか」

「門の外まで聞こえておりましたよ」

「それじゃ、虎峰先生にも聞きてぇところだな。何のためにこの話に乗ったのか」

「私は初めから、人々の健康のためにとしか考えておりませんよ。あとは報酬ですね」

「あれか」

「ええ、あれです」

報酬の約束があったらしい。当然といえば当然だが、鞘音は初耳だった。

「私には、若旦那のようなたいそうな志はありません。女が正しい月役の処置を知って、少しでも血の道の病にかかる者が少なくなるように。それだけです。血の池地獄を恐れて女たちが月花美人を使うようになるなら、それも方便と思っておりますよ」

男の壮介が女人を穢れから解放しようという大望を抱いているのに、女の虎峰は逆に冷めたものであった。

「先生は浮ついたところがないねえ。俺と違って」

やや皮肉混じりの口調で、壮介が頭を掻く。

虎峰は両手の桶を掲げた。

「さ、みなさんを集めてください。道場の中で広げるわけにはいきませんでしょう」

「合点だ」

壮介が道場に戻っていった。

「虎峰どの、それは何だ?」

「ご覧になればわかります」

鞘音には嫌な予感がする。虎峰がぶら下げている桶が、何か臭気を放っているようにも思えた。

「さ、ここに集まってくれ」

壮介が利右衛門と門弟たちを庭に連れてきた。皆、月花美人づくりが意外に面白いのか、楽しげな表情をしている。

「みなさま、心してご覧ください」

虎峰は桶のひとつをひっくり返した。

転がり出てきたのは、汚れた紙やぼろ布のかたまりだった。これは何だ。皆が顔を近づけると、虎峰は見やすいように持ってきた火箸《ひばし》で山をほぐした。

月光を照り返すそれは、生々しくどす黒い血の色。そう、血であった。べっとりと重たげに紙に吸われ、布に吸われた血。臓腑のかけらのように半固形状を呈するものもある。いかにもおぞましく、忌まわしく、呪わしく、醜く打ち捨てられたもの。

……ぬおお!

「それ」が何かを理解したとき、鞘音は三歩後ずさった。利右衛門は顔を覆って身をよじった。門弟たちは、ある者は天を仰ぎ、ある者は地に伏した。それはまぎれもなく、「穢《けが》れ」とされてきたもの。血の穢れそのものだった。

壮介が一同に呼ばわった。

「よく見ろ、これが月の穢れだ！」

壮介の顔も心なしか青ざめている。知っていたはずだが、実際に見るとやはり平然としてはいられなかったのだろう。

「目を背けるな。女たちは今、こんなにみじめなやり方で月の穢れを処置してるんだ。この女たちを救うのが、俺たちの仕事だ！」

門弟たちが堪《たま》りかねて口々に声を上げる。ふざけるな、こんなものを見せおって、だいたいなぜ町人風情が我らに偉そうな口を利いている、やめだやめだ、こんな仕事……

「だまらっしゃい！」

鋭い一喝。火箸を手にした佐倉虎峰である。

「大の男が雁首《がんくび》そろえて見苦しい。それでも武士ですか」

男どもを相手に、一歩も引かぬ気魄であった。

「今度はこちらをご覧なさい」

虎峰はもうひとつの桶をひっくり返した。

身構えていた一同であったが、そこにあるものを見て、静かに緊張を解いた。一陣の涼風が流れたかのようであった。

そこには、つつましく折りたたまれた紙がうずたかく山になっていた。呪わしさも忌まわしさもない、丁寧に処置されたもの。先ほどの「穢れ」そのものといったものに比べれば、それは清くさえあった。気高く、美しかった。

「これが今、あなた方が作っておられるものです。同じ月役を処置したものでも、これほど違うのです」

鞘音が振り返ると、利右衛門師匠はじめ、門弟たちがへたりこんでいた。救われた気がしたのか、あるいは単に腰が抜けたのか。目を潤ませ、手の甲で涙を拭《ぬぐ》う者もいる。

「月役を不潔に処置すれば、毒が女の身を侵します。血の道の病に侵された女は、時に死に至ることもあるのです。みなさまのお母様が、奥様が、お嬢様が、です。女は母となり、子を産むもの。みなさまのお仕事は、人の命を救うものとお心得ください」

侍たちが、神妙に頷いた。

壮介が進み出た。

「皆様方、いきなりこんなものを見せてすまなかった。詫《わ》びの言葉もねえ」

神妙に頭を下げる。

「この仕事をするからには、一度は見てもらわなきゃならなかったんだ。先に断ったら、みんな見てくれねえと思ってな。どうか、皆々様、この俺の無礼を、う、う……」

壮介の声が裏返る。侍たちは壮介の言葉を嚙みしめるように頷いた。皆まで言うな。そなたの心、しかと伝わったぞ。

鞘音は折と思い、一同に声をかけた。

「さあ、月花美人づくりの続きだ。しっかり覚えて帰ってくれ」

侍たちは力強く頷いた。心なしか、凜々《りり》しい顔つきになっている。

利右衛門と門弟たちを先に道場に帰らせて、鞘音は壮介の頭を叩いた。

「いてえな、なんだよ」

「嘘泣きまですることはなかろうが」

「へへへ、ゲンさんはだませねえな」

鞘音はため息をついた。

「……だが、たしかに一度は見ておくべきだったやもしれぬな」

月花美人を手直ししているときも、ずっともどかしさがあった。自分は月役を知らぬ。経血を見たこともない。自分の作っているものが本当に役に立つのか、実感がなかった。だが、今、はっきりと手応えを感じた。

虎峰が語りはじめた。

「ご覧のとおり、経血は美しいものではありません。人間の体から出るものは、総じて不潔なものです」

糞尿《ふんにょう》と同じとまでは言わぬが、たしかに、汗や涎《よだれ》や鼻水だって清潔なものではなかろう。

「経血が穢れとされるのも、元をただせば理のないことではなかったのかもしれません。こうして時が経てば、臭いもします。不潔なものは病の源にもなります。ですが、いくら恐れ遠ざけようとしても、月役は月ごとに女の身に訪れるのです。月役と恙無《つつがな》くつきあうために、正しい知識を持って、正しく処置することが大切なのです」

鞘音は頷いた。それにしても——

「虎峰どのは、まことにあのお光《みつ》なのか」

忠信塾のお光は、いつも隅に縮こまって人目を避けているような娘だった。先刻のように並み居る侍どもを一喝する姿など、あの頃からは想像がつかぬ。

「まことに、虎峰はあのお光ですよ。鞘音さまが源吾さまでいらっしゃるように」

「久しぶりだ、その名で呼ばれるのは」

「剣鬼などと呼ばれて、どのように恐ろしげな人になったのかと思っておりました。変わっておられませんね、源吾さまは」

鞘音は苦笑し、虎峰も微笑んだ。壮介はその様子をにやにやと眺めている。

「落ち着いたらよう、三人でゆっくり酒でも呑みてえな」

「そういえば、結局一度も呑んでおらなんだな」

最初の会合で決起の盃《さかずき》を交わす機会を逸して、そのままになっていた。三人集まれば月花美人の話ばかりであった。

「今日のような月夜がよろしいですね」

幼馴染の三人は、その前途を祝福するかのような明るい満月をそろって見上げたのだった。

同じ日、江戸の菜澄藩上屋敷から大名行列が出発した。

参勤を終えた菜澄領主・高山重久《しげひさ》公が、領地に帰るのであった。

この領主の帰国が、月花美人にまつわる人々の運命を大きく変えることになる。

第六章　殿の御成《おな》り

一

菜澄の殿様はなるほど名君であった。

帰国するなり、菜澄湖の土手の修築および一部の干拓に、年内に取り掛かるよう家臣たちに命じた。いずれは歴代領主が為《な》し得なかった、菜澄湖から江戸《えど》湾への水路の開削も視野に入れてのことである。

傾いた財政の再建にも取り掛かった。質素倹約を旨とするよう改めて領内にお触れを出す。農村への農務指導、林野の管理体制の整備にも着手する。

産業の奨励も殿様の重要な関心事である。特に、領外に売り出せる産物が必要であった。それによって「外貨」を稼げば、財政再建の強力な一助となる。何を特産品とするか、殿様はすでに目星をつけていた。

「これが菜澄の紙だ」

菜澄城本丸御殿の書院にて、高山重久公は半紙で空気をなでてみせた。

「薄く柔らかく、しかも丈夫だ。美濃《みの》や越前《えちぜん》のものにも引けを取らぬ。これを使わぬ手はない」

侍講《じこう》（家庭教師）の白井雪堂《しろいせつどう》が、重久の手からうやうやしく半紙を受け取る。

「なるほど、絹のようにござりますな」

肌触りを確かめて、雪堂は半紙を重久に返した。

「これをどうなさるおつもりで？」

「御蔵《おくら》扱い（専売）とするのよ」

「ほう……」

菜澄の紙を公儀（藩）の専売とする。公儀が紙の販売を独占するということである。むろん、その利益は公儀の御蔵に入る。

「紙問屋を取り潰《つぶ》すおつもりでございますか？」

「そこまではせぬ。餅《もち》は餅屋。武士に商売はできまいが」

「それでは、どのように？」

「公儀が認めた紙問屋にだけ、紙の商いを許す」

「ははあ、なるほど」

特定の紙問屋にだけ商売を認め、紙の製造販売を委託するということである。紙問屋から税を取り立てるのではなく、利益は一旦《いったん》すべて公儀の蔵に入り、そこから紙問屋の取り分を与える形式となる。

「公儀の差配の下で、商売を紙問屋に任せる。おとなしく従っておるかぎりは、これまで同様に商売をさせてやる」

　不満を持つ紙問屋には商売の認可を与えない。認可を得た紙問屋でも、下知に従わなければいつでも認可を取り消す。紙問屋の生殺与奪の権を握ることで、公儀が紙の製造販売に深く関与し、監督できるようになる。

「紙問屋はおとなしく従いますかな」

「この地の紙問屋は、公儀の庇護《ひご》の下で長年ぬるま湯に浸《つ》かってきておる。異を唱える気概などなかろう。むしろ尻尾《しっぽ》を振って喜ぶのではないかな」

　御蔵扱いとするからには、公儀から紙を増産するための資金を出す。紙問屋にしてみれば、公金で商売を拡大できる。さらに、作った紙はすべて公儀が買い上げる形になる。いわば公儀が最大の顧客となり、紙問屋の商いは安定する。締め付けが多少厳しくなっても、彼らは領主に感謝するであろう。

「しかし、今ある紙問屋のすべてに商売を認めるわけではございますまい？」

「あまり多いと目が行き届かぬ。今はたしか十軒ほどだが、半分までは減らすつもりだ」

「いささか乱暴に思えますが……」

　雪堂の懸念を聞き流し、重久は脇に控えている男を振り返った。

「時に、蓮次郎」

「はっ」

　剣術指南役の眞家蓮次郎が頭を下げる。

「あの男は今も菜澄におるのか。おぬしが剣鬼と呼んでいた……」

「望月鞘音にございますか」

「ああ、それだ。剣鬼・望月鞘音。ついに私の前に姿を見せなかった男」

かつて御城にて催した、領内の剣術道場の猛者を集めての他流試合。剣鬼と呼ばれる男がどれほどのものか重久も興味があったのだが、出てきたのは何某《なにがし》エモンとかいう青二才の道場主だった。名前も覚えておらぬ。

「望月鞘音はあれからどうしておる」

「まだ大和田道場の師範代を務めておるようにござりまする」

「ほう、城下におるのか」

「いえ、湖の向こう岸の村に、娘と住んでおるとか」

「ふむ……」

重久は顎《あご》に手をあてた。

「お気になりまするか」

「菜澄の剣鬼の噂は、江戸にまで届いておった」

「なんと、江戸にまで」

「どのような男か、改めて興味が湧いてきたわ。そなたもずいぶんこだわっていたようだからな」

「決してこだわっているなどとは……」

「なに、剣術指南役が無視できぬ男とあらば、なかなかのものよ」

蓮次郎は畏《かしこ》まって頭を下げた。

「さほどの男なら、望月鞘音を文武院《ぶんぶいん》の師範に加えてやってもよい」

文武院とは、高山重久が構想する武士の子弟の教育施設であった。後世にいう「藩校」である。儒学《じゆがく》・算学・医学などを教える文院と、剣術・槍術《そうじゆつ》・鉄砲術などを教える武院を擁し、菜澄の人材育成の拠点とする計画であった。

文院はもちろんのこと、武院を特に充実させたいというのが重久の意向である。武士が文官と化して久しいが、あくまで武士は武官たるべしと重久は考えている。譜代の高山家が治める菜澄は、尚武の地となり、全国に範を示さねばならない。失われゆく武士道を復興するため、菜澄がその魁《さきがけ》となるべし。

文院の総取締には白井雪堂を充《あ》てればよい。武院は眞家蓮次郎でよいだろう。いまこの場にいる二人が、菜澄の文武の柱となる。

だが、雪堂はともかく、蓮次郎には一抹の物足りなさを重久は感じていた。実力不足というわけではない。剣の腕は一級品だ。だが、育ちの良さが剣の殺気を損ねている。伝統ある剣術道場の御曹司であるから、仕方のない面もあろう。だが、もっと岩を破る樹根のような猛々《たけだけ》しさ、敵の囲みを剣一本で遮二無二切り抜けるような泥臭さがほしい。戦人《いくさびと》の心である武士道とは、本来、そのようなものであるはずだった。

それを補えるのは、望月鞘音かもしれぬ。剣鬼とまで呼ばれる男。聞いた話では、追い剝《は》ぎに囲まれて、文字通り剣一本で切り抜けたこともあるという。武院には蓮次郎の眞家道場だけでなく、領内の名だたる流派の猛者を招くつもりである。そこに望月鞘音が加われば、菜澄の武名はいや増すに違いない。

「しかし、殿」蓮次郎がうやうやしく述べる。「望月鞘音には、何やら城下に住めぬ事情がある由にございます。なんでも、娘が哮喘《こうぜん》持ちゆえ田舎で療養しておるとか」

「その程度のことは何とでもなる」

城下に住まうことができぬなら、村から登城することを特別に許してやってもよい。遠方ならともかく、城の対岸の村なら、さほどに難しくはあるまい。ただし、そこまで特別扱いするだけの価値のある男ならば、である。

「しかし、殿」今度は雪堂であった。「剣鬼などとは言うても、私の聞くところでは、さほどに恐ろしげな男ではないそうにござりますがの。義理の娘を裁縫の手習いに送り迎えする姿など、じつに甲斐甲斐《かいがい》しいそうで」

重久は失笑した。

「むしろ面白いではないか。そのような者ほど、いざ敵と見《まみ》えたときには鬼神と化すのやも知れぬぞ？」

ふたたび蓮次郎を振り返る。

「そう思わぬか、蓮次郎」

蓮次郎は「あるいは」と曖昧《あいまい》に答えた。

口を挟んだのは、また雪堂である。

「それはよろしゅうござりますが、望月鞘音には妙な噂がござりますぞ」

「妙な噂とは？」

「望月鞘音というより、サヤネという名ですな。何やら、たいへん妙なことになっているようで……」

「何だ、わかるように申せ」

蓮次郎が顔を上げ、雪堂を制す。

「その話はしばらく、雪堂先生！」

「眞家どの、何ぞ都合が悪いかの？」

「いえ、そのようなことは……」

蓮次郎が言葉を濁す。雪堂は話を続けた。

「私も詳しくは存じませぬが、何やら御城下では、サヤネといえば女の月の穢《けが》れのことを申すそうで」

「月の穢れ？　どういうことだ？」

「私の聞くところでは、その望月鞘音が月役を処置する紙を作ったそうにございます。それが紙問屋に納められ、さらに何某《なにがし》やらいう医者の処方で城下に広まっておるそうな」

重久は眉間《みけん》に皺《しわ》を寄せた。

「なんだそれは。望月鞘音という男は恥を知らぬのか」

蓮次郎が待ったをかけた。膝《ひざ》を浮かせるほどの勢いである。

「それは望月鞘音のせいではございませぬ。彼《か》の者が作ったのは、傷の治療に使うサヤネ紙と申すもの。それを勝手に女の下《しも》の用に使うよう仕向けたのは、紙問屋の倅《せがれ》と女医者《おんないしや》にござる。望月鞘音は、むしろ迷惑を被っておるのにございます」

「ふむ……そなた、よく事情を知っておるようだな」

重久は公平であろうとした。たしかに、女の下で口に糊《のり》しようなどと、武士たる者の考えることではない。蓮次郎の言うとおり、陥れられたと見るのが妥当ではないか。当人に責のないことで人物の評価を下げるなど、人の上に立つ者としてあるまじきことだった。

「それが、そうでもないようで」また雪堂である。「望月鞘音はそのサヤネ紙とやらを手直しして、いよいよ女の下の用にだけ使えるものに仕立て上げたと聞きます。月花美人とやらいう風雅な名前だそうで。望月鞘音は、それによって相当な見返りを手にしたようですな」

「なんだと……？」

重久の胸に義憤にも似た怒りが湧いた。女の下《しも》で懐を肥やすなど、武士たる者のやることか。事は望月鞘音ひとりに留《とど》まらない。武士の名誉そのものを穢す行為である。

「さらに、その月花美人とやらを、まもなく江戸でおおいに売り出すつもりだそうな」

「江戸だと……⁉」

菜澄の紙で作った穢らわしい品物を、江戸で売る。菜澄の恥を天下に晒《さら》すようなものだ。言語道断であった。

「その月花美人とやら、紙問屋が関わっていると申したな」

「たしか、我孫子屋とか申しましたな」

我孫子屋。城下の紙問屋でも最古参の大店《おおだな》だ。

「……不届きなり」

望月鞘音と紙問屋。よりによって、菜澄の名を揚げるために利用しようとしていた二者が、そろって菜澄の名を穢そうとしている。それは領主たる高山重久の名を穢すも同然のことであった。

「殿、なにとぞ、なにとぞ、ご無体なことはなされませぬよう」

蓮次郎が平身低頭して諫《いさ》めている。重久は怒りを懸命にこらえた。蓮次郎とは旧知らしいが、望月鞘音とは剣術指南役にここまでさせるほどの男なのだろうか。

「なに、私とて鬼ではないわ。その者たちが月花美人とやらの商いをやめて詫《わ》びを入れるなら、多少の慈悲をかけてやらぬでもない。さもなくば……」

重久がそこで言葉を切ると、雪堂が皮肉めいた口調で引き取った。

「望月鞘音は切腹、紙問屋と女医者は打ち首にでもなさりますか」

「事と次第によってはな」

蓮次郎が息を呑《の》む。雪堂は表情を変えなかった。

「先ほどの眞家どのではござりませぬが、あまりご無体なことはなさりませぬように」

「月花美人とやらの商いをやめればよいだけだ。我が名を穢そうとする者たちに、寛大すぎるほどであろうが」

雪堂は小さく溜《た》め息をつくと、咳払《せきばら》いした。

「さて、講義の続きを始めてもよろしゅうござりますかな。講義の途中で政事の話に夢中になられるのは、殿の悪い癖にござりますぞ」

重久は怒りに強張《こわば》った顔をわずかに緩め、居住まいを正した。

蓮次郎は畳に目を落としたまま、拳《こぶし》を握りしめていた。

二

秋晴れの昼下がり、鞘音と壮介は我孫子屋の上がり框《かまち》に腰掛けて茶飲み話をしていた。

「どうやら殿様は紙を御蔵扱いにしようとしてるみてえだな」

「御蔵扱いか」

我孫子屋と付き合いのある、勘定方の役人から聞いた話だという。だが、鞘音にはその意味するところがよくわからない。壮介の表情が曇っているので、あまり良いことではなさそうである。

「紙を売っていいのは御公儀だけってことになる。やりづらくなるな」

「ちと待て、それはやりづらいどころか、商売ができなくなるということではないのか？」

「御公儀が紙を買い占めて、御公儀がみずから紙を売るってことになればな」

「大変なことではないか」

鞘音の慌てぶりがおかしかったのか、壮介は笑みを見せた。

「御公儀だって馬鹿じゃねえよ。そんな面倒なことをするより、商売は俺たち紙問屋に任せて、上前をはねたほうが楽なことはわかってるはずだ」

「少しは言葉を選べ」

「今だってそういう仕組みにはなってるんだがなあ」

鞘音は少し考えて、思い当たった。

「株仲間というやつか」

「そういうこと」

株仲間は公儀の認可を受けた同業者の組合である。菜澄には紙問屋の株仲間があり、我孫子屋も加入している。そもそも、株仲間に入らなければ紙問屋として営業できない。株仲間は公儀の認可の下で商売を寡占する特権を得るかわりに、公儀に対して運上《うんじょう》と冥加金《みょうがきん》を納めている。

「運上ってのは百姓の年貢みてえなもんだ。冥加金ってのは、御公儀の下で商売をさせていただいていることへの礼金。ヤクザのみかじめ料みてえなもんだな」

「言葉を選べと言うておる」

「すでにそういう仕組みはある。それを今さら御蔵扱いにするってことは、殿様は菜澄の紙を特産にして、もっと手広く売り出すつもりなんだろう。目の付け所はいい」

壮介は偉そうに殿様を評した。

「これからどうなるのだ？」

「御蔵紙《おくらかみ》を扱わせてもらえるよう、御公儀に願い出なきゃならねえだろうな。今ある紙問屋がみんな認められるとはかぎらねえ」

「我孫子屋は？」

「うちは老舗《しにせ》の大店だから、まず大丈夫だろう。だが、このご時世、どこも楽じゃねえからな。何軒かは取り潰されるかもしれねえ」

競合が減れば商売上は有利になるはずだが、壮介はそれを喜んでいないようである。

「そのあとは？」

「商売を認められた紙問屋には、お城から金が出るだろう。もっと紙を作りまくれってな」

公金を支出して産業を奨励するということである。その資金で紙問屋は職人を育て、設備を整え、原材料となる楮《こうぞ》の畑を増やす。菜澄の紙作りはますます盛んになるはずであった。

「さっきから聞いておると、我孫子屋にとってはむしろ良い話のように思えるのだが」

鞘音があえて確認したのは、壮介がずっと渋い顔をしているからである。

「金を出されるってことは口も出されるってことだ。金だけ出すからあとは良きにはからえ、なんてわけにはいかねえだろう」

これからは、何をするにもまずは御公儀に伺いを立てることになるかもしれない。不興を買えばすぐさま認可を取り消されるだろう。御公儀に首根っこを押さえられながら商売をするようなものである。

「しかし、今でも株仲間に入らなければ紙を商えないのであろう？　さほど変わらぬのではないか？」

「痛いとこを突いてくるな」

株仲間は排他的な組織である。新規の参入者を排除することで商売を寡占している。そのうえ何事も仲間内の寄合《よりあい》で決めるため、競争原理が働きにくい。

「だから俺は、株仲間ってのも正直気に喰《く》わねえところはあるんだ。ぬるま湯に浸かってるみてえでな」

「悪い面ばかりではないのであろう?」

「そりゃあな」

商品の品質を保証し、安定した値段で市場に供給する。それも株仲間の大事な役割であった。

「ただ、御蔵扱いになるってことは、御公儀の商売を紙問屋が肩代わりするってことだ。初めは変わらねえように見えても、いずれ締め付けてくる。月花美人だってどうなるか」

すでに販売に向けて準備万端整ったというのに、今になって何らかの制限を加えられはしないか。壮介が最も危惧《きぐ》しているのはその点のようだ。

「いずれにしても、御公儀が何か言ってくる前に、株仲間で結束を固めておいたほうがいいな」

そうすれば御公儀からの干渉にも一丸となって対抗できる。これも株仲間の良い面ではあると、壮介は言った。

「後から来た殿様に好きなようにはさせねえよ」

高山重久公が着任するはるか以前から、我孫子屋は菜澄城下で紙を商ってきた。老舗の誇りがあるのだろう。

しかし、本当に大丈夫なのだろうか。鞘音が一抹の不安を覚えていると、壮介が笑みを向けてきた。

「ゲンさんは何も心配しなくていいからな」

生意気にも安心させようとしている。

「心配などしておらぬ」

「それならいい。俺はこれからちょいと忙しくなるから、ゲンさんは虎峰先生のところにでも行ってきなよ」

「どこも悪い所はないぞ」

壮介は憐《あわ》れむような目で鞘音を見た。

「そういうことじゃねえんだよ、まったく」

「溜め息をつくな」

壮介は笑って茶を啜《すす》った。

三

午前は往診に出て、午後は診療所で外来患者を診るのが、佐倉虎峰の日常である。

虎峰は今日も元気に、この日の最後の患者の仕上げにかかっていた。

「ふんっ」

「ぐおおっ！」

往診はほとんど本道（内科）だが、外来患者は外科が多い。骨接《ほねつ》ぎも得意とするところだ。

町医者には複数の科を兼ねる者が多かった。女医の虎峰には、血の道の患者も多い。なかなかに多忙で、なかなかに繁盛しているのだった。

「……ありがとうごぜえやす」

「お大事に」

診療所を閉めると、お手伝いのタキが茶を淹《い》れてくれた。傾いた陽射しが格子戸からさしこむ。毎日、このひとときが最も安心できた。そして、亡き夫を思い出すのもこんな時である。以前は、夫ととりとめもなく話すこの時間が至福であった。

「今日もよくお働きでしたねえ」

タキが自分の湯呑にも茶を注ぎながら話しかけてきた。以前ならお茶だけ出して引っ込み、夫婦水入らずの時間を作ってくれたものだ。今は虎峰を一人にしないよう、気を遣ってくれているようである。虎峰としてもありがたくはあったが、最近は亡き夫の霊とゆっくり語り合いたくもあり、複雑な心境であった。

「あまり働きすぎて、お体を壊してはなりませんよ」

そんなことは自分が一番よくわかっている。夫はそのために死んだようなものだ。タキは父の代からの手伝いで、母親にも近い存在だったが、虎峰にはそういうところが無神経に感じられた。

「あまりうるさくは言いたくないんですがね、先生を見ていると、いつ旦那《だんな》様の後を追っても構わないと思ってらっしゃるように見えるんですよ」

これはさすがに、虎峰も腹に据えかねた。

「そんなわけがないでしょう」

「ならば、なぜ再縁の話をお断りになるんですか。もう三回忌も終えたのですから、旦那様も許してくださると思いますがね」

「それとこれと、何の関わりがありますか」

「人とご縁ができると、あの世へ行きづらいなどと思っていらっしゃるんじゃありませんか?」

虎峰は沈黙した。

「先生のような学はありませんが、先生のことは先生よりも私のほうがよく知っていますよ。赤ちゃんの頃からのお付き合いですからね」

「そういうの、鬱陶《うっとう》しいなあ……」

「はっきり言い過ぎです。でも、大旦那様のようにねっちりとした言い方でないだけましですね。大奥様も、それでずいぶん辛《つら》い思いをされていましたから」

「それは気をつけてます」

父は言葉の端々に人を見下した態度が感じられる人だった。学のある者にはありがちなことであったが、虎峰はそんなふうにはなるまいと気をつけている。そして、改めて思う。自分は結局、あの父が嫌いだったのだと。自分の生き方を最期まで認めてくれなかった父。

父が死んだのは、江戸で医術を学んでいたときだった。葬儀のため菜澄に帰った虎峰――お光は、涙が止まらなかった。周囲の人々は慰めてくれたが、その涙のうちのいくらかは、悲しみではなく安堵《あんど》の涙だったと思う。重い鎖から解き放たれたような、体が軽くなったような心地だったのだ。

母は父の三回忌が明けると、さっさと昔馴染《なじみ》の男と再縁した。周囲は薄情者と陰口を叩《たた》いたが、お光は母を心から祝福した。抑圧的な父から、自分を殺して娘を守ってくれた母。今度こそ自分の幸せだけを考えて生きてほしいと、心から願ったのである。

お光自身も正二郎《しょうじろう》という伴侶《はんりょ》を得て、菜澄で暮らすことを選んだ。誰よりも彼女の生き方を理解してくれた優しい夫は、もういない。まだしばらくは夫の霊とともに過ごしたいのに、タキは再縁をせっつくのであった。

「我孫子屋の若旦那、壮介さん。あの方なんか思いのほか悪くないと思いましたがね。どうも奉公人のなんとやらいう娘に入れあげてらっしゃるようで、残念ですよ」

「我孫子屋の若旦那⁉　冗談じゃありませんよ。願い下げです」

「あら、お嫌いなんですか？」

「あの人は小さい頃、私の字が汚いのを大勢の前で笑いものにしたんですよ。一生忘れません」

タキが口をあんぐりと開けた。

「先生、なんて人間がお小さいこと……」

「なんとでもおっしゃい」

「でも、今は月役紙のことで合力なさってるんでしょう？」

「ああ、あれね、月花美人て名前になったの」

「あらまあ、ずいぶん風流な名前ですこと」

タキは好印象を抱いたようだ。

「私はあんまり好きじゃない」

「あら、どうして？」

「美人ていうのがなんだか。月役を処置するのに、美人かどうかなんて、どうでもいいじゃないの」

「まあまあ、先生もお綺麗《きれい》ですよ」

「そういうことを言ってるんじゃないの」

医塾でたった一人、男に囲まれていた頃のことを思い出す。他の塾生たちの、品定めするような目。ひとまず美人と言えよう、いやあれを美人と言うのは趣味が悪いなどと、聞こえよがしに言われた。露骨に蔑《さげす》んでくる者、逆に下心を持って恩着せがましく親切を押しつけてくる者。落ち着いて勉学に励める環境を求めて、じつは医塾を二度も替えたのである。

「名前が気に入らないなら、そうとおっしゃればいいのに」

「ほかにいい名前も思い浮かばなかったし、なんだか二人で勝手に盛り上がってたし。別に名前なんかどうでもいいよ」

タキと話すとき、虎峰の口調は子供の頃に戻りがちになる。

なんとなく面白くないのは、名前のことだけではなかった。月花美人づくりを侍たちに教えた夜の、自分の言葉。怖気《おじけ》づく侍たちを叱咤《しった》するため、「女は母となり、子を産むもの」であり、これは人助けなのだと強調した。方便だったな、と思う。なぜ、ただ「女たちのため」と言い切れなかったのか。それだけでは侍たちの心が動かないような気がしたのだが、何か胸に淀《よど》みが残る。鞘音は虎峰の胆力に感心していたが、あのときほんの少しだけ卑屈になったことを、虎峰自身だけが知っている。

虎峰はため息をつきながら、するすると畳に寝そべった。

「お行儀の悪い」

「二人だからいいでしょ」

「それで、我孫子屋の若旦那に合力なさっているのは、どういうわけで？」

「報酬のためです」

「はあ、報酬をお受け取りになるんですか。てっきり善意でなさっているものとばかり」

「そんなわけないでしょ。貰《もら》うものは貰いますよ」

「おいくらです？」

「お金じゃありません。江戸で医学書を買い付けてもらうよう頼んであるんです」

依頼したのは杉田玄白《すぎたげんぱく》ら訳『解体新書《かいたいしんしょ》』と、宇田川玄随《うだがわげんずい》訳『西説内科撰要《せいせつないかせんよう》』全十八巻である。高価なので購入をためらっていた書物であった。

「それは蘭学《らんがく》の書物じゃありませんか?」

「そうですよ」

「先生は漢方医じゃありませんか。どうして蘭学を?」

「今、江戸では蘭方医《らんぽうい》の勢いが大変なものですよ。まるで、蘭医にあらずんば医者にあらずと言わんばかり。それに、あれをごらんなさいな」

虎峰は寝そべったまま、壁に貼った三枚の人体図を指差した。『解体約図《かいたいやくず》』である。『解体新書』の広告宣伝用に刷られた人体解剖図であった。

「あれが正しいんだとしたら、漢方の五臓六腑《ごぞうろっぷ》説は見直さなきゃなりませんよ」

「はあ、臓腑《ぞうふ》の絵を見ながらお茶を呑みたくなかったですねえ」

「本当なら蘭方の先生に学びたいの。でも、菜澄でそれは望めないし、患者を置いて江戸に行くわけにもいかないしねえ。御城下に蘭方の学校でもできればいいのに」

「三十路《みそじ》にもなって、まだ勉学をなさるおつもりですか」

「歳《とし》はどうでもいいでしょうが」

虎峰はむくれたが、タキは平然と茶を啜っている。

「ご縁談の話ですけどねえ」

「またそこに戻るの!?」

「あの方はどうですか。モチヅキサヤネさま。鬼だなんて言われていますが、お会いしてみればなかなか良い男振りじゃありませんか。私がもう少し若ければ、う、ふ、ふ、ふ」

「……何を言ってるんだか」

「やっぱり、小さい頃にいじめられましたか？」

「いいえ。あの方は、整った字の書き方を教えてくださったんですよ」

「あら！　素敵じゃありませんか」

「でも、言い方がね。せめて読める字を書け、だって。ひどい言われよう」

「文句が多いですよ。おかげで今は、どうにか人間らしい字がお書きになれるじゃありませんか」

これもひどい言われようである。

「鞘音さまは駄目。あの方はあれで一家の主《あるじ》ですからね。婿に来ていただくわけにはいきませんし」

「お嫁に行かれればいいじゃありませんか」

「この家はどうなるの」

「もともと、亡き大旦那様が一代で興したような御家ですよ。先生が好いた殿方と一緒になるのを諦《あきら》めてまで、守るほどのことはないと思いますがね」

いろいろと失礼だ。それに、望月鞘音を勝手に好いた男にしないでほしい。

「今はまだ、再縁なんて考えたくないの」

亡き夫への想いだけではない。正直、あれほど非の打ち所のない人でも、一緒に暮らしていれば気に喰わないことはあった。独り身に戻ったことで、気が楽なのも確かなのである。将来はともかく、今はまだこの身軽さを楽しみたかった。

「先生、そのまま寝ないでくださいよ」

「……うん」

「目が閉じてますよ。お布団を敷きますから、先生」

タキの声を遠くに聞きながら、虎峰は亡き夫との語らいを思い出していた。子供の頃の話だと言っているのに、「源吾さま」のことを話すとあの人は本気でむくれていた。

ああそうかと、まどろみの中で気づいた。子供の頃の話で済まなくなったら、あなたに嘘をついたことになる。だからあの方との間合いを測りかねて、時に必要以上に冷淡な態度を取ったりもしたのだ。先刻のタキの言葉ではないが、三十路にもなって何をやっているんだか――。

「先生、これ先生」

タキの声を遠くに聞きつつ、虎峰は眠りに落ちていった。

四

壮介は我孫子屋に領内の紙問屋の店主九人を集めた。

「いいですかい、皆さん。殿様が紙を御蔵扱いにするってんなら、この中の誰一人、切り捨てられちゃならねえ」

壮介が切り出すと、店主たちは戸惑いの表情を浮かべた。我孫子屋が場を仕切るのはわかるが、なぜ当主の壮右衛門ではなく、放蕩《ほうとう》者と噂される若旦那なのか。そう顔に書いてある。壮介は百も承知である。

「みんなで手を組めば、殿様だって理不尽な真似はできねえ。力を合わせて事に当たりましょうぜ」

壮介が強調すると、当主たちは曖昧に頷《うなず》いた。

「ええまあ、我孫子屋さんほどの大店がそう言ってくださるなら、我々としてはありがたいことですが」

「うむ、特に異存はありませんがね」

城下の紙問屋の主は、多くがかつて我孫子屋で修業を積んでいる。恩も義理もある相手に提案されて、否とは言えない。だが、壮介は満足しなかった。御公儀に対抗するには、もっと固い結束が必要である。

「岩戸屋《いわとや》さん、どうです？」

苦虫を噛《か》み潰したような顔の、古参の店主に声を掛ける。あえて最も手強そうな相手を選んだ。

「では……」と岩戸屋は壮介に向き直った。「我孫子屋さんがなぜみずから利を手放すようなことをおっしゃるのか、どうも合点がゆかんのですがね」

やはりそこか、と壮介は思う。御蔵扱いになれば、認可が下りた紙問屋はむしろ大きな利益を得られる。切られた紙問屋の数だけ取り分も増える。そして、最大手の老舗である我孫子屋が切られるおそれは、まずない。皆が気になっていたことであろう。

「そう思われるのは無理もねえ」

その先を、壮介はすぐには口にしなかった。皆の注目が集まるのを待つ。

「これはずっと前から思ってたことだ。そして、今度のことで改めて思った」

ここからは小細工はいらない。率直な胸の内をぶつけるまでだ。

「俺たち紙問屋は、株仲間ってぬるま湯に浸かりすぎてた。商売人としての気概ってやつを忘れてたんじゃねえかな。そのせいで殿様に舐《な》められちまってる」

壮介は皆の顔を見渡した。一人一人が、それぞれの胸に問いかける表情をしている。

「俺たちはもっと競い合わなきゃいけねえ。御公儀だの株仲間だのに頼らなくてもやっていける。そういう気概を持たなきゃいけねえ。俺たちは商人なんだ。もともとそうやって世の中を渡ってきたはずだ。そうでしょう、皆さん」

壮介の言葉は一同の胸に響いている。その手応《てごた》えを得て、壮介は「だが」と言った。

「俺たちは敵同士ってわけでもねえ。仲間だ。仲間だからこそ競い合うんだ。仲間を一人でも失いたくねえって思いは、皆さんも同じはずだ」

店主たちがたがいに顔を見合わせ、頷く。皆が壮介の言葉に動かされはじめていた。

「殿様が菜澄の紙を日本中で売りたいってんなら、結構なことだ。日本中の紙問屋と競い合おうじゃありませんか。ここにいるみんなでだ。そうして殿様に教えてさしあげましょうぜ、餅は餅屋だってことを」

岩戸屋が膝を打った。

「餅は餅屋。若旦那のおっしゃるとおりだ」

一同の目の色が変わっている。商人の魂に火が点《つ》いたのだ。

「そうだ、御公儀は商売に余計な口を出さず、我ら商人に任せておけばよろしい」

「御公儀が金を融通してくれるなら、何倍にもしてお返ししますわ」

大口を叩く店主に、「そうだそうだ」と次々に賛同の声があがる。

壮介はさらに煽《あお》った。

「商売人の意地、殿様に見せてやりましょうぜ」

一同が沸き立つ。紙問屋の心がひとつになった。鉄の結束。これならいける。壮介は最後の一手を打つことにした。

「そこでだ、俺たちの結束の証《あかし》として、皆さんに提案がある」

一同が静まり、壮介の言葉を待つ姿勢になった。

「噂には聞いてると思うが、今度うちから、月役に使うための商品を売り出す。菜澄だけじゃねえ、江戸表《おもて》で盛大にだ。名前は、月花美人」

一同がどよめく。壮介は初めて、株仲間の前でその計画を明言したのである。

「佐倉虎峰先生の診療所では、もう女たちに処方してる。評判は上々だ。今まで誰も売ったことのないモノだが、必ず売れる」

一同が固唾を呑むのがわかった。

「そこで皆さんに提案、いや、お願いだ。皆さんの店でも、月花美人を取り扱わねえか。売る店は多いほうがいい」

座が水を打ったように静まり返る。

「いや、モノがモノだから、無理にとは言わねえ。取り扱いたいって店は申し出てくれ」

壮介には計算もある。月花美人が利益を生むことがわかれば、必ず粗悪な模倣品が出てくる。それが出回ったら、月花美人の評判にまで傷がついてしまう。それならば、利益が薄くなろうと正規品の取扱を許可し、市場をあらかじめ席巻《せっけん》してしまえばいい。

「そのお話、一旦持ち帰って店の者と相談してもよろしいですかな」

岩戸屋が真面目な顔で言う。他の店主たちも即断しかねるようだった。

壮介は「もちろんです」と頷いた。この場ですぐに乗って来るとまでは、期待していない。

「モノがモノ」だけに、ためらうのは当然だった。だが、店主たちが興味を示している手応えは、はっきりと得られた。他の店の出方を窺《うかが》っているのだろう。

「一番に手をあげてくれた店には、御礼にちょいと色を付けさせてもらいますよ」

さらに餌を投げておいて、壮介は会合を締めくくった。

五

「私も良い歳になったのだなあ」

鞘音は水面を眺めながら、釣り竿《ざお》を上下に揺らした。

「三十路なんざ、この歳になると青二才みてえに思うがね」

五十路《いそじ》に近いと思われる船頭は、小舟の帆の向きを調《ととの》えている。

菜澄湖は夜明けを迎えていた。天頂は藍《あい》色に覆われ、地平は黄金に燃えている。明るい星だけがわずかにまたたき、鏡のような湖面に姿を映している。鴨の親子が連れ立ち、湖面の空を静かに波立てていった。

「良い歳だと思うなら、そろそろ嫁でも迎えて落ち着いたらどうかね」

「はあ、嫁でござるか」

宗月方丈の言葉に、鞘音は生返事をした。早朝から、連れ立って釣りに出掛けている。宗月が突然訪ねてきて、誘い出したのである。折しも若葉は城下の佐倉虎峰宅に一晩厄介になっており、一人で妙に落ち着かなかった鞘音は、渡りに舟と乗ったのだった。

「しかしお二人さん、釣りが下手だねえ」

船頭が呆《あき》れている。

「拙僧は考え事をしたいだけだから、下手でもかまわんのだ。鞘音どのは教えてもろうてはどうだ」

「なんの、釣りなら得意でござる。もう少し真面目にやれば、これしきのこと」

「まあ好きにしなよ」

船頭は見栄《みえ》っ張りの太公望《たいこうぼう》をあざ笑い、帆をたたんだ。このあたりがよく釣れる場所のようだ。

この舟は、初花が来ていた若葉を乗せたために御浄《おきよ》めをしなければならなかったそうである。板子《いたご》一枚に命を預ける舟人は、縁起をかつぐこと甚だしい。そのかわり、鞘音たちはだまし討ちのような形で村人に襲われることになったわけで、互いに詫びているうちに、以前よりも気安い仲になったのであった。

「本当は免許がなきゃ釣りをしちゃいけねえんだけどな。俺の舟だからいいだろ」

船頭の本業は漁師で、渡し舟の船頭は副業である。ちなみに、湖の水鳥も勝手に捕ることは禁止されているという。鴨を捕らえて鍋《なべ》の具にしようなどと思っていた鞘音は、当てが外れた。

船頭は二人の乗客に背を向け、舟べりに腰を下ろした。煙管《キセル》に煙草を詰めはじめる。

静まりかえる湖上で、鞘音と宗月は背中合わせに水面を見つめていた。

「若葉どのは佐倉虎峰どののところに泊めてもろうておるそうだな。どこか具合が悪いのかね」

「いいえ、虎峰どのに医学書を見せてもらうそうで」

「あの子は医学書なんぞを読めるのか」

「いいえ、まだ漢字を覚え始めたばかりゆえ、とても読めますまい。ただ、体の弱い娘なので、虎峰どのに養生のこともいろいろ聞きたいそうにござる」

それは口実であろうと鞘音は思っていた。若葉は虎峰と話がしたいのだ。虎峰に亡き母親の面影を見ているのかもしれない。性格は似ても似つかないが、年長の女性に甘えたい気持ちが、あの年頃の娘に残っていないはずがなかった。

「漢字を習わせておるなら、写経に用いる料紙《りょうし》をいくらかお分けしようか」

「それはかたじけない。助かり申す」

「なに、学問をしたい気持ちはよくわかるからの」

宗月は苦笑した。あまり見たことのない表情であった。

「あの子が学問を積んで、いずれ医者になってくれれば、村も助かるのだがのう」

顔は笑っているが、まんざら冗談でもなさそうな口調であった。

背中で二人の会話を聞いていた船頭が、うんうんと頷《うなず》いている。煙のかたまりが彼の頭に靄《もや》をかけていた。

「そうか、村には医者がおらぬのでござったな」

「無理な相談であろうか」

「無理……でござろうか」

鞘音の語尾が濁った。考えてもみなかった。若葉はもしや医者になりたいのだろうか。そういえば虎峰を見る目は憧《あこが》れに満ちていたし、急に漢字を習いたいと言い出したのも、そういうことなら合点がいく。

「まさか、のう……」

少し前までは、若葉に婿を取らせることばかり考えていた。だが、鞘音にとってそれはどうでもよくなりつつある。望月の家ではなく、あの子の幸せは何かと考えるようになっていた。若葉は自分で自分の道を拓《ひら》こうとしているのだろうか。それならば、武士の娘として「家」に縛り付けることは、あの子にとって足枷《あしかせ》にしかならないのではないか。

「楽ではないと思うがのう……」

これはむしろ、虎峰に相談したほうがいいかもしれない。現実の厳しさを教えてくれるであろう。

そう、虎峰の人生はきっと楽なものではなかったはずだ。今にして鞘音は思う。あの内気なお光が毅然《きぜん》たる虎峰に変貌《へんぼう》せざるを得なかったのだ。相当に険しい道のりであったに違いない。

壮介が語る「革命《よなおし》」に虎峰が冷淡なほど距離を置いているのも、きっと、その困難を誰よりもよく知っているからであろう。虎峰の目には、壮介や鞘音の中にすら「根っこからの歪《ゆが》み」が抜き難く見えているのかもしれない。そう思うことがこれまで一度ならずあった。

「そう易々と人は変われぬからな……」

鞘音は佐倉虎峰が味わってきたであろう深い絶望に、初めて思いを馳《は》せた。それでもなお医者として人々に尽くそうとするあの勁《つよ》さはどこから来るのか。敬意とともに痛みすら覚えるのだった。

六

「月花美人とやらのことだが――」

若葉からの連想か、宗月は唐突に話題を変えた。

「不浄小屋で使った女たちが、たいへんな優れものだと驚いておった。鞘音どのが作っておること、村の女たちは知っておるのかな?」

「あえて申してはおりませぬが、若葉が言うには、それなりに察してはおるようだと。薄気味悪く思われておるやもしれませぬな」

「なんの、それでも使っておるということは、それだけ良き物ということよ」

心強い言葉だった。

「江戸で売るのだろう?」

まだ口外無用とは言われていたが、宗月ならよかろう。いずれにせよ、噂はすでに広まっているのだ。

「壮介はそのつもりのようにござる」

「人手は足りているのか」

「今のところは」

「鞘音どのの道場の門弟方、よう承知したものだな」

「方丈さまのおかげにござる」

門弟たちの説得には宗月の知恵も借りた。ただ宗月は、門弟たちは聞く耳を持つまいと思っていたようである。説得に成功したことを知らせると、本気で驚いていたものだ。

「道場あげての合力となれば、壮介も頼もしかろう」

「そう申し上げたいところでござったが、じつは、すでに脱盟者が数名おりましてな」

「ほう、なにゆえ?」

「それが、なんともやりきれぬことで……」

彼ら自身が心変わりしたのではなく、母や妻の強硬な反対にあったというのである。

「そのような穢らわしい仕事に携わるのならばと、母君からは親子の縁を切ると言われ、妻からは離縁せよと言われ、やむなくということにござった」

「ああ、それはあり得ることだ」

「思えば、若葉も私がこの仕事をすることを初めは嫌がっておりました。否、今でも決して喜んではおりますまいが……」

宗月は鞘音の愚痴めいた言葉に直接は答えなかった。

「壮介はなんと言うておる？」

「わかっていたことだ、と」

壮介は鞘音や門弟たちの前で、こう言ってのけた。

「女たちが皆、俺たちに感謝するとでも思ったか？　そう都合よくはいかねえ。女たちが隠してきたもの、隠さなきゃならねえと思い込まされてきたものを、俺たちはお天道様の下に引っ張り出すんだ。むしろ女たちから恨まれ、憎まれ、罵《のの》られても文句は言えねえんだ」

壮介があれほどまでに月花美人の見栄えや宣伝にこだわった意味が、鞘音にもようやくわかった気がした。女たち自身の意識も変えなければならないのだ。月花美人とはそういう商品なのだ。

それにしても、と鞘音は思う。女たちのためにと恥を忍んでおこなった仕事で、逆に女たちに疎まれるとは。どうにも虚《むな》しさを覚えずにはいられない。

だが、壮介は言い切ったものだ。

「女たちの半分に恨まれても、もう半分が救えるなら、やるんだ。革命《よなおし》ってのはそういうもんだ」

血盆経への恨みがあるとはいえ、壮介の信念は並大抵のものではなかった。

「何もかも覚悟の上か。我が弟ながら、ちと恐ろしくさえある。だが――」

その先を宗月は口にしなかったが、鞘音にはわかった。「あやうい」と言おうとしたのだ。それは鞘音自身が、近頃の壮介に感じていることでもあった。

漠然とした不安を共有する者同士の、重い空気がしばし漂う。宗月はそれを吹き払うように、あえてであろうが、明るい声を出した。

「月花美人とやら、きっと売れるであろうよ。世の中が変わるほどに」

「そうなればようござるが」

「なるとも。すでに鞘音どのが変わっている。道場の方々が変わっている。見栄の化け物のような武士が変わったのだ。世の中もきっと変わろうさ」

宗月の無礼な物言いに腹を立ててもよかったが、それよりも鞘音は妙なところに感心していた。やはり兄弟というべきか、何かを皮肉るときの口調は壮介にそっくりであった。

七

その宗月がふと、遠くを見る目になった。

「……壮介は、俺を許してはおらんのだろうなあ」

「拙僧」と言わなかったことに、鞘音は気づいた。

「遊び人の若旦那という噂が立っているのを、ずっと心配していた。あいつは本来、真面目な男だ。俺のせいで変わってしまったのかもしれん」

鞘音は迂闊《うかつ》に相槌《あいづち》も打てない。

「あいつは、子供の頃からよく言っていたのだ。兄貴が我孫子屋の当主になったら、自分が番頭になって支えると。二人で我孫子屋をでかくしようと。あいつは目を活《い》き活きさせていたな」

ここからは、もはや独り言であった。

「父も母も、俺に期待していた。店の奉公人たちもだ。聡明《そうめい》で胆力のある立派な跡継ぎになるだろう、とな。俺が自惚《うぬぼ》れて言ってるんじゃないぞ、面と向かってそう言われたんだ」

言葉遣いが町人のそれに戻りつつある。

「だが皆、俺を買いかぶりすぎだった。俺は数の計算が苦手だし、財を殖《ふ》やすことに興味が持てない。じつはけっこう人見知りもする。商売の才覚などないんだ。それなのに、どいつもこいつも俺に勝手な期待を寄せおった」

宗月の垂らした釣り糸が揺れ、小さな波紋が立った。

「商売なんぞより、学問がしたかったんだよ。一人で本を読んでいる時が何より好きでな。商いの才は、間違いなく壮介にこそあった。だから俺は二十二の頃まで、我孫子屋の若旦那として店に立ちながら、逃げ出す方法ばかり考えていたな」

宗月は小さく笑ったようだった。船頭は背を向けたまま、煙草を詰め替えている。聞こえているはずだが、聞こえぬふりをすると決めたようだ。

「清泉寺の僧侶の辻《つじ》説法を聞いたのは、そんなときだ。壮介とともに、血盆経について詳しく聞かされた。俺たちの母は、きっと血の池地獄で苦しんでいる。だから、血盆経を崇《あが》め、精一杯に供養をせよと」

聞いたことのある話になった。

「そのとき、俺は思いついた。出家すれば逃げられる。誰も追っては来られんと。一身をもって母と衆生の救済に努めると言えば、大義名分も立とう」

実際には、父には大喧嘩《おおげんか》のすえ勘当され、弟にも激しく詰《なじ》られた。和解はいまだに果たせていない。

「理由はどうあれ、御仏《みほとけ》に仕えるのは尊いことではござらぬか」

慰めるつもりで、鞘音はそう言った。

だが、宗月は自嘲《じちよう》するように笑った。

「なんの、罰当たりなことよ」

釣り糸が大きく揺れ、ぴしゃりと水面に音をたてた。

「鞘音どの、俺はな、血盆経を暴《あば》いてみせようと思ったのよ」

「……暴く?」

「血盆経の説法を聞いたとき、妙な違和《いわ》があってな。『今昔物語集《こんじやくものがたりしゆう》』のように、御仏の教えをもとに書かれた書物は数多《あまた》ある。だが、女が月役の穢れによって地獄に落ちるなどという説話は、血盆経のほかに聞いたことがない。これはまことに御仏の教えなのだろうか、とな」

竿を握る鞘音の手に、汗がにじんだ。この坊主、何を言おうとしている。

「俺は調べて調べて調べまくった。書物や経典だけではない。各地の高僧や学者を訪ね、話を聞き、議論した。そうして、今のところの結論だが、血盆経は偽経《ぎきよう》だ」

偽経――真に御仏の教えではなく、後世に偽造された経典。血盆経の聖地たる清泉寺の僧が、血盆経を「偽」としたのであった。

「国学者が言うには、日本では神代の昔から死を穢れとしてきた。だが、月役は穢れとは見ていなかったという。『古事記』という書物によれば、倭建命《やまとたけるのみこと》は月役の最中《さなか》の女と、そうと知りながら交わっているそうだ」

倭建命なら、房総《ぼうそう》にも縁のある英雄である。そんな逸話があるとは、鞘音は知らなかった。

「穢れとはつまり、死へのおそれだ」

血は死を連想させる。それゆえにおそれられ、穢れとされてきた。

「血穢《けつえ》を忌む習いは、もともとは男女を問わぬものだ。最も血穢を忌む宮中では、鼻血が出ても出仕できぬというからな」

それでは月役が穢れとされ、さらに女人そのものまでもが穢れとされるようになったのはなぜか。

「血穢を忌む文化の中に、大陸から仏教と儒学が伝わった。かたや変成男子《へんじょうなんし》に女人結界。かたや『女子《じょし》と小人《しょうじん》は養《やしな》い難《がた》し』と。このように女人を蔑む外来の思想が血穢思想と結びつき、いつしか月役が穢れとされ、月役を生ずる女人も穢れとされていった。おおよそ、そんなところであろうと思う」

相当に研究を深めたと見え、宗月の話には淀みがない。

「聖徳《しょうとく》太子の御代には、女人の地位は今よりも高かったようだ。時の帝《みかど》は女人であったし、尼寺の格式も高かった。時を経るにつれて女人の地位は下がり、表の政《まつりごと》は男、奥向きは女が担うといった分《ぶん》ができたようだな。武家の世など、その最たるものではないかね」

武家の世。鞘音はそれを自然なものとして、疑ったことはなかった。だが、太古から武家が存在したわけではなく、徳川《とくがわ》将軍家の世も、およそ二百年前に人間がつくりあげたものだ。そして、未来永劫《えいごう》それが続くという保証もない。

「血盆経も室町《むろまち》の世に大陸から渡ってきたものだ。女人を穢れとするこの国でそれが盛んになったのは、むべなることと言わねばなるまい」

宗月はふたたび自嘲するようにふっと息を漏らした。

「女人は穢れているゆえ血の池地獄に落ちる。されど、血盆経を信ずれば救われる。自ら脅し、自ら救う。なんと浅ましきことよ」

皮肉なことに、宗月も壮介も、ともに血盆経に疑問を抱いていたのだ。それなのに道を違《たが》えた。宗月は血盆経の真偽を暴くために僧籍に入り、壮介は血盆経信仰の土台を切り崩すために月花美人を売り出そうとしている。

「……根っこからおかしい、のか」

鞘音の頭は混乱してきた。何やら、自分の足元まで掘り崩されていくような気がする。

「根っこからおかしい。壮介がそう言ったか」

先に言ったのは壮介か自分か、もう覚えていない。

「根っこからおかしいのだ。そう、根っこからな」

「方丈さまは、どうなさる。血盆経を――」

偽経として告発し、追放するのか。いずれ清泉寺の住職になると噂される宗月であれば、それだけの大鉈《おおなた》を振るうことも不可能ではないかもしれない。

宗月は静かに首を横に振った。

「どうもせぬ。俺は――拙僧は、今日も明日も、人々に血盆経を説く」

「なにゆえにござる。それでは道理が立ちませぬ」

「方便、というものだ。今、この俗世において血盆経が女たちに救いをもたらすならば、嘘も方便」

それではなんのために出家までしたのか。鞘音の機先を制するように、宗月は語を継いだ。

「女を穢れとし、月役を穢れとするこの世で、女たちにほかに救いがあるか。血盆経さえ信ずれば、女たちは成仏の望みを持つことができるのだ。その救いを、無惨に奪うことが誰にできよう」

宗月方丈の釣り糸が激しく揺れた。魚が掛かっている。明るくなってきた湖面の空が、乱れた。

「おそらく、壮介が正しい。血盆経を滅ぼすには、血盆経など要らぬ世にならねばならんのだ。容易ではない。一代で成せる業《わざ》でもなかろう。だが、月花美人とやらは、千年の呪いを解くための初めの一矢《ひとや》になるやもしれぬ」

宗月が「むん」と気合を入れて竿を持ち上げると、大きな鱒《ます》が水面から飛び出した。

「お、これはでけえぞ！」

おそらく居眠りをしていた船頭が、慌てて立ち上がる。

宗月は鱒を舟に揚げると、針を外して両手に持ち上げた。船頭と鞘音に見せびらかすと、すぐに湖に返してしまった。

「おい、せっかく釣ったのに！」

船頭が呆れ顔をすると、宗月は神妙に手を合わせた。

「拙僧は御仏に仕える身ゆえ、殺生はいたさぬ」

八

若葉が城下から村に戻ったのは、すでに陽が高くなった頃である。

一人ではない。佐倉虎峰が一緒であった。ちょうど村に往診に出る日だったのである。

「ととさまは、どこかへお出掛けのようです」

「まったく、どこをほっつき歩いていらっしゃるやら。では、往診についてきますか?」

虎峰が誘うと、若葉は嬉《うれ》しそうに頷いた。

信頼の込もった少女のまなざしに、虎峰は微笑みつつも戸惑いを覚えていた。少女の顔には、かすかな憂いの陰がある。両親を亡くした寂しさが、まだ瞳《ひとみ》の奥にのぞく。もっと大人に甘えてもいいのに、武士の娘らしく節度を正しくしている。それがいじらしくもあり、可哀想でもあった。

虎峰は薬箱を持ち替え、若葉に片手を差し出した。若葉が戸惑っているので、虎峰はその手を強引につかんだ。

若葉は耳まで赤くして、下を向きながらついてくる。というより、虎峰が引っ張っているのである。

「しゃんと歩いて」

「は、はい」

若葉は顔を上げ、虎峰の手をしっかり握り返してきた。

——鞘音さまは、この子をこの将来《さき》どうするつもりなのだろう。

虎峰は今さらながら考えた。

昨晩は、若葉に図入りの『本草綱目《ほんぞうこうもく》』を見せながら、薬草のことを教えた。若葉は真剣に聴いていた。知識欲が旺盛《おうせい》で、飲み込みも早く、頭の良い子であることはすぐにわかった。

身体の養生についても話した。貝原益軒《かいばらえきけん》の『養生訓《ようじょうくん》』が定番だが、それよりもまず若葉に言い聞かせたのは、杉田玄白の「養生七不可《ようじょうしちふか》」のはじめの二箇条である。

一、昨日の非《ひ》は恨悔《こんかい》すべからず
一、明日の是《ぜ》は慮念《りょねん》すべからず

　昨日のことを悔やむな、明日のことを思いわずらうな、という意味である。心労は健康を損なう。漢方では、憂いと悲しみは肺を損なうとされている。父母を亡くし、数年に一度しか会っていなかった叔父《おじ》と慣れない田舎で二人暮らしをしている若葉である。その心には過重な負担がかかっているはずであった。

「憂いも患いも、胸のうちに押しこめておくのはよくありませんよ。誰かに話すか、誰にも話したくなければ紙に書いてごらんなさい」

　日々の事とともにそれらを書き残しておけば、後から自分の心の内を見つめ直すこともできる。虎峰はそうすすめた。

「虎峰先生もそうなさっているのでございますか？」

「私は、心に思うことはすべて口に出しますから」

　さて、往診をひととおり終えても、鞘音はまだ帰っていなかった。

「本当にどこをほっつき歩いていらっしゃるやら」

　虎峰は先刻と同じ台詞《せりふ》を繰り返した。

「ちょっとお茶でもいただこうかしらね」

　縁側に腰掛ける。図々《ずうずう》しく茶をねだったのは、若葉がまだ話したそうにしていたからである。

　案の定、若葉は喜んで作り置きらしい茶を沸かしにいった。

　虎峰は縁側に座って一息ついた。湖を渡ってきた風が頬をなでる。庭の一角では鶏がくっくっと喉《のど》を鳴らしていた。縁側からは菜澄湖と、対岸の台地にそびえる御城が見えた。

「良いところね」

虎峰は上体を後ろに倒し、寝そべった。腕を上げて伸びをする。脚を伸ばす。縁側から両脚が突き出た。

「先生、お茶が入りました」

頭上から若葉の声が降ってきたので、虎峰は慌てて上体を起こした。気配を感じさせない娘だ。

「ありがとう」

虎峰は湯呑からたちのぼる湯気を顔にあてた。おや、とよく匂いをかいで、一口啜《すす》る。

「これは……」

若葉が「あ！」と声を上げた。

「申し訳ございませぬ、いつもの癖で大葉子《おおばこ》のお茶を入れてしまいました。普通のお茶の葉で入れ直します」

「いいの、いいの。嫌いじゃないから」

大葉子は漢方で車前草《しゃぜんそう》といい、肺を清めるとされる。この娘はずっと養生しているのだな、と虎峰は思った。顔色を見るかぎりは健康そうなので、転地療養が効いているのだろう。

「おいしい」

お世辞ではない。熱さと大葉子の香りが疲労を洗い流してくれるようだった。

若葉も虎峰の隣に座り、大葉子の茶を啜った。脚をぶらぶらさせているところは、まだ子供っぽい。

「あの、虎峰先生」

「なんでしょう、若葉さん」

ほらきた、と虎峰は身を引き締めた。どんな相談が持ちかけられるか。

「どうすれば虎峰先生のようになれるでしょうか」

ああ、やはり――。虎峰は薄々察していたのだ。この娘は医者になりたいのではないか。昨晩、熱心に医学書の解説を聴いていた姿から、そう感じていた。自身も身体が弱いから、同じ境遇の者たちを救いたいと思うようになったのだろう。

「一にも二にも勉学ですよ」

虎峰は甘い夢を若葉に見せるつもりはなかった。自身の来《こ》し方《かた》を振り返っても、平坦《へいたん》な道などではまったくなかった。今にして思えば、自分が医者として独り立ちできたのは、信念の強さだけでなく、医者の家に生まれたという幸運がそもそも大きかった。

「楽ではありませんよ。厳しく辛いことのほうが多いです。まして女の身ではね」

「……はい」

「周囲《まわり》の人は誰も励ましてなどくれません。私は父にも猛反対されていました。江戸の医塾に行っても、男の塾生の中に女一人。そこでも、女というだけで嫌な目に遭ったものです。正《しょう》さん――亡き夫ですがね、あの人だけは分け隔てなく付き合ってくれましたけれどねえ」

虎峰の胸に一瞬、懐古がよぎる。だが、すぐに表情を引き締めて若葉に向き直った。

「ですから、是非そうせよなどとはとても言えません。あなたが武士の娘として婿を取り、武士の妻として、母として生きることに幸せを見いだせるなら、そうなさい。それはそれで立派な生き方なのですから」

あえて厳しく突き放してみせる。

「それでもどうしても医者になりたいなら、まずはお義父上《ちち》を説得してみせなさい。お義父上があなたを後押しなさるとおっしゃるならば、私もあなたを手助けするにやぶさかではありませんよ」

若葉は気圧《けお》されているのか、黙って虎峰を見つめていた。

「医者は人の命を預かるのです。生半可な覚悟でなれるとは思わないでください」

免許などない時代であるから、名乗れば誰でも医者になれる。だが、確かな知識と技術を持たぬ者など、いずれ消える。医塾で人脈をつくり、最新の医学知識に常に触れておくことも肝要であった。

「医者になるなら、本物の医者になりなさい。その覚悟がないなら、今すぐにでもあきらめなさい」

ここまで言うつもりはなかった。だが、虎峰は自分でも不思議に思うほど真剣になっていた。

虎峰は自覚した。嬉しいのだ。自分と同じ道を歩みたいという少女の心意気が、本当は嬉しいのだ。

若葉は完全に虎峰の気魄《きはく》に呑まれた顔をしている。少し脅かしすぎただろうか。虎峰は表情を和らげて、若葉の肩を叩いた。

「でも、まずは日々の勉学ですよ。将来《さき》のことはゆっくり考えなさい」

若葉はうつむいて、思案顔をしている。

やがて顔を上げたとき、その口からは思いもよらぬ言葉が発せられた。

「あの、医者になりたいという意味ではなかったのでございますが……」

虎峰はその言葉を脳裏で反芻《はんすう》した。理解すると、湯吞を持ったまま跳ねるように立ち上がった。

「違うの？　は、恥ずかしい……！」

湯呑から熱い茶がこぼれて、虎峰の手にかかった。「あつっ」と叫んで湯呑を縁側に置くと、若葉が慌てて水に濡《ぬ》らした手拭《てぬぐ》いを持ってきた。

「申し訳のうござります」

「謝らなくていい、いいのよ」

手拭いで手を冷やしながら、虎峰は気を落ち着かせた。

「虎峰先生のように物怖じしない人になるにはどうすればよいか、お聞きしたかったのでござります。失礼でござりますが、昔はおとなしい方だったとお聞きしたので」

「ああ、そういうことだったのね。もう、若葉さんったら紛らわしい言い方をするから」

大人げなく少女のせいにして、虎峰はなんとか冷静さを取り戻した。

「わからないんですよ。気がついたらこんな性格でしたからね。きっと、黙っていたらやりたいことが何もできなかったからでしょうね」

若葉はまた思案顔になった。

「虎峰先生、私が医者になりたいと言ったら、弟子にしてくださるのでござりますか？」

「……はい？」

「さきほどおっしゃりました。手助けするにやぶさかではない、と」

「言い……ましたね」

もしや、本当に医者になりたい気持ちが芽生えてしまったのだろうか。だとすると、自分がこの娘を焚《た》き付けてしまったことになる。大変な責任を負ってしまったのではないか。

庭先に人の気配がした。鞘音が帰ってきたのだろうか。虎峰と若葉が視線を向けると、四、五人の侍の群れが見えた。

何事かと身構えていると、粗末な駕籠《かご》が一挺《ちょう》、周囲を侍に守られながら現れた。

「望月鞘音の家はここか」

先頭の侍がぞんざいに問うてくる。

「何事ですか」

虎峰は若葉をかばって前に出た。

「殿の御前《ごぜん》である。控えおろう」

九

殿様について、虎峰は最近、不穏な噂を耳にしていた。

ご病気なのではないか——というのだ。

実際、気になることもあった。二年前に初めて領地入りした頃、殿様は城下をしばしば馬で闊歩していた。虎峰も殿様のご尊顔を遠くから拝したことがある。それなのに、今度の帰国から一ヶ月経っても、とんと姿を見せない。乗馬好きの殿様は、牧《まき》まで遠乗りに出掛けることも多かった。牧とは幕府直轄の馬の牧場であり、広大な菜澄牧は代々の菜澄領主が管理を任されている。そこに遠乗りに出掛けてはさまざまな馬を試し乗りするのが、殿様の趣味だと聞いていた。だが、それもご無沙汰《ぶさた》のようだ。

その殿様が、湖を越えて一介の郷士の家まで訪ねてきたという。信じがたいことだった。後ろの駕籠も、殿様にしてはずいぶん粗末なものである。虎峰は首をひねるしかない。

「控えおろうとおっしゃいましても……本当にお殿様なのですか？」

「無礼者め。この紋所《もんどころ》が目に入らぬか」

侍が突き出したのは、菜澄領主・高山家の巴紋《ともえ》が入った印籠《いんろう》であった。

虎峰はしげしげとそれを眺めた。

「本物ですか？」

「当たり前だ！」

「御城下には偽物もずいぶん出回ってますからね。本当にお殿様なら、しっかり取り締まっていただかないと」

「む、それは由々しきことだが」

「ほら若葉さん、ご覧なさい。本物のお殿様の御紋だそうですよ」

「阿呆《あほう》、見世物ではないわ！」

問答をしていると、駕籠の簾《すだれ》がはね上げられた。侍たちが一斉に膝をつく。

駕籠の中から、仕立ての良さそうな衣服に身を包んだ中年の侍が現れた。

――ああ、たしかにお殿様だ。

虎峰も地面に膝をついた。若葉も縁側から下りてきて、同様に膝をつく。

「医者、ここは望月鞘音の家か」

殿様の声が頭上から降ってくる。虎峰は後頭部を結んだ総髪姿なので、一目で医者とわかる。

「さようでございます」

虎峰は頭を下げたまま答えた。

「何か妙だとは思うておったが、そなた、やはり女か」

「はい」

「なぜ男の装《なり》をしておる」

「男の装《なり》ではなく、医者の装《なり》をしているのでございます」

「ほう……」

殿様の含み笑いが聞こえた。

虎峰が即答できたのは、何度も同じことを聞かれ、同じように答えているからである。身を守るためでもあった。女形《おやま》や陰間《かげま》のように男の女装は許されるが、女の男装は人倫を乱すものとして処罰されかねないのである。

「殿、この者は城下で開業している女医者《おんないしや》の佐倉虎峰にござる」

供の侍が控えめに伝える。我ながら結構有名らしい——と思いきや、その侍とは面識があった。たしか、剣術指南役の眞家蓮次郎という男だ。我孫子屋の軒先で、この侍といさかいを起こしかけたことがある。おそらくお忍びで、供の人数が少ないだけに、腕利きの者が選ばれているのだろう。

「そなたが佐倉虎峰か。噂には聞いておった。亡き父と夫の跡を継いで、そう名乗っておるとか。そのことについては、感心と言うべきであろう」

「これはまた、お耳汚しでございました」

虎峰はさらに深く頭を下げた。「そのことについては」というのが何やら含みがありそうで、いささか気になった。「そのこと」以外には何か感心しないことがあるかのようだ。考えすぎだろうか。

「苦しゅうない。両人とも、面《おもて》を上げよ」

言われるまま顔を上げると、意外に柔和な殿様の顔があった。虎峰は職業柄、つい顔色を診てしまう。病と噂されていたが、至って健康そうである。馬で出掛けなくなったのはなぜだろう。そういえば今日も、馬ではなく駕籠での来臨であった。

「そなたは？」

問われた若葉が自ら答える。

「望月鞘音の娘にございます」

「そなたの父はどこにおる」

「それが、私にもわからぬのでございます」

「娘を放ったらかしてどこをほっつき歩いておる。呆れた奴だ」

虎峰と同じことを言っている。

「いつ戻るのだ」

「夕餉《ゆうげ》には戻ってくるかと存じますが」

殿様は軽くため息をついた。

「それまでは、さすがに待てぬ」

もう一度、今度は重いため息をついた。

「彼《か》の者とは、出会わぬ運命なのやもしれぬな。是非も無し」

殿様が踵《きびす》を返すと、侍たちが道を空けた。

「あの、殿様」若葉が声を掛けた。「父にはどのような御用でございましたか？」

殿様は庭の一隅をひょこひょこと歩いている鶏《にわとり》を見た。

「剣鬼と名高い男がどのような暮らしをしておるのか、確かめに来ただけよ」

それだけ答えて、駕籠に乗り込んだ。お忍びの道中らしく粗末な駕籠だが、内には綿の詰まった座布団を三枚ほども重ねていた。虎峰と若葉は膝をついたまま見送る。

去り際、眞家蓮次郎が一人立ち止まった。「剣鬼」の娘と名乗った少女を振り返る。

「そなた、若葉と申したか」

「は、はい」

「体は大事ないか」

若葉が戸惑っているので、虎峰がかわりに答えた。

「ずいぶん丈夫になっているように見受けられますよ」

「そうか」

蓮次郎はそれだけ言うと、茅葺《かやぶ》きの家を眺め、鶏に目をやり、菜澄湖と対岸の御城を、目を細めて遠望した。最後に、秋晴れの空を振り仰ぐ。鳶《とび》が鳴いていた。

蓮次郎は目を閉じ、味わうように深く息をついた。

「……卑怯《ひきよう》者め」

独り言であったろうが、はっきりそう聞き取れた。望月鞘音に対して言ったのだろうか。どういう意味なのかは、わからなかった。

もういちど虎峰と若葉に一瞥《いちべつ》をくれると、蓮次郎は殿の駕籠を大股《おおまた》で追っていった。

十

菜澄湖を一艘《そう》の舟が渡っている。

「遅くなってしもうた。若葉はもう帰っておろう。寂しがっておらねばよいが」

釣果がないので利根川まで足を延ばし、ようやく戻ってきたところである。魚籠《びく》には卵を抱いた鮭《さけ》が二尾、入っていた。

魚を釣っては逃していた宗月が、笑った。

「なに、若葉どのには村に友達もできたようだ。寂しいことはあるまい。鞘音どのより、よほど村の衆に馴染んでおる」

「はっきり仰せになる」

鞘音が苦笑すると、船頭も笑った。

「まあまあ、近頃は鞘音さんも、話してみると優しそうな人だって評判だよ」

「うむ、妙な縁だったがな」

先日、若葉に石を投げた少年の親たちが、息子を連れて詫びを入れに来たのである。鞘音が報復のため村人を撫《な》で斬りにするという噂が広まり、謝罪というより命乞《いのちご》いに来たのだった。

「根も葉もない噂が立って、鞘音どのも災難だったのう」

根ぐらいはあったかもしれぬと思いつつ、鞘音は「まったくでござる」と白々しく頷いた。

村人にとって、鞘音はそれほどに得体の知れない存在だったのだ。怯《おび》える村人の姿を見て、怒る気持ちも萎《な》えてしまった。何より、若葉に石を投げた少年たちが、ほんの子供だったのである。若葉と同じ年頃に見えた。そのような子供のうちから、女を穢れとして蔑むことを覚えている。それはこの子らの罪だろうか。根っこから歪んだ世で素直に育てば、この子らのようになるのが道理ではないか。ならば、その責は誰にある。

「それで結局、悪餓鬼どもは許したのか？」

「子供を斬るわけにもいきませぬゆえ、こう申しました。こんど娘をいじめたら、大和田道場に入門させて性根《しょうね》を叩き直してやると」

宗月は舟が揺れるほど豪快に笑った。

「それはよい。二度と若葉どのをいじめる気にはなるまい」

「若葉は決して許さぬと後で申しておりましたが、それは致し方なかろうと存じます」

「そうだな、致し方なかろう」

ともかくそれ以来、鞘音と村人は以前よりも気安く挨拶《あいさつ》ができるようになっていた。

「なあ鞘音さん、どうせなら、本当に村の衆に剣術を教えてくれねえかなあ?」

宗月と一緒に笑っていた船頭が、突然、頼み事をしてきた。

「性根を叩き直されたい者がそれほどおるのか」

「そうじゃねえよ。学問は方丈さまが教えてくれるから、今度は剣術を習いてえもんだって、みんなでよく話してるんだ」

「百姓のそなたらが剣術を?」

「百姓だって強くなりてえさ」

菜澄の百姓は、農漁業といった生業だけでなく、学問や剣術などの「余技」にも貪欲《どんよく》であった。暮らし向きに余裕があるのだ。かつて日本中が大飢饉《ききん》に見舞われたときでも、肥沃《ひよく》な菜澄の野は人々が生き延びるだけの恵みを与えてくれた。

「村の衆に剣術をのう……」

鞘音はふと、いつか蓮次郎に言われたことを思い出した。「秀でた力があるなら、それを世のために使うべきではないか」と。あのときは鬱陶しいとしか思わなかったが、痛い所を突かれていたかもしれない。ならば、村の衆に剣術を教えることも真面目に考えてみるべきか。

船頭が怪訝《けげん》そうな声をあげた。

「ありゃあ何だ、お侍さんが大勢、舟に乗って……」

鞘音が見ると、離れた湖上に一艘の舟があった。大勢といっても五、六人だが、狭い舟にひしめきあっている。それより目を引くのは、舟に駕籠が載っていることであった。

「何であろうな。――むっ」

鞘音は宗月の背に自分の背を重ねた。

「どうした、鞘音どの」

「見知った者がおります。顔を合わせると面倒ゆえ、隠してくだされ」

舟上に蓮次郎の姿を見つけたのだ。鞘音は船頭にも頼んだ。

「すまぬ、あの舟に近づかぬようにしてくれ」

「別にかまわねえよ」

こうして、高山重久公と鞘音は行き違った。

このとき殿様と望月鞘音が出会い、たがいの存念を心ゆくまで語り合っていれば、あのような大きな騒動にはならなかったかもしれない――後年、望月鞘音の養女若葉は人々にそう語った。

十一

秋晴れの一日であった。

我孫子屋は今日も忙しく営業していた。若旦那の壮介は、番頭の与三とともに紙の里から届いた紙を検《あらた》めている。

「今年の紙は質がいい。夏が涼しかったから、楮《こうぞ》の繊維が柔らかいんだろうな」

「ほう、わかりますか」

「あたぼうよ。生まれたときから紙の匂いを嗅《か》いできたんだ」

与三は目を細めた。

「若旦那もご立派になられた。亡き奥様もきっと喜んでいらっしゃいますよ」

壮介は無言で紙をなでていた。父の後妻である今の母親も、本当の母親のように想っている。だが、三つのときに亡くなった母への思慕は、変わることがない。わずかに記憶に残る母の手は、上質の紙のように温かく柔らかく、なめらかだったと思う。

「年が明けたら、いよいよ六代目壮右衛門《そうえもん》の誕生ですかな」

我孫子屋の当主は代々、壮右衛門を名乗る。かつて放蕩者と噂されていた壮介の器量は、今や誰もが認めるところだ。しょっちゅう江戸で遊び歩いていたことも、じつは世相を探り人脈をつくるための狂言であったとまで言われるようになっている。壮介は否定も肯定もしなかったが、今や彼は期待の次期当主であった。

「しかし、その前に嫁取りのことも考えませんとな。我孫子屋の将来を考えて、しかるべき家から――」

「それは考えてるよ」

「ほう、さすがは若旦那。すでに目を付けている女子《おなご》がおいでてしたか。どこの店《たな》の娘ですかな?」

「どこの店ってわけじゃないが」

与三が渋面をつくった。

「もしや、お志津ではございますまいな？」

壮介は頭を掻いた。

「与三さんにまでばれてるとはなあ。さすがは年の功」

「いやいやいや、それはいけません。あれはたしかに気立てのよい娘ですが、我孫子屋の奥様になられる御方が奉公人上がりというのは……」

「それも含めて考えてある」

「はて、妾《めかけ》にでもなさるおつもりで？　それはお志津がかわいそうですぞ」

「与三さんはどっちの味方だよ。そんなんじゃねえって。第一、お志津とはまだ何でもねえんだから」

「ああ、奉公人には手を出さないのが信条でございましたなあ」

壮介が幼い頃から奉公しているだけに、なんでも知っているようだ。

「では、お考えというのは？」

「親父にはもう話をつけてある。あとは、与三さんが首を縦に振ってくれるかどうかなんだが」

与三は目を白黒させた。

「私でございますか？　何でしょうな？」

「大事なことだから、今夜あたり親父も交えて話をしようか」

「はあ、かしこまりました」

頷いてから、与三はふと思い出す顔をした。

「しかし若旦那、今夜はお約束があるのでは？」

月花美人の売り出しの前祝いに、鞘音と虎峰と三人で菜澄湖に舟を浮かべて月見酒を楽しむ。

そんな風流な計画を壮介は与三に話していた。

「ああ、それはどうでもいい」

「どうでもいいことはないでしょう。御三方で積もる話もおありでしょうに」

壮介は含み笑いを漏らした。

「くっくっく、そこはそれ、この壮介様の粋《いき》な計らいよ」

「……若旦那?」

「三人で呑もうと声を掛けておいて、初めからあの二人だけで月見酒をさせるつもりだったのよ。そうでもしなきゃ、あの二人はずーっとあのままだぞ。幼馴染の俺が一肌脱いでやらなきゃな」

「あのお二人はそういう仲でございましたかな?」

「三人で話してるとき、あの二人がちょっといい雰囲気になることが何度かあってな。俺は見逃さなかったぜ。だが、二人ともそこから踏み込もうとしねえ。三十路の男と女がガキじゃあるめえに、しょうがねえからこの壮介様がぽんと背中を押してやるのよ。ざまあ見やがれってんだ、ぐ、は、は、は」

「余計なお世話にならなければいいんですがねえ……」

「なるもんか」と答える壮介の声に、「おおっ」というどよめきが重なった。店先の方からである。

「騒がしいな」

「何かありましたかな。ちょっと見てきましょう」

与三はおもむろに立ち上がって出て行ったが、すぐに目を剝《む》いて戻ってきた。

「若旦那、若旦那、早く!」

「なんだよ、与三さんまで騒がしくなったな」

「壮太さ……宗月さまですよ！」

壮介は我知らず真顔になり、立ち上がった。

表に行くと、兄の顔があった。敷居から中には入らず、一歩外にたたずんでいる。

「糞《くそ》坊主が来たって？」

壮介は土間に下り、敷居越しに兄と対面した。

「久しぶりだな、兄貴。何年ぶりだ？」

「きちんと話すのは、私が出家して以来だ。もう十年が経つ」

街中でたまに顔を合わせたりはしたが、いつも壮介から目をそらしていた。

「きちんと話せるつもりなのか。おめでてえな」

「嫌かね」

ああ嫌だね、と答える前に、悲鳴のような声が響きわたった。正しくは歓喜の声だが、我孫子屋のおかみさん、つまり壮介の義理の母である。

「壮太さん、よく戻って、どうして、まあ、ご立派になって……」

取り乱しながら、おかみさんは血の繋《つな》がらない息子を迎えた。

「おかみさん、そこまでで」

義理の母が敷居を越えてこようとするのを、宗月は制止した。

「私は勘当された身です。こうしてお訪ねすることも、本来は憚《はばか》られるのです」

「そんなことをおっしゃらずに、さあ、どうぞ……」

「母さん、お茶の一杯も出すことはねえ」

この男らしからぬ棘《とげ》のある態度に、店内の空気が張り詰めた。

それを破ったのは、初老の男の足音である。

宗月方丈が手を合わせた。

「……壮太か」

我孫子屋の当主、五代目壮右衛門であった。框に下りて、十年ぶりに戻ってきた我が子の顔をじっと見つめている。その目は赤く潤んでいた。

「この馬鹿者が。今頃帰ってきおって」

「ご無沙汰をしております」

宗月の目にも光るものがあった。

「ご主人」宗月は距離を保つように、父をそう呼んだ。「髪が薄うなられましたな」

「禿頭《はげあたま》のお前に言われとうないわ」

宗月は光る頭を撫で回し、苦笑した。壮右衛門も笑っている。父子は十年ぶりに笑顔を交わした。

「上がらぬか。いや、お上がりくださいと言わねばならんのかな、宗月方丈さま」

「ご随意に」

「では上がれ」

宗月が十年ぶりに実家の敷居をまたいだ。勘当が解かれたのである。

壮介は兄と目を合わせず、逆に敷居をまたいで外に出た。

「壮介、お前とも話がしたい」

兄の言葉を背中に受けても、壮介は振り向かなかった。無視したのではない。店の前に、同心と岡っ引きがずらりと並んでいたのだ。

「……なんだ、おめえら」

同心が重々しく告げた。

「御用改《ごようあらた》めである」

「御……用？」

「我孫子屋壮介とは、おぬしか」

宗月が壮介の肩をつかみ、後ろに下がらせようとした。だが、壮介は振り払った。

「俺が我孫子屋壮介？　違うな」

「嘘をつくとためにならんぞ」

「嘘じゃねえ。我孫子屋からはたったいま、勘当されたばかりだ」

あえて店の中にも往来にも聞こえるよう、大声で言ってみせる。両親、兄、与三たち奉公人、そしてお志津の視線を背中に感じる。察しろ。何も言うな。壮介は背中で訴えた。

「俺はただの壮介だ。おっと、城下一の色男の壮介と言ったほうがいいかな？」

人を喰った態度に、同心は舌打ちしたようだ。

「で、俺に何か用かい、お役人さんよ？」

不敵に笑いつつも、恐れていた最悪の事態が起きたことを、壮介は悟らざるを得なかった。

十二

同じ頃、大和田道場でも騒動が起ころうとしていた。

その日、道場では門弟たちが稽古の後に月花美人を作っていた。各自で作るよりも、集まって作業を分担したほうが効率がよいと、我孫子屋の若旦那がすすめたからである。

「まさか道場でこんなものを作ることになるとは……」

「だが、これで暮らしが助かるのは認めざるを得ぬ。恥ずかしい話だが、私はこれでようやく道場に月謝を払える」

「おぬしだけではない。口には出さなんだが、ご師範は月謝が集まらなくてずいぶん困っておられたようだ。あのままでは本当に道場を閉めることになっていたやもしれぬ」

利右衛門が本当に道場を閉めるつもりであったことを知っているのは、師範代の望月鞘音だけである。その利右衛門は、このとき廁《かわや》に立っていた。

「じつはのう……」一人が思い切ったように話しはじめた。「女房にはずっとこのことは黙っておったのだが、夕べ、とうとうばれてしもうてな」

門弟たちは緊張した。先日も仲間が一人、妻から離縁を突きつけられて「脱盟」したばかりである。

「人の口に戸は立てられぬのう……」

この仕事のことは親族にさえ秘密にしている者が多い。外部にも漏らさぬよう、それぞれ気をつけてはいる。だが、せまい城下では隠しきれるはずもなく、大和田道場がこぞって何やら我孫子屋の下請けをしているらしいという噂は、とうに街中に広まっていた。

「それで、女房どのはなんと?」

「それがのう、こう三つ指をついて、あれは良き物ゆえ自分も手伝わせてほしいと言うてきおった」

「ほう……」

「月花美人はすでに佐倉虎峰先生のところで処方しておろう。それを使っておったらしいのだが、まことに具合が良いそうでの」

張り詰めていた道場の空気がゆるんだ。

「そうか、やはり良い物ではあるのだな」

「こうして作っていても、我々にはよくわからんがのう」

「自分で使ってみるわけにはゆかぬからな」

笑いが起こる。望月鞘音がこの場にいたら苦笑したであろうが、これを機に門弟たちが次々に「打ち明け話」を始めた。

「じつは、私は女房にすべて正直に話したのだ。やはり初めはつらそうにしておったが、よくよく話し合《お》うて、今はわかってもらえたと思う」

じつは私もだ、という声が数人からあがる。

中でも身を乗り出さんばかりに手を挙げたのは、鞘音の兄弟子にあたる花見川であった。

「じつは私もだ。うちの女房はあっけらかんとしたものでのう、月役のことでわからぬことがあれば何でも聞けと言うてきおったわ」

「さすがだのう、花見川どのの御内儀《ごないぎ》は」

またもや笑いが起こる。これほど晴れやかに笑ったのは、彼らにとって久しぶりのことであった。

ここからは花見川を中心に話の輪ができた。

「それで、御内儀にはお聞きになったのか」

「これも機会と、月役のことをいろいろと聞いてみたぞ。いやはや、かくも身近にいて、かくも知らぬことばかりとは思わなんだ」

「そうであろうなあ。我々はまことに何も知らぬ」

「よう今まで離縁されなかったものと、冷や汗をかいたぞ。皆も御内儀や母君と話してみられたがよい」

「どのようなことをお聞きになった？」

「そうだな、たとえば――」

花見川がにわか仕込みの知識を披露しようとしたとき、道場の扉が開いた。風が吹きこみ、月花美人の材料のわらび粉とこんにゃく粉が舞い上がる。

「おい、早く閉め――」

門弟たちの舌が凍った。

「御用改である！」

岡っ引きが十人ばかりも押しこんできて、紙の束をひっくり返し、こんにゃく粉の入った箱を蹴飛《けと》ばした。

「何をするか！」

門弟の一人が岡っ引きにつかみかかる。別の岡っ引きがその門弟に棒きれで殴りかかる。また別の門弟がその手をつかみ、体術で投げ飛ばす。各所で同様の衝突が始まった。

「手向かいする者は――」

呼ばわろうとした同心は、こんにゃくとわらびの粉を吸ってむせ返った。

もはや道場は乱闘の巷《ちまた》と化していた。

騒ぎを聞きつけ、見物人が道場を囲みはじめた。その中を泳ぐように、道場から逃げていく者がいる。

「な、何が起こったのだ……」

師範の利右衛門であった。

十三

佐倉虎峰は生まれて初めて牢《ろう》屋敷の門をくぐった。いったい何が起こったのか。頭がついてこない。

「早く歩け」

「歩いてますよ。急《せ》かさないでくださいな」

強圧的に何かを言われると、口答えする癖がついている。医者を志してから、ずっとそうだった。侮られるよりは、面倒くさい奴だと敬遠されたほうがいい。

同心が紐《ひも》を握っており、その紐は虎峰の身体を二周して両手首を戒《いまし》めている。こんな目に遭うのも、当然初めてのことだ。

獄舎に入ると、囚人の体臭と黴《かび》のにおいがきつく漂ってきた。衛生的に最悪の状態と思われた。ここから病が流行《はや》ったらどうするのかと、虎峰は立腹した。職業病というものであろう。

虎峰が牢の前を通ると、女と見て、囚人たちがはやしたてた。広くもない部屋に十人以上は詰め込まれている。寝る場所さえ満足にはなさそうだ。

虎峰は黙って通り過ぎようとしたが、ふと囚人のひとりに目を留め、足を止めた。

「立ち止まるな」

同心に言われたが、無視する。牢の隅にうずくまっている男は、見知った者であった。

「若旦那……」

我孫子屋壮介であった。やはり捕まったのだ。さっそく囚人たちの暴力の洗礼を受けたのか、顔が赤く腫《は》れていた。

壮介は虎峰の姿を見ると、目を丸くして立ち上がった。囚人をかきわけ、格子に手をかける。

「なんで虎峰先生まで捕まるんだ。俺ひとりで十分じゃねえか！」

口の中が切れているのか、聞き苦しい声であった。

同心が格子を蹴りつけた。

「阿呆、この女は似《に》せ薬《ぐすり》を患者に処方した張本人だろうが」

「月花美人は似せ薬なんかじゃねえ！」

「申し開きなら、御白洲《おしらす》で気の済むまでやるがよい」

壮介の襟首が他の囚人に掴《つか》まれた。

「新入り、同心様への口の利き方がなっちゃいねえな」

「女のシモで商売していた野郎が出しゃばるんじゃねえぜ」

壮介が牢の奥に引きずられていく。床に転がされ、囚人に踏まれ、蹴られはじめた。

「やめさせてくださいよ！」

虎峰は同心に訴えたが、同心は見て見ぬふりだ。

「虎峰先生、すまねえ、すまねえ！」

蹴られながらも、ひたすら詫びる壮介の声であった。

同心に引きずられるように先へ進むと、また別の牢があった。下級武士の牢である。囚人が急増したらしく、壮介が入っていた町人の牢よりも混み合っていた。

「虎峰どの、虎峰どの！」

大和田道場の面々であった。

「みなさんも捕まったのですか……」

「恨みますぞ、我々に似せ薬を作らせていたとは！」

「月花美人は似せ薬などではありませんよ」

壮介と同じ台詞が口をつく。

「落ち着いてくださいな。申し開きをすれば、きっと――」

最後までは伝えきれなかった。同心に歩くよう急かされたのだ。

虎峰は牢内を素早く観察した。あの人はいるか。どうにも要領の悪そうなお人だ。やはり、捕まってしまっただろうか。

だが、ざっと見たかぎりでは、その姿は牢の中に見受けられなかった。虎峰は安堵した。

――そう、お逃げなさい。

虎峰は心の中で呼びかけた。

あなたはお逃げなさい。もう二度と、若葉さんを一人にしてはいけません。若葉さんを連れて、御公儀の手の届かぬところへ逃げておしまいなさい。

「あなたが胸を張って菜澄に帰れるよう、必ず御白洲で無実の証しを立ててみせます。その時まで」

虎峰は心に誓った。

女牢に放り込まれたときの佐倉虎峰は、不遜《ふそん》とも思えるほどに堂々とした態度であったという。

第七章　真剣勝負

一

高山重久公は、今日も侍講の雪堂からの講義を受けていた。

「よく考えたものよの、似《に》せ薬《ぐすり》とは」

「ありがたき仰せなれど、なにゆえ殿は私の講義の途中で口を挟まれますかな」

「良いではないか。さすが師匠は良い知恵をくださったものと、尊敬の念を新たにしておるぞ」

月花美人などという穢《けが》らわしいものを城下で売らせるわけにはいかない。まして江戸で売るなど、言語道断である。我孫子屋が月花美人の商いをあきらめて詫《わ》びを入れてくるなら、まだ情けをかけてやる余地はあった。だが、手の者に探らせたところ、あろうことか我孫子屋は他の紙問屋に月花美人の商いを許すと宣言し、結束を固めようとしていたのである。

「月花美人を売ろうとしていたのは、我孫子屋の当主ではなく、跡取りの小倅《こせがれ》だったそうな」

その小倅が小癪《こしゃく》にも先手を打ち、歯向かう姿勢を示してきた。いっそ我孫子屋に商売の認可を与えず、見せしめにすることも重久は考えた。だが、一度結束した相手に強権を振るえば、怠業や強訴《ごうそ》で対抗してくるかもしれない。そうなれば御蔵扱いにするどころか、政務に必要な紙の供給にすら支障をきたしかねない。なんとか、月花美人に関わった者たちだけを罰する大義名分はないものか。国法を飛び越えて、領主の鶴の一声によって罰を与えるようなことはできぬ。それでは世の道理が通らぬ。

「妙案であったよ。似せ薬とはのう。ふ、ふ、ふ」

似せ薬とは、偽薬とも書く。薬効が無いものを薬と偽ることである。似せ薬を作って売ることは、量刑の差はあれど、全国どこでも国法によって重罪と定められていた。

月花美人に似せ薬の疑惑をかける案を出したのは、雪堂であった。もっとも、講義のときにふと漏らした言葉に重久が乗っただけで、雪堂自身は「あまりご無体なことをなさいますな」と、むしろ諫《いさ》めたのである。

都合の良いことに、あの月花美人はかぶれを起こす場合があったそうである。現に人体に害を及ぼしているという事実があるのだから、濡《ぬ》れ衣《ぎぬ》を着せたわけではない。重久はそう自分を納得させていた。

「しかし、我孫子屋もなかなかしたたかだったな」

即座に壮介を勘当し、店には累が及ばぬようにした。当主の壮右衛門は息子の監督不行き届きを理由に隠居し、番頭の与三という男を養子とし、その男を当主として届け出ている。血縁はなくとも、才のある者を養子にして跡を継がせることは、商家ではめずらしい話ではない。

「いささか手並みが鮮やかすぎるのが気に喰《く》わぬがな。まるでこうなることを見越していたかのようだ」

「実際、見越していたようですぞ。同心が手入れに入った直後に勘当の届けが出されておりますからな」

「我孫子屋の小倅め、とうに親にも見限られておったと見える」

「否、その小倅自身があらかじめすべて手配しておったようで」

「なんと?」

重久は顎《あご》に手をあてた。

「つまり、こうなることも覚悟のうえで、月花美人とやらを売ろうとしていたというのか」

「万一の時は我が身ひとつで責めを負うつもりだったのでしょうな」

「ふむ……だとすると、なかなかにあっぱれな男と言うべきやもしれぬ」

紙問屋など、株仲間というぬるま湯に浸《つ》かった腑《ふ》抜《ぬ》け揃いだと思っていた。だが、そこまで気骨のある者がいたとは。天川屋《あまかわや》の儀兵衛《ぎへえ》は男でござる――『仮名手本忠臣蔵《かなでほんちゅうしんぐら》』の名台詞《めいぜりふ》を思い出す。義士を援助し、役人の苛《か》酷《こく》な責め苦にも口を割らなかった義商である。打ち首にしても飽き足らぬと思っていた「我孫子屋の小倅」への印象が、重久の中で変わり始めた。

「潔く罪を認めて、二度と似せ薬は売らぬと約束すれば、百叩《ひゃくたた》きにでもして帰してやれ。それで懲《こ》りるだろうて」

「はあ、そう簡単に認めますかな」

「認めねば所払《ところばら》い(追放刑)だ。国法ではそうなっていたはずだな」

雪堂は無言で重久を見つめた。

「いかがした、その目は」

「いかがした、ではございませぬ。所払いですと？」

「似せ薬を売った科《とが》は、たしか、領内からの所払いであろう？」

「ご冗談を」

「島流しであったか？」

海のない菜澄ではどこを流刑地としているのだったか。重久が思い出そうとしていると、雪堂が無表情に告げた。

「死罪にござります」

重久はしばしの沈黙の後、鸚鵡《おうむ》返しに尋ねた。

「死罪だと？」

「殿が新たに布《し》かれた国法には、そのようにはっきり書かれておりますぞ」

重久は前年、菜澄領内に新たな国法を布告した。旧領の国法と、従来の菜澄のそれとを雪堂ら学者に検討させ、練り直したものである。後世、代表的な「藩法」のひとつに数えられるものだった。

「事と次第によっては死を賜る旨、殿が仰せになったのでございますぞ」

「……わかっておる。なにしろ条項が多いゆえ、つい失念しておったわ」

「だからご無体だと申し上げましたのに」

「何が無体か。死罪に値するならば、それを粛々と執行するのみ。人の上に立つ者が法を曲げられようか」

「本当にそれでよろしいのでございますか」

「くどい。武士に二言なしである」

はねつけておいて、重久はさりげなく確認した。

「女もか……?」

「女?」

「女も死罪なのか?」

「たしか、男女《なんによ》の別はございませんでしたな。例の女医者《おんないしや》のことがお気になりまするか」

「そのようなことはない」

重久は立ち上がり、庭を眺めた。雪堂に背を向けたまま尋ねる。

「それで、あと捕まっておらぬのは——」

「ひとりは、大和田道場の主《あるじ》にござります」

卑劣にも、門弟たちが同心に捕縛されるのを見捨てて逃げ出したという。

「そして、望月鞘音か」

望月鞘音の住む村にも同心が向かったが、娘ともども逃げた後だったという。周辺をくまなく捜したが見当たらず、神隠しにでも遭ったかのように忽然《こつぜん》と姿をくらましたと報告されている。

「その者たちは、自ら出頭でもしないかぎり、死罪は免れぬでしょうなあ」

「……見下げ果てた奴らよ」

道場主はともかく、望月鞘音に関しては、やはり買いかぶりすぎていたようだ。蓮次郎が妙にこだわっていたが、朋輩を見捨てて逃げ出すような男ではないか。

「どこにおる、望月鞘音」

もしもまことの武士の魂《こころ》があるならば、みずから私の前に姿を現してみよ。

重久はまだ見ぬ剣客に思いを馳《は》せた。

二

……私はこんなところにいていいのだろうか。

いろいろな意味で、望月鞘音は自問した。

「とさま、落ち着きませぬか？」

若葉が心配そうに声を掛けてくる。

「いや、贅沢《ぜいたく》は言えぬ。せっかく村の衆が匿《かくも》うてくれたのだから……」

狭く薄暗い小屋。室内には畳が敷かれ、意外に快適である。

小屋にいるのは鞘音と若葉だけではない。若い娘が隅に固まり、鞘音の様子をうかがっている。中年の女はおしゃべりに花を咲かせている。気分が悪いのか、温石《おんじゃく》を腹に抱いて寝そべっている者もいる。共通しているのは、皆、女であることだ。

不浄小屋であった。

壮介、虎峰、道場の門弟たちが捕縛されたことが伝えられると、村の衆は鞘音たちを匿ってくれた。どちらかといえば若葉をひとりぼっちにさせないためで、鞘音はおまけだろう。成田街道はもちろん、利根川への水路も塞《ふさ》がれているおそれがあり、逃げるのは危険だった。逃げられないなら隠れるしかなく、同心が踏み込んでくる心配のない隠れ場所といえば、不浄小屋しかなかったのである。

「まさか不浄小屋に入ることになろうとは……」

若葉にはああ言ったが、落ち着かぬこと、このうえない。穢れ云々《うんぬん》以前に、男が入ってはいけない空気を濃密に感じる。大奥の長局《ながつぼね》にでも男が一人で放り込まれたら、このような感じではなかろうか。

「私はもう、不浄小屋に入る必要はないんですけれどねえ……」

しみじみと述懐したのは、虎峰のお手伝いのタキである。鞘音たちにいちはやく危急を知らせてくれたのは、彼女であった。

「ですが、追っ手はやりすごせたようで、何よりでした」

これは我孫子屋の奉公人、お志津である。タキと同じ舟で、壮介の急を知らせに来てくれた。

「そなたたちのお陰で助かった。改めて礼を申す」

おとなしく捕まったほうがよかったのではないか。そう思わぬでもなかったが、タキが言うには、虎峰は同心が踏み込んで来た際、鞘音だけは逃がすよう密《ひそ》かにタキに言いつけたという。

「申し開きは自分がするから、と先生はおっしゃいましてね。若葉さんと一緒に逃げよと」

「若葉のことを想ってくれたのだな」

鞘音は若葉の頭を撫《な》でた。若葉はうつむいている。

「若葉さんだけですかねえ。鞘音さまのことも……」

タキは言いかけて、急に話題を変えた。

「鞘音さまは、先生に字の書き方を教えてくださったそうですね?」

「……いつの話だ?」

「子供の頃ですよ。お二人が忠信塾に通っていた頃。ありがたかったと、先生はおっしゃっていましたよ」

鞘音は記憶を探った。だが、虎峰ことお光に字の書き方を教えたことなど、あっただろうか。

「あの者はいつも部屋の隅に縮こまっておった。それしか覚えておらぬ」

「文字の線や点ではなく、余白の大きさや形を意識せよと教わったとか」

「ああ、それは亡き兄に教わったのだ。あの頃、得意になって誰彼かまわず喋《しゃべ》っていたな」

その中の一人に、たまたま「お光」がいたのかもしれない。鞘音にとってはそれだけのことを、虎峰はずっと覚えていたらしい。

「せめて読める字を書けとも言われたそうで」

「ひどいことを言う。それは壮介だな」

「鞘音さまですよ」

「私か!?」

これも覚えていなかった。

「きっと鞘音さまは、ご自分でも覚えていらっしゃらない親切と意地悪を、たくさんなさってこられたのですよ」

歯に衣着せぬが不思議と嫌みのないタキの言葉で、不浄小屋にささやかな笑いが生まれた。

笑いの波がおさまると、今度はお志津が口を開いた。

「若旦那《わかだんな》は、月花美人のことで何かあったら自分一人で責めを負うと、いつもおっしゃっていました。虎峰先生にも道場の皆様にも、申し訳なく思っていらっしゃると思います」

壮介がいつかそんなことを言っていたのを、鞘音も覚えている。こうなることをいくらか予見していたのかもしれない。だとしたら、並大抵の覚悟ではなかったのだろう。

「ですが、鞘音さまがご無事であることは、きっと喜んでいらっしゃいますよ」

「そうかのう。薄情者めと思うておるやもしれぬ」

「いいえ、若旦那は鞘音さまをたいそうお好きなんですから。子供の頃、町人の自分を馬鹿にせず剣術の稽古《けいこ》につきあってくれたのは、鞘音さまだけだとおっしゃっていました」

「あやつは、稽古相手としては申し分なかったからのう……」

少年時代、鞘音と対等に剣を交えられるのは壮介ぐらいだった。鞘音にとっては強くなることが第一で、相手が武士か町人かなど、どうでもよかった。

「同じ稽古仲間でも、ほかの武士の皆さんからは邪険にされたり、陰口を叩かれたりすることも多かったそうですよ。鞘音さまだけは、そんなことはなさらなかったと」

壮介がそんな境遇にあったことを、鞘音は知らなかった。壮介は鞘音以外の稽古仲間に、不遜《ふそん》とも言える態度で接していた。それは心無い言葉に傷つけられた裏返しだったのだろうか。

「鞘音さまが武者修行からお帰りになったときの、若旦那の喜びようといったら。お見せしたかったですよ。それはもう、嫉妬《しっと》してしまうぐらい」

嫉妬してしまうぐらい。不浄小屋にいるすべての女が、その一言を聞き逃さなかった。お志津も失言に気づき、しきりに掌《てのひら》で頬を叩いている。

「そうかのう。会えばいつも憎まれ口しか叩かぬ男だが……」

鞘音だけは気づかず、獄中の友に思いを馳せていた。

三

「あの、タキさまは月のものが来ないのでございますか？」

若葉が不思議そうに尋ねた。

「ええ、二年ほど前に終わりましたねえ」

「失礼でござりますが……」

「ちょうど五十の頃でしたよ」

「さようでござりましたか」

「先生が言うには、それぐらいで月のものを終える女が多いそうですよ。稀《まれ》には四十にもならないうちに終わってしまう者もあるそうですが」

閉経の時期は月役周期が不安定になって、体調を崩すことも多かったという。

女同士の話を、鞘音は複雑な気持ちで聞いていた。やはり、このような話のできる相手が若葉には必要だと、改めて思う。

「ならば私は、月のものが終わるまで生きます」

若葉が妙なことを言い出した。小屋の中の人々の視線が、若葉に集まる。

若葉は注目されてうつむいてしまった。半ば独り言のように、思わず発してしまった言葉だったらしい。

「どういうことだ、若葉」

若葉は言いたがらなかったが、重ねて促されて観念した。

「怒らないでくださりませ、ととさま」顔は伏せたままだ。「私は体が弱いので、あまり長《なご》うは生きられまいと思うております。ととさまとかかさまにお会いできるので、悲しゅうはござりませぬ。ただ、あまり早《はよ》う死んでは親不孝なので……いかほど生きれば申し訳が立つかと、常々考えておりました」

鞘音は怒るより呆《あき》れた。そして、不憫《ふびん》でたまらなくなった。数えで十三歳の娘が、常に死を意識して日々を暮らしていたのだ。両親を見送った後となれば、なおさらであったろう。年齢の割に落ち着いているように見えたのは、一種の諦観《ていかん》がそうさせていたのかもしれない。

子供の死が夥《おびただ》しい時代である。現在の将軍家には五十人以上の子がいたが、そのうち二十歳を超えて生きたのは、半数でしかない。最も恵まれた医療を受けられるはずの将軍家でさえ、そうなのだ。体の弱い子供にとって、死の影はごく身近にあった。

鞘音は思わず天を仰いだ。武士として、死を恐れぬ覚悟を持っているつもりであった。なんと浅かったことか。すぐそばに、死と隣り合わせに生きている者がいたというのに。

「申し訳ございませぬ。このようなこと、二度と口にいたしませぬ」

うつむいたままの若葉を、タキも不憫そうに見ていた。

「誰が怒るものか」鞘音は若葉の頭を優しくなでた。「月のものが終わるのが五十として、それまで生きれば、なかなかのものだぞ」

当世、三十歳や四十歳で命を終えるのもめずらしいことではない。悪い水を飲み、傷んだものを食し、あるいは流行《はや》り病に罹《かか》り、いとも簡単に人は死ぬ。若葉の亡き両親も、まだ四十路《よそじ》にもなっていなかった。

「しっかり養生して——そうだな、どうせならもう十年がんばって、還暦まで生きてはどうだ。兄上も義姉《あね》上も、きっとあの世でほめてくれようぞ」

タキも優しく微笑んだ。

「そうですとも、月のものが終わると楽ですよ。私はまだまだ人生を楽しむつもりですからね」

「それはよい。タキどのなら、百まで生きるやもしれぬ」

「それはいくらなんでも、くたびれますねえ」

鞘音は笑い、タキも笑った。お志津も、他の女たちも。若葉にも笑顔が戻った。ひととき、不浄小屋に笑いの花が咲いた。

若葉は義父の顔をしっかりと見つめた。

「それでは、ととさまも還暦まで生きてくださりませ」

あと倍か。三十路の鞘音は思わず計算してしまった。気の長い話だ。

「よかろう。還暦になっても剣を振るってみせようぞ」

「約束にござります。それより早く往《い》んでしまわれたら、弔いませぬぞ」

なかなか厳しい。不浄小屋は何度目かの笑いに包まれた。

笑いをおさめると、鞘音は先のことを考えた。

いつまでもここに隠れているわけにはいくまい。

四

御白洲《おしらす》の砂利敷の上に筵《むしろ》が敷かれている。

そこに座らされているのは、似せ薬たる月花美人とやらを製作・販売しようとした三人の首謀者のうち二人である。大和田道場の侍たちより先に、まずはこの二人を裁くことになった。

「公事場奉行《くじばぶぎょう》の白井雪堂である」

似せ薬の製造は死刑に値する重罪であり、それなりに格のある人物が糾明に当たらねばならない。似せ薬の案を殿の耳に入れた張本人として、雪堂が渋々ながらその役目に手を挙げたのである。

「面《おもて》をあげよ」

筵の上の二名が顔を上げた。

「ジジイじゃねえか」

「聞こえますよ」

小声ではあったが、裁かれる二人の会話はしっかり雪堂の耳に届いた。とても神妙とは言い難い態度である。

「これより詮議《せんぎ》を始める。聞かれたことに答えよ。ああ、耳は遠くなっておらぬから、大声は出さずともよい」

軽く嫌みを放ってから、雪堂は面倒くさそうに書面を読み上げた。

「我孫子屋壮介、並びに佐倉虎峰こと佐倉光《みつ》、両名は月花美人なる似せ薬を作りて無法に利を得たりうんぬんと……」

続きをざっくりと省略し、雪堂は筵の上の二人を見下ろした。

「認めるか?」

二人は胸をそらし、異口同音に答えた。

「認めません」

雪堂はため息をついた。

「しかし、月花美人によって、そのなんだ、女陰にかぶれが生じたという訴えもある。これも認めぬのか」

「認めます」

いちいち受け答えがはっきりしている。天地に恥じるところなし、と言いたげであった。

「かぶれが生じることは認める。しかし似せ薬とは認めぬ。はて、どういうことかな？」

「恐れながら申し上げます」答えたのは虎峰である。「万能の薬はないということにございます。いかなる良薬であろうとも、体に合わぬ者もおります。その者にとってはかえって毒になりますから、使うのをやめるよう指導しております。

「ふむ……我孫子屋壮介、そのほうはどうだ？」

「右に同じくですね。むしろ、虎峰先生からそういう患者の意見を聞いて、一人でも多くの者が使えるように手直ししていたんですがね」

雪堂は顎に手をあてた。

――これはまずい……。

胸の内でつぶやく。思った以上に良心的な商売をしていたようだ。罪を認めさえすれば、殊勝であるとして死一等を減じてやるつもりだった。そうせよと殿に命じられたわけではないが、長年仕えてきた殿の心の内ぐらい、雪堂にはわかっている。

無罪放免はあり得ぬ。それでは御公儀の面目が立たぬ。だが、戦国乱世ならいざ知らず、この泰平の世に、人の命は決して軽いものではなかった。このような形で死罪を出しては、天下の不興を買うのは殿のほうだ。ほかに落とし所はない。なんとしても彼らに罪を認めさせるのが雪堂の使命であった。

雪堂は角度を変えてみた。

「望月鞘音と、大和田道場の師範……何と言ったか」

傍らの役人に尋ねたが、誰も覚えていなかった。

「大和田利右衛門でしょう」

壮介がかわりに答えた。

「そうだった、利右衛門だ。そなた、よく覚えておったな」

「忘れやしませんよ。弟子を見捨てて逃げた臆病《おくびょう》者です」

雪堂は興味をそそられた。

「そなたは利右衛門とは懇意かな?」

「俺もガキの頃、あの道場の門弟だったんでね。おしめの頃から知ってますよ」

「ほう、そうであったか」

「利右衛門はガキの頃から泣き虫で弱虫で甘ったれで……道場主になって多少は貫禄《かんろく》がついたかと思ったらこれだ。見損なったぜ、あの野郎」

最後は独り言になっていた。

いささか話が逸《そ》れたので、雪堂は改めて問いただした。

「望月鞘音と大和田利右衛門、この二名が逃亡しておる。おぬしら、この者どもの行方を知らぬか」

「知りませんね」

「存じません」

壮介と虎峰が同時に答えた。

「望月鞘音はともかく、利右衛門は知っていたら教えますよ」

ずいぶん薄情なものである。

「望月鞘音については、知っていても言わぬつもりか」

「あの人を月花美人作りに巻き込んだのは俺です。迷惑をかけねえって約束したのに、こんなことになっちまって、顔向けできるもんじゃねえ」

　壮介はさらにまくし立てた。

「それは、ここにいる虎峰先生だっておんなじです。俺が巻き込んだんだ。虎峰先生は仕方なく手を貸してくれただけだ」

「仕方なくではありませんよ」

　虎峰を無視して壮介は頭を下げた。

「わかってくれ、御奉行さま。悪いのは俺ひとりだ。望月鞘音も、虎峰先生も、まあついでに大和田道場の奴らも、赦《ゆる》してやってくれねえか。このとおりだ」

「では、似せ薬と認めるのか？」

「それは認められねえ」

　壮介は昂然《こつぜん》と頭を上げた。

「それだけは認められねえ。みんなで手塩にかけたものを、似せ薬とは呼ばせねえ」

「それでは話にならぬ」

「罪状なんて何でもいいだろ。世間を騒がせただのなんだの、何でもいいから俺を罰して、みんなを助けてくれ」

「そなたひとりで罪をかぶってもよいと申すか」

「そうしてくれって頼んでるんだ」

「それはできぬな。おぬしは所詮《しょせん》、町人。望月鞘音も、大和田道場の門弟たちの多くも武士だ。武士の罪を町人風情が背負えると思うてか」

　絶句する壮介に、雪堂は取引を持ちかけた。

「望月鞘音の居所を知っているなら、申せ。さすれば、おぬしの罪を減じてやってもよい」

壮介の口が皮肉に歪《ゆが》んだ。

「……俺の命はそんなに軽いってか。遣《や》る瀬ねえな」

口をつつしめと、傍らの役人が叱る。

「重ねてそなたに問うが、望月鞘音の居所は知らぬのか」

「知らねえな。知ってても教えるもんかい。我孫子屋の壮介は男でござるぞ」

人を喰った表情とともに、有名な芝居の台詞をもじった言葉を口にした。

静まりかえる御白洲。その沈黙を破ったのは、佐倉虎峰の声だった。

「呆れますね。何を格好つけていらっしゃるんだか」

五

「あんたは口を出すなよ、虎峰先生」

「若旦那の口上が拙《まず》すぎるんですよ。すっかり御奉行さまの手に乗せられてるじゃありませんか」

虎峰が雪堂を見上げた。

「月花美人は似せ薬ではありません。若旦那は格好つけてひとりで罪をかぶろうとしておりますが、そもそも、私どもに罪などございませんよ。これだけは、はっきり申し上げておきます」

雪堂は内心で苦笑した。別に乗せたつもりはない。我孫子屋の小倅が勝手にこちらの事情を忖《そん》度《たく》してくれただけだ。

「虎峰先生よう、それを言ったら始まらねえだろう。誰かが処罰を受けなきゃ、御奉行さまだって――」

「始まらなくていいんですよ、そもそもが言いがかりなんですから」

雪堂もさすがに機嫌を損ねた。

「言いがかりとは聞き捨てならぬな」

「こいつは言葉が過ぎました。ご無礼をお許しくだせえ」

頭を下げたのは、虎峰ではなく壮介である。

「なんで謝るんですか、若旦那」

「うるせえな、いいから俺のせいにしとけって」

「馬鹿をおっしゃいな。そこまでしていただく義理はありませんよ」

「あるんだよ」壮介の表情は真剣である。「俺はガキの頃、あんたの字が下手なのをからかっていじめてた。その罪滅ぼしだ」

虎峰は目を丸くした。

「馬鹿らしい！　そんな昔のこと、いちいち覚えちゃいませんよ！」

「嘘つけ！　あんた間違いなく根に持ってたろうが！」

「根に持つ!?　あれだけ馬鹿にしておいてその言い草ですか!?」

「やっぱり根に持ってるじゃねえか！」

雪堂は机を叩いた。

「勝手に喋るな」

二人を黙らせると、雪堂はため息をついた。さて、どうしたものか。このままでは、似せ薬を作って売りさばいた重罪人として、この両名に死罪を言い渡さねばならない。殊勝に認めれば減刑できるものを、二人とも態度は正反対だが、似せ薬の件だけは頑として認めようとしなかった。

雪堂は文字通り頭を抱えた。

六

風が強い。菜澄湖の水面《みなも》は荒れていた。だが、波が荒いのは風のせいばかりではないと、船頭は言う。

「利根川の上《かみ》で大雨が降ったんだろう。湖に利根川の水が逆流してるんだ」

氾濫《はんらん》すると厄介だが、それは同時に、菜澄の野に肥沃《ひよく》な土をもたらしてもくれるのだという。

「この様子じゃあ、溢《あふ》れるこたあないと思うがね」

「なぜわかる?」

「勘だな」

鞘音の問いに、船頭は真面目くさって答えた。

「出してくれるか」

「あんまり出したくねえなあ、この荒れようじゃ」

そう言いつつも、船頭は舟の準備に余念がない。

「すまぬ、恩に着る」

「ちゃんとお浄《きよ》めはしたんだろうね?」

「心配はいらぬ」

不浄小屋に籠《こ》もった鞘音である。船頭にしてみれば、歓迎すべからざる客であろう。

鞘音は振り返った。村人たちが集まっている。若葉がいて、タキとお志津が守るように寄り添っていた。

「それでは、タキどの、お志津どの。若葉をしばしお頼み申す。なるべく早く帰るつもりゆえ」

「お任せくださいませ。どうか、どうか、お心置きなく」

タキは声を詰まらせながら答え、お志津は黙って唇を噛《か》んでいた。

鞘音は頷《うなず》き、若葉を見下ろした。

「良い子にしておるのだぞ」

「はい」

「殿様に会《お》うて話をしたら、すぐに戻ってくるゆえな」

「お待ち申し上げております」

鞘音は両の掌で若葉の頰を包み、微笑んで見せた。若葉もにこりと微笑む。良い笑顔だった。

「若葉、ようここまで大きゅうなったな」

「どうしたのでござりますか、急に」

「そなたが赤ん坊の頃のこと、よう覚えておる。本当に小さくて、弱々しくてな。だが、会うたびに大きゅう、丈夫になっていった」

「若葉はまだまだ大きゅうなります。丈夫にもなりまするぞ」

「そうだな、きっとそうなろう」

鞘音は若葉の頭を撫でた。見届けたい。この子の、この先の人生を。痛切にそう願った。

「鞘音さん、行けるぜ」

船頭が声を掛ける。

「それでは、行って参る」

村人にも挨拶《あいさつ》をして、鞘音は舟に乗り込んだ。

「やはり、揺れるな」

「落ちないように気を付けるこった。必ず向こう岸には着けてみせるからな」

「頼りにしておる」

船頭が櫓《ろ》を操り、舟を岸から離す。生まれたての子鹿の歩みのように、荒れた湖面をゆらゆらと進んでいく。

鞘音は岸を振り返った。

若葉が岸辺で見送っている。兄夫婦が健在の頃、数年に一度は正月に帰省し、また旅に出るときは、こんなふうに若葉に見送られた。鞘音は今、そのときのように舟の上から叫んだ。

「若葉、土産を楽しみにしておれよ！」

若葉も思い出していたのだろう。鞘音の声に、かつてと同じ言葉を返した。

「忘れたら承知しませぬぞ、ゲンゴジさま！」

このとき、二人は同時に気付いた。言葉は同じだが、そのやり取りはもう、叔父《おじ》と姪《めい》のものではなかった。

若葉は嬉《うれ》しそうに笑い、手を振った。鞘音も手を上げて応《こた》えた。

若葉の笑顔が歪んだ。遠目にもわかるほど、両の目から涙がぽろぽろとこぼれおちる。

「ととさま、還暦まで生きねば、弔いませぬからなー！」

若葉は全身を振りしぼるように叫んでいた。水に飛び込もうかという勢いである。タキとお志津が必死に抱きとめている。

「若葉を、またひとりにしたら、許しませぬからなー！」

後はもう、言葉にならない。

若葉の首から、何か小さなものがちぎれて湖に落ちた。それは血盆経の御守りであった。若葉はそれにも気づかず、泣き叫ぶばかりである。

若葉、あまり興奮するな。鞘音は血がにじむほど唇を噛みしめながら、若葉の発作を心配した。だが、若葉はある意味力強く、声をかぎりに泣き、叫んでいた。

「あの子、哮喘《こうぜん》だって言ってたっけな。もう治ってるんじゃねえか？」

船頭が櫓を漕ぎながら言った。櫓が波に取られるので、苦労しているようだ。

「鞘音さん、あんた、友達を助けるために腹を切ろうなんざ思っちゃいないだろうね」

鞘音は答えなかった。

「あんたは義士なんて柄じゃねえよ。あんたの死体を乗せて帰るなんざ、真っ平御免だぜ。月の穢れが赤不浄なら、死体は黒不浄っていうんだ。また舟を浄《きよ》めずに済むよう、必ず生きて帰ってもらうからな」

鞘音は唇を噛みしめたままだった。

船頭が帆を上げる。強風を受け、帆が一気に膨らんだ。舟は一度大きく揺れた後、荒れる湖面を疾走しはじめた。

七

「……何の騒ぎだ？」

雪堂は傍らの役人に尋ねた。先刻から、外で人の騒ぐ声がする。しかも、次第に人数が増えているようだ。

折よく別の者が報告に来た。

「申し上げます。町人どもが門前に集まっております。何十人、あるいは百人を超えるかと」

「どういうことだ？」

「町人どもは我孫子屋壮介と佐倉虎峰を解き放つよう訴えております」

「……まるで強訴《ごうそ》ではないか」

忌々しい。騒ぎを大きくしてどうする。

「集まっておるのは城下の紙問屋の連中、それに佐倉虎峰の患者でございます。騒ぎを聞きつけて、今も続々と町人どもが集まっております」

「たかが紙問屋と町医者の赦免のために、こうも民が動いたというのか」

我孫子屋壮介は知らないが、佐倉虎峰は女だてらに人望のある医者だと聞いている。だが、それだけだろうか。

「月花美人とやらが、これほど民に求められていたということなのか？　まさか……」

大勢で押しかけてきたからとて、法を曲げるわけにはいかぬ。とはいえ、今回の件に関しては、法を濫用したのは御公儀の側である。何故このようにこじれてしまったのか。雪堂は歯噛みした。こうなっては、誰かが責めを負わねば収まりがつかぬ。

「町人どもを煽《あお》っておるのは誰だ」

雪堂の問いに、役人は答えた。

「先頭に立っているのは、清泉寺の――」

別の声がかぶさった。

「人聞きの悪いことを申されますな。誰も煽ってなどおりませぬ。皆、勝手に集まったのでございます」

制止の声を背中で跳ね返しながら御白洲に現れたのは、袈裟《けさ》を着た僧侶《そうりょ》であった。僧体なので、警護の役人も力ずくで押し止《とど》めるのは憚《はばか》られたのであろう。

「……兄貴」

「方丈さま」

筵の上の壮介と虎峰が、闖入《ちんにゅう》してきた僧侶を見上げる。

「宗月どのか」

雪堂は高みから声をかけた。

「お久しゅうございますな、雪堂先生。江戸でお会いしたのは、五年ほど前でしたか」

「もうそれほど経つかな」

雪堂は我孫子屋壮介を見下ろした。

「そうか、宗月どのはそなたの兄であったな」

「知らねえな」

壮介がそっぽを向いた。兄を巻き込みたくないのだろうか。単に仲が良くないようにも見える。

「宗月どのは何をしに来られた。昔語りをするには、ふさわしくない場所だと思うが？」

宗月は答えず、玉砂利を鳴らしながら進み、壮介と虎峰よりも前に出た。まるで二人を庇《かば》うように。

宗月は立ったまま雪堂と正対した。

「五年前、雪堂先生にはさまざまなご教示を賜り申した」

ふさわしくないと言われた昔語りを、あえてするつもりのようだ。

「月の穢れを忌む風習は、遠く唐《から》や天竺《てんじく》にもあるとのこと。阿蘭陀《おらんだ》のカピタンと議論したという話も、興味深うござい《ぶこ》ましたな。切支丹《きりしたん》の書物にも、月役を穢れとする文言があるとか。月経の禁忌はこの国だけのものではないと教えていただき申した」

「相変わらず、血盆経の虚偽を暴くことに執心しておられるか」

虎峰が弾《はじ》かれたように宗月の背中を見上げる。壮介はそっぽを向いたままだ。

「それについては、拙僧の中で答えは出申した」

「偽経であると」

「おそらく」

「そうと知りながら血盆経を説くか。その方便というのが、私には気に入らぬのだよ」

雪堂には宗月の立ち位置が見えている。だが、仏の教えと距離を置く儒者《じゅしゃ》として、宗月の曖昧《あいまい》な態度に共感もしない。

「……兄貴のやり方じゃ、駄目なんだよ」壮介だった。「中から変えようなんて、しゃらくせぇことを考えてたんだろ。兄貴みてえなお人好《ひとよ》しが、そんな器用な真似ができるかってんだ。結局、血盆経に取り込まれてるじゃねえか」

宗月は弟を振り返った。

「わかっていたのか、壮介」

「何年兄弟やってたと思ってる。兄貴の考えることなんてお見通しだ」

「うむ、俺のやり方では駄目だったようだ。母さんも極楽浄土で笑っておろう」

血の池地獄などではなく、極楽浄土で。弟にそう伝えたつもりであろう。ふたたび雪堂に向き直った宗月の顔には、穏やかな笑みがあった。

「雪堂先生、この二人を拙僧に預からせてもらえませぬか」

「ほう」

宗月の狙いが、雪堂にもわかった。「火元入寺《ひもといりでら》」をこの件に援用せよと言っているのだ。失火を出した家の者を、寺に謹慎処分にする刑罰である。その家の者が自ら寺に駆け込み、反省の意を表することで許される場合もある。「駆込寺《かけこみでら》」という言葉があるように、寺院は世俗の権力から人々を保護する聖域でもあった。

雪堂は思案した。我孫子屋壮介と佐倉虎峰を、似せ薬の罪を認めぬまま放免するわけにはいかない。それでは御公儀の面子《メンツ》が立たぬ。だが、死罪にすれば民衆が黙ってはいないであろう。ここは宗月の提案に乗るのが得策だろうか。

「町人どもはまだ騒いでおるか……」

表からはまだ声が聞こえた。人数がさらに増えているようである。信望の厚い宗月が二人を連れて出ていけば、あやつらも納得しようか。

雪堂は不意にくしゃみをした。御白洲の冷気がそうさせたのだ。くしゃみをした拍子に、不快な感触が褌《ふんどし》に広がった。やれやれ、私もいよいよ歳か。雪堂は自嘲《じちょう》した。殿には知られていないはずだが、御前で粗相をする前にそろそろ隠居を考えねばならぬな。雪堂はしばし目の前のことを忘れ、殿に仕えた長い年月に思いを馳せた。溌剌《はつらつ》たる若君が、もう不惑になったのだ。自分も同じだけ歳をとったはずであった。

御白洲では宗月が「くさめ、くさめ」と雪堂のために呪《まじな》いを唱えている。

そこに、雪堂のもとへ新たな知らせがもたらされた。

「申し上げます。お城の大手門前でも、騒動が起きているそうにござります」

「なに、お城でもか」

「白装束の侍が、門前で腹を切ろうとしておるようにござります」

――望月鞘音か。

即座にその名が浮かんだ。宗月、壮介、虎峰の三名も同じだったと見え、明らかに動揺している。

まずいことになった。これほどの騒動になっては、いよいよ誰かが責めを負わねばならぬ。否、騒動が大きくなったことで、かえって責めを負わせやすくなったとも言えようか。その白装束の侍が望月鞘音ならば、そのまま腹を切らせて、一件落着としてしまえばよい。

雪堂は冷徹な知恵者の顔に戻り、打算を働かせた。

八

その男の周囲にはすでに人だかりができていた。

男は白装束に身を包み、菜澄城大手門の前に正座している。その傍には一本の竹竿《たけざお》が地に挿されており、先端に紙片が挟まれていた。直訴状である。

「何卒《なにとぞ》、我が訴えをお聞き届けあれ！」

男は両拳《りょうけん》を地につき、叫び続けていた。

「大和田道場の門弟、ならびに我孫子屋壮介と佐倉虎峰をご赦免くだされ！」

門は閉ざされたまま、微動だにしない。だが、脇の通用口が開いて、一人の侍が姿を現した。

眞家蓮次郎である。続いて、太郎右衛門と次郎右衛門。

門番が礼を執《と》り、どうしたものかと蓮次郎に相談した。

「ご苦労。あとは私に任せよ」

蓮次郎は白装束の侍に歩み寄った。

「面《おもて》を上げられよ」

言われるがままに上げられたその顔を見て、蓮次郎は落胆した。

「……そなたか」

異様に力の漲《みなぎ》った顔。全身の勇気を振り絞った様子である。

「大和田利右衛門にございます。眞家どの、お久しゅう」

蓮次郎はこの男と御前試合で立ち合ったことがある。そのときよりも体つきが一回り大きくなったように見えるのは、気のせいか、あるいはその後よほど鍛えたのか。

「挨拶はよい。何の真似だ、これは」

「ご覧のとおりにございます。門弟たちの赦免を乞《こ》うため、まかり越しました」

「己《おの》が命と引き換えにか」

「その覚悟にて」

「逃げておればよかったものを」

「私は道場主にございます。門弟を見捨てて逃げたとあっては、末代までの恥となりましょう」

たしかに、こうでもせねば面目を取り戻すことはできまいな——蓮次郎はいささか同情した。

武士とは実に難儀なものであった。

蓮次郎は竹竿の先に挟まれた直訴状を手に取った。

「これを殿に取り次げばよいのだな？」

利右衛門は少し驚いた顔をした。破り捨てられるとでも思っていたのだろうか。見損なうな、と蓮次郎は舌打ちしたくなった。

「ご配慮、かたじけのう存じます」

「かまわぬ、武士の情けよ」

直訴状を懐にしまおうとすると、周囲の人垣の一角がざわめき出した。

人垣を割って現れたのは、蓮次郎のよく見知った顔であった。

「……来おったか」

蓮次郎の唇の端が上がった。自分が笑ったことに、蓮次郎は少し驚いた。嬉しいのか、私は。

その男は利右衛門の肩に後ろから手をかけた。

利右衛門が首だけで振り返り、「サヤ――」と口にするのと、その首に腕が巻かれるのと、ほとんど同時だった。「にぇげ」という奇声を発して、利右衛門はあっけなく締め落とされた。

「見事にござりましたぞ、ご師範。望月鞘音、感服つかまつった」

鞘音は利右衛門の体を支えながら、野次馬に呼びかけた。

「誰ぞ、この方をどこぞに運んでくれぬか」

三人ほどの男が出てきて、利右衛門を抱えあげた。

「これ、生きてんのかい？」

「すぐに目覚めるはずだ。舌で喉《のど》をふさがぬよう、横向きに寝かせてさしあげてくれ」

利右衛門が人垣の外に運び出されたのを確認すると、鞘音は蓮次郎に向き直った。

「さて、その直訴状は返してもらおう」

「そうはいかぬ。殿に取り次ぐと、あの男に約束した」

「それを取り次がれると、我が師範が責めを負うことになる。やはり返してもらわねばならぬ。私とて大和田道場の門弟。師ひとりに責めを負わせるは、弟子の名折れである」

道理ではあった。蓮次郎は逡巡《しゅんじゅん》した後、直訴状を鞘音に手渡した。

鞘音は直訴状を受け取ると、それを二つに裂き、四つに裂き、八つに引き裂いた。さらに細かくちぎり、天に放り投げる。

紙吹雪が降りそそぐなか、鞘音と蓮次郎はにらみあった。鞘音は竹竿を引き抜いた。懐から取り出した物を竹竿の先に挟み、ふたたび地に突き刺す。

「……野菊の絵がどうした」

「これは包み紙よ」鞘音は一呼吸置き、迷いなく言い切った。「これぞ、我らが手塩にかけた月花美人」

「それが訴えと申すか」

「然《しか》り。これがまことに似せ薬かどうか、いま一度ご吟味願おう」

蓮次郎は静かに溜《た》め息をついた。

「剣鬼・望月鞘音よ。そなたほどの者が、なにゆえ女の下《しも》の用などに……」

「恥じるべき何物もなし」

胸をそらす鞘音を見て、蓮次郎は鼻白んだ。この男、もはや正気ではないのだろうか。

蓮次郎は竹竿の先から野菊の包み紙を取った。中身を水に濡らさぬためか、包み紙の全面に糊《のり》のようなものが塗られている。その一角をちぎり、中身を取り出してみた。

おや、と蓮次郎は思った。かつて一時だけ流行ったサヤネ紙と、今ここにある月花美人は、ずいぶん違う。柔らかく、片面は油を引いたように滑らかだ。これが手直しの成果か。そして何より、形が違う。サヤネ紙は単純な長方形だったが、月花美人は、丸みのある長方形の中央に、羽のような広がりがある。

「この月花美人とやら、あくまで似せ薬とは認めぬか」

「いかにも」

蓮次郎は舌打ちした。認めれば減刑の余地もあるものを。これが似せ薬であることだけは、もはや曲げられぬ。御公儀が誤りを認め、頭を下げるとでも思っているのか。

蓮次郎は月花美人を包み紙に戻し、竹竿の先に挟みなおした。そうして、重みのある声で警告した。

「腹を切ることになるぞ」

鞘音は軽く笑った。

「そのつもりはない。弔ってもらわねば成仏できぬからな」

やはり正気ではないのか、よくわからないことを言っている。

「あくまで御公儀に頭を下げさせるつもりか」

「そうなれば何よりだが、無理であろうな」

「ではどうする」

「何も考えておらぬ」

こやつは馬鹿か。蓮次郎が呆れていると、背後から木のきしむ音が聞こえた。

大手門が開いたのだ。

蓮次郎はすぐさま片膝《かたひざ》をついた。

菜澄領主・高山重久公の姿がそこにあった。

九

重久が少数の供の者を従えて門を出てきた。蓮次郎のとなりで片膝をつく郷士のもとへ、まっすぐに歩み寄る。

「そなたが望月鞘音か」

「初めて御意を得まする」

「ようやく私の前に現れたな。ずいぶん待たせおって。四十年にも感じたぞ」

四十年とは、重久の年齢と同じである。大袈裟ではあるが、鞘音との対面を殿が待ち望んでいたことは蓮次郎も知っている。

「四十年、お待たせいたし申した」

鞘音が殿の言葉を受ける。

待ったのは私だ。蓮次郎は痛恨の思いだった。この瞬間を、どれほど待ち望んだか。それがまさか、このような形になろうとは。

重久は竹竿の先の月花美人を一瞥《いちべつ》した。

「これが月花美人とやらか」

「左様にござります」

「似せ薬であること、認めぬか」

「恐れながら、認められませぬ」

しばしの沈黙があった。重久は溜め息を我慢しているようだった。

「……ならば、ここで腹を切るしかあるまいぞ」

重久は眉間《みけん》に皺《しわ》を寄せていた。苦渋と諦《あきら》めがにじむ表情だった。

「そなたが腹を切れば、すべて丸く収まる。我孫子屋の倅《せがれ》も、虎峰とやらいう女医者《おんないしゃ》も、そなたの道場の門弟たちも、みな放免しよう」

鞘音は昂然と顔を上げた。

「腹を切るわけには、まいりませぬ」

重久の顔つきが険しくなった。

「主君の言をないがしろにするか」重久の声に凄《すご》みが加わった。「そなたは郷士であったな。ならば、城仕えはせずとも、菜澄領主を主君と仰ぐ身の上のはず。主君の言葉を何と心得る」

「恐れながら」鞘音は淡々としている。「主君にただ従うばかりが忠にはあらず。主君に過ちあらば、敢然と諫めるが真の忠なりと心得ます」

「私が過っていると申すか」

「然り」とは、鞘音は言わなかった。そう明言すれば、本当に腹を切ることになったであろう。

鞘音の返答は狡猾《こうかつ》だった。

「ここで私が腹を切れば、望月鞘音の名は友のために命を捨てた義士として天下に広まり、後の世に伝わりましょう」

「ふん、おのれで言いおる」

「そうして殿の御名は、義士にむざと腹を切らせた暗君として語り継がれましょうな。殿がいかに英邁《えいまい》な御方であられようと、後世に残るは悪名ばかりにござります」

鞘音は恭《うやうや》しく手をついた。

「不肖望月鞘音、殿の名を貶《おとし》めるがごとき不忠をなすわけには、断じてまいりませぬ」

蓮次郎は呆れて物が言えなかった。なんたる詭弁《きべん》。だが、鞘音に腹を切らせれば、本当にその言葉どおりになるおそれがあった。吉良上野介《きらこうずけのすけ》は高家《こうけ》として長年に渡り幕府の儀礼を司《つかさど》る功績があったはずだが、赤穂義士の一件により、百年後の今に残るは悪名ばかりである。

鞘音が顔を上げた。

「それでもこの鞘音に腹を切らせたいと思《おぼ》し召しならば、あくまで国法にて断じなされ」

痛い所を突いてきた。国法で断じることを避けたいからこそ、重久は鞘音に腹を切らせようとしたのである。しかも、命じるのではなく忖度させる形で。

「小癪《こしゃく》な奴よ……」

重久が刀の柄《つか》に手をかけた。いかに望月鞘音の人物を買っていたとはいえ、一介の郷士にここまで口答えされて面白いわけがない。

「――殿！」

蓮次郎は重久の刀の前に手をかざし、抜刀を制止した。

「このような軽輩をお斬りになっては、御刀が穢れまする」

重久はしかめっ面のまま、柄から手を離した。

「殿、この者の成敗は私にお任せくだされ」

蓮次郎は片膝のままで殿に向き直った。

「この者、お城の門前にてこのような騒動を巻き起こし、不届き千万。この場で斬り捨てられても、文句の言える筋合いにはございませぬ」

重久は思案の表情になった。蓮次郎の意を察したのであろう。この理屈なら、一応の名分は立つ。

「ただ、ひとつお願いしたき儀がございます」

「なにか」

「不届き者とはいえ、この者も武士の端くれ。それなりの名誉をもってあの世に送りたいと存じます」

「名誉とは?」

「この蓮次郎と刃《やいば》を交えることにございます」

野次馬がざわめいた。事実上、これは決闘の申し出であった。

「そなたにできるか、蓮次郎」

重久の問いは、蓮次郎の決意を確かめているだけではない。剣鬼・望月鞘音に勝てるのか。そう問うているのだ。

「できまする!」

精一杯の声で、蓮次郎は答えた。

「もし、そなたが敗れたときは?」

「その時は、私の命と引き換えに、この者の命を御免じくださりませ」

鞘音が不審そうに蓮次郎を見るのがわかった。

「何卒、お聞き届けを」

蓮次郎は深く頭を下げた。

重久が答えるまでに、しばしの間があった。

「……よきにはからえ」

重久は踵《きびす》を返し、門を背にするところまで下がった。立会人の構えである。

蓮次郎は立ち上がった。

「立て、望月鞘音」

「剣鬼」の頭の上から声をかける。

「聞いてのとおりだ。これよりおぬしを成敗いたす。見事、そなたの武士道を見せてみよ」

立ち上がる鞘音の顔には、不審そうな表情が染みついたままだった。

「蓮次郎、おぬし……」

「なぜ、と申すか」

なぜ、おぬしとの決闘を望んだか。蓮次郎は内心で笑った。自分にもわからぬ。だが、勘違いされては困る。

「おぬしに助かる道を与えたのではない。殿に申し上げたとおり、武士らしく死なせてやるためだ。せめてもの、武士の情けよ」

おぬしは私に勝てぬ。剣術指南役としての最大限の矜持《きょうじ》をもって、蓮次郎は鞘音を見下した。

鞘音の顔つきが変わった。蓮次郎の闘気に共鳴したのか、迷いが消え、武人の顔になっている。

「望むところよ、眞家蓮次郎」

野次馬が息を吞《の》む。

望月鞘音と眞家蓮次郎は、二間（約三・六メートル）ほどの距離をとって相対した。

十

蓮次郎は刀を抜き放ち、上段に構えた。間合いに入れば、一気に袈裟懸《けさが》けにする。もし刀で防がれても、力ずくで圧《お》し斬る。真剣勝負に小細工は無用である。迷いなく剣を振り切ったほうが勝つ。

対して鞘音は、半身に腰を落とし、刀の柄に手をかけていた。

――抜刀術か。

蓮次郎の肌が粟立《あわだ》ち、身が震えた。武者震いだと自分に言い聞かせる。かつて江戸の道場で一度だけ聞いたことがある、その音。抜刀の際に鞘《さや》が鳴く音。その美しさから、彼はその名を師匠より賜ったという。鞘音。望月鞘音。

「名にし負うその抜刀術、あれから如何《いか》ほど磨いたか、見せてもらおう」

自らを鼓舞するため、ことさらに大きな声を出す。声はかすれもせず、震えもしなかった。いくら素早い抜刀術でも、普通は袈裟懸けの速さには敵《かな》わない。普通ならば、だ。望月鞘音ならばどうか。

「蓮次郎よ、この鞘の音《ね》とともに、そなたを冥土《めいど》へ送ろう」

鞘音の口角が上がっている。笑っているのだ。よりによって、この命のやり取りの場で、この男は笑みを見せている。

――剣鬼。

その二つ名が蓮次郎の脳裏に浮かんだ。江戸の道場で、鬼瓦《おにがわら》のような顔で剣を振るっていると笑われた男。それが今、真剣勝負の場で笑みを見せている。

——おぬしはまさしく剣鬼であったか。

その二つ名を考え出し、広めたのは、蓮次郎自身である。

菜澄を尚武の地としたいという殿の意向を聞き、真っ先に浮かんだのが、望月鞘音の名だった。わかっていたのだ。自分一人の肩に、菜澄の武名を底上げする勁《つよ》さがないことを。だからこそ、ともに武を背負ってくれる男を求めた。望月鞘音。この眞家蓮次郎とともに、菜澄の仁王として並び立たん。

だが、せっかく剣名を広めてやっても、望月鞘音には仕官する気がなく、また、できる状況にもないらしいことがわかってきた。それがまた蓮次郎を苛立《いらだ》たせる。自分一人に菜澄の武を背負わせ、田舎に引っ込むとは、卑怯《ひきょう》なり。引っ込んだままならまだしも、月花美人とやらにはずいぶん入れ込んでいる。この蓮次郎には合力せぬのに、紙問屋と女医者には合力する。どこまでこの蓮次郎を虚仮《こけ》にするのか。

蓮次郎はずっと士道を追い求めてきた。士道とは、泰平の世に、武による奉公のすべを失った侍の道である。武人でありながら文官として生きねばならぬ男たちの、生きるよすがである。殿が菜澄の地に咲かせんとしていたのは、治世の道たる士道と、乱世の道たる武士道、二輪の花だった。自分が望月鞘音を求めたのは、「鬼瓦」と揶揄《やゆ》されたこの男の剣に、武士道の残り香を感じていたからかもしれない。今は失われた、乱世の気魄《きはく》。きっと、殿もわかってくださったはずのものを。

何をどこで間違えたのか、今となってはわからぬ。だが、斬らねばならぬ。望月鞘音、我が剣の前に斃《たお》れるべし。私はそなたの武士道を引き継ごう。そして、そなたは義士と称《たた》えられ、民の中で永遠に生きよ。

だが、一度ぐらいは二人で酒を酌み交わしたかったものだ——。

蓮次郎の胸に悔恨がよぎったときには、両者は一足一刀《いっそくいっとう》の間合いにいた。一歩踏み込めば、相手に剣が届く。

間合いの駆け引きはなかった。蓮次郎は一気に踏み込んだ。これ以上、緊張を引き延ばすことに耐えられなかったのかもしれない。望月鞘音の黒い影をめがけて、袈裟懸けに斬りおろす。

びいん……と、梵鐘《ぼんしょう》の残響のような、清らかな音が耳をかすめた。

手応えはなかった。会心の一太刀。斬った者は斬ったことに気付かず、斬られた者は斬られたことに気付かない。それが理想の斬撃《ざんげき》であると、蓮次郎は教わってきた。

だが、望月鞘音の姿が見えない。骸《むくろ》はどこだ。足元にでも転がっているのか。蓮次郎が視線を落とすと、刀の先が地面に埋まっていた。恥じるべし、勢いあまって地面まで斬ってしまったらしい。

鞘音の姿を求めて、蓮次郎は視線をさまよわせた。町人たちの気味悪そうな視線。鞘音は——いた。蓮次郎の背後にたたずんでいた。斬ったはずなのに、なぜ立っていられる。なぜ、そんな哀しげな目で私を見る。

蓮次郎は腹に涼しい風を感じた。見ると、着物の腹の部分が裂けていた。

蓮次郎の全身から冷たい汗が噴き出した。斬られた。斬られたのは私だった。なんたる神速の抜刀術。胴を真一文字に、迷いもなく。

蓮次郎は地面に突き刺さった刀から手を離し、咄嗟《とっさ》に両の手で腹をおさえた。臓腑《ぞうふ》がこぼれ落ちるのを防ごうとしたのだ。生への執着。刀が倒れ、地に転がった。蓮次郎は右手で腹をおさえたまま、左手をのばして刀を追いかけた。足がもつれ、転倒する。砂と土がはねあがった。

口惜しい――顔にかかった砂は、涙と汗と涎《よだれ》で泥と化していた。なんと情けなく、恥ずかしく、見苦しきことか。敗れたことが、ではない。武士ならば、散る時は花のように潔く。そう心に誓っていたのに。死に際すら美しく飾れぬのか。

蓮次郎はようやく、土にまみれた刀の柄を取った。かくなるうえは、この刀でもって自害し、せめてもの名を拾うのみ。

最後の力を振り絞り、体を起こす。

そのとき、蓮次郎の延髄に重い一撃が加えられた。蓮次郎の意識が暗黒に染まった。

十一

鞘音は地に伏した蓮次郎を見下ろした。

恐ろしい敵手だった。本当に真剣勝負をしていたら、おそらく斃れていたのは自分だ。

「望月鞘音、その刀はなんだ」

殿の声である。

「竹光《たけみつ》にございます」

「竹光だと？」

鞘音は竹に銀箔《ぎんぱく》を貼った模造刀を掲げてみせた。

「蓮次郎は？」

「気を失っているだけにございます」

まさか、自害しようとするとは思わなかった。鞘音は咄嗟に、柄頭で当て身を喰らわせたのである。

「そなた、なにゆえ竹光などを差しておる」

「よんどころなきゆえあって……」

「そのゆえとやらを申せ」

「……一時、わが道場を閉めるという話があったのでござる。その折、当面の暮らし向きの助けにと、質に入れ申した」

「刀を質に入れただと？　武士たる身で――」

「腹が減っては戦ができませぬゆえ」

鞘音はもはや悪びれず、堂々としていた。

結果的に、軽い竹光を差していたために蓮次郎より速く動くことができた。ためらいなく剣を振るえたのも、竹光だったからこそである。蓮次郎は人を斬ることへのためらいと、最後まで闘っていたように見えた。

倒れた蓮次郎の袴《はかま》から、液体が流れ出してきた。血ではない。

「おい、小便もらしてるよ」

野次馬の一人が指摘すると、その声はまたたく間に広がり、嘲笑の小波《さざなみ》へと変わっていった。

「情けねえ」「いい男が台無しだな」。女たちの、悲鳴混じりの落胆の声。

「笑うなっ！」

鞘音の一喝。野次馬が一瞬で静まった。

「この者こそ士道第一の武士《もののふ》。笑う者は、私が相手になろう」

群衆に向かって刀を掲げてみせる。竹光と知っていても、笑う者は誰もいなかった。

「太郎右衛門、次郎右衛門、おるか！」

鞘音の声に応えて、二人の侍が肩身が狭そうに姿を現した。

「こ、ここに……」

「蓮次郎を運んでやれ。これ以上、見世物にしてはならぬ」

「は、はっ」

太郎右衛門と次郎右衛門が蓮次郎を担ぎ上げた。

そういえば、二人で酒を酌み交わしたことは一度もなかったな——。

鞘音がふと思った時には、蓮次郎の体は城門の内に消えていた。我が命、もし長らえたならば、一献。

「近《ちこ》う」

鞘音は竹光を鞘におさめた。殿に向き直り、膝を折る。

殿に言われるまま、鞘音は中腰で殿のそばにより、再び片膝をついた。

「それが、そなたの武士道か」

鞘音はしばし考えて、答えた。

「武士道というもの、私にはようわからなくなって参りました」

「私もだ」

「幼き頃から武士道をよすがに生きて参りました。しかし、今にして思えば、その言葉にとらわれていただけのようにも思うのでござる」

「とらわれていた、と」

「何より名を惜しみ、辱めは死と心得る。そのような生き方に、少々疲れてまいりました。生きることは、恥を積み重ねることではございますまいか。いちいち死んでおっては、命がいくつあっても足りませぬ」

「……剣鬼とやら評判の男は、かような腑抜けであったか」

鞘音は一言もなく、頭を下げた。

「蓮次郎めは、ずいぶんそなたを高く買《こ》うておったがな」

あの蓮次郎が。まことであろうか。

「おそれながら、私を買いかぶりすぎておいでなのでござる。殿も、蓮次郎も、この町の人々も」

殿は、直接は答えなかった。

「笑《わろ》うておったな。あろうことか、真剣勝負のさなかに」

「私は江戸の道場で、鬼瓦とあだ名されておりました。肩をいからせ、勢いに任せ、鬼瓦のような形相で剣を振るっておると」

ずっとその癖が抜けずに思い悩んでいたところ、上方のある道場で師範に言われたのである。

「笑うてみよ、と」

そうすれば余分な力が抜け、体は柔らかく、剣は鋭くなる。そのような訓《おし》えであった。

「それが剣鬼の正体か」

「鬼瓦というあだ名が、なぜかそのように捻《ねじ》れて伝わったのやもしれませぬ。ただ、それとて昔のこと。なぜ今になってそのような二つ名が広まったのか、私にも皆目見当がつかぬのでござる」

ふと、妙な想像が働いた。「鬼瓦」とあだ名された江戸の道場には、蓮次郎もいた。剣鬼の通り名が菜澄に広まったのは、高山家が領主家になった頃だという。いやまさかと、鞘音はその想像を振り捨てた。

「そなたの武士道は、私の思うておるものとは少し違うようだ。だが、それを間違《まちご》うておるとも、今の私には言えぬ」

重久は月花美人を挟んだ竹竿を持ってこさせ、鞘音に突きつけた。

「これが似せ薬であること、どうしても認めぬか」

「認めませぬ。これは多くの人々の役に立つものにござれば」

「多くの女子《おなご》であろう」

「女子だけにあらず」

殿は訝《いぶか》しむ表情をした。

「女子だけではないと？」

「いかにも。これは男にも……恐れながら、殿のお役にも立つものにござる」

「私にだと？」

鞘音は片膝から正座になり、地面に手をついた。

「遠乗りがお好きな殿が、帰国されてからこのかた、一度も馬にお乗りにならぬと聞き及んでおります。さらに先日、我が家を訪ねられた折、駕籠《かご》の中に何枚も座布団を重ねておられるのを佐倉虎峰が見ております。その佐倉虎峰が申すに、おそらく殿は――」

鞘音は殿にだけ見えるように小さく、地面に文字を書いた。平仮名で、たった一文字。「ぢ」と。

殿の反応は素早かった。濁点をひとつしか書かぬうちに、鞘音の指を踏み潰す勢いで文字をかき消した。

「もうよい、わかった。あいわかった」

殿の呼吸が荒い。冷や汗もかいているようだ。

「そなた、よくもこのような……！」

「佐倉虎峰が申すには、そのようなものにも月花美人は使えるそうにござる。殿にも教えてさしあげたいと申しておりました」

殿は鞘音と同じ目線の高さにしゃがみこんだ。鞘音の襟首をつかみ、顔がくっつくほどに引き寄せる。

「……どのように使うと？」

異様に声を潜めている。

「患部に膏薬《こうやく》を塗り、月花美人をあてがいまする。然《しか》る後《のち》、月花美人が動かぬよう褌《ふんどし》を締めまする」

厠《かわや》に立つごとに患部を洗い、月花美人を取り替えるべし。清潔が肝要なり。さらに乙字湯《おつじとう》を用いるもよし。

「私も試しましたが、月花美人を尻《しり》の下に敷いているだけで、座布団を何枚も重ねたのと同じほどに座り心地が柔らこうなりまする」

「試したとな。もしや、おぬしも――？」

鞘音は頭を下げた。

「恐れながら、私は殿と同じ悩みを持つものにはござりませぬ」

「今さら見栄《みえ》を張るな」

「さよう、今さら見栄など張りはいたしませぬ」

鞘音はたたみかけるように言い募った。

「また、月花美人は年寄りの役にも立ちまする。歳を取ると、嚔《くさめ》をした拍子に失禁することもあるとか。月花美人をあてておけば、褌を濡らさずに済みましょう」

鞘音が上目で見ると、何か心当たりがあるかのような殿の顔があった。殿はまだ四十路だが、身近にそのような者がいるのかもしれない。

鞘音は頭を下げたままで続けた。

「私は殿の悩みも、年寄りの悩みも、我が身のものと感ずることはできませぬ。女子の悩みもまたしかり。それゆえ学んだのでござる。学ぶしかないのでござる」

鞘音は顔を上げ、こころもち胸を張った。

「そのようにして作り上げたのが、月花美人でござる」

殿は鞘音の目を見据えた。鞘音も礼を失さぬ程度に見返す。

殿は静かに立ち上がり、鞘音を見下ろした。

「刀をよこせ」

鞘音は不審に思いながらも、竹光を鞘ごと殿に差し出した。

鞘音の目の前に、殿の扇子が落ちた。

「拾え」

鞘音が戸惑いつつ扇子を拾うと、その瞬間、鞘音の左肩に竹光が振り下ろされた。肩に痛みが走る。激痛と言ってもよかったが、それだけであった。

「たった今、望月鞘音はこの一件のすべての責めを負い、切腹して果てた。扇腹《おうぎばら》である。この重久が直々に介錯《かいしゃく》してくれたわ」

血振りの動作をして竹光を鞘におさめながら、殿は呼ばわった。

「ここにおるのは一介の浪人。否、町人である」

武士の身分を、領主の肉声によって剝奪《はくだつ》された。御家断絶である。本来なら、武士にとって死よりも辛《つら》い沙汰《さた》と言えた。

だが、鞘音は喪失感とともに、それ以上の解放感も覚えていた。もう士道だの武士道だのに縛られなくてよいのだ。若葉にも、武士の娘としての生き方を押し付けず、好きなように生きさせてやれる。そう、若葉があの女のように生きたいならば、そうさせてやろう——鞘音の脳裏に、薬箱を片手に尻尾《しっぽ》のような髻《もとどり》を揺らして歩く後ろ姿がよみがえった。

鞘音は天を仰いだ。お叱りはあの世でいくらでも——兄上、義姉上、そしてご先祖方。

残る気がかりはひとつだけであった。

「月花美人はどうなりましょうや」

「そもそも、このようなものは薬ではなかろう」

竹竿に挟まれた月花美人を、まぶしそうに眺める。

「薬ならば似せ薬だが、薬でないものは似せ薬になるはずもなし」

謎掛けのような言葉である。

「薬としてでなければ、領内にかぎって商いを許す」

別の名目で売るならば、目こぼしするということだ。たとえば、小間物としてならば。抜け道を用意してくださった、ということになるのであろう。

だが、商いを領内にかぎるということは、江戸での販売の道が断たれたことを意味する。革命《よなおし》の夢が打ち砕かれたのだ。鞘音は、誰よりもその夢を追っていた友の心中を思った。

「我孫子屋とあの女医者にも、伝えてやるがよい」

さりげなく、壮介と虎峰の放免が約束された。

「月花美人。佳《よ》き名だ」

殿は鞘音の膝に竹光を投げた。

短刀に見立てられた扇子を鞘音が返そうとすると、殿は掌で押し戻した。その意を察し、鞘音はうやうやしくそれをいただいた。

殿は踵を返した。城内に戻ろうとするその歩みが、三歩めで止まる。ためらいがちに振り返った殿の唇は、震えていた。

鞘音の目には、殿の口がこう動いたように見えた。

「……すまぬ」

憔悴《しょうすい》した顔。誰よりも士道と武士道にとらわれた者の顔。鞘音はその言葉と表情を胸にしまった。

城門が閉まる前に、近習の侍が鞘音のもとに小走りしてきた。

「殿よりの言伝《ことづて》にござる。城に納めるのを忘れるな、とのこと」

それだけ伝えると、また侍は小走りで戻っていった。

閉まりかけの城門から、殿の背中が見える。武士道にも士道にもとらわれぬ生き方を見せてみよ。そう言われている気がした。

門扉が閉められた。閂《かんぬき》を締める音が、この一件の落着を告げる。

鞘音は立ち上がり、殿から賜った扇子を広げてみた。金箔で形作られた御紋が、鞘音の顔をまぶしく照らす。

鞘音は心のなかで友に語りかけた。壮介、命だけは拾った。革命《よなおし》の旗は折られたが、根っこから歪んだこの世に一矢報いることはできたと思う。このあたりで矛を収めぬか。今の世で我らにできるのは、これが精一杯であろう。あとは後の世の者たちに任せようではないか。

鞘音が扇子を閉じて振り返ると、群衆が手を打ち膝を打ち、口々に鞘音を称えていた。

「あっぱれ、望月鞘音どの！」

鞘音はその声には応えず、最も大事なことを尋ねた。

「牢はどこか」

人々の指が次々に牢の方向を差す。

迎えに行かねばなるまい。壮介と道場の門弟たちを。そして、若葉の師となるであろう、あの女も。

「……いっそ母になってくれぬかのう」

小さく口に出してしまい、鞘音は一人で照れた。

鞘音は竹光の二本を腰に差しなおした。竹竿に挟んだままの月花美人をどうするかと迷ったが、人々がよく見たがっている様子を感じ取り、ここに残しておくことにする。

「あっぱれ、あっぱれ、菜澄の義士、望月鞘音どの！」

人々の喝采《かっさい》が降りそそぐなか、鞘音は友たちが待つ牢へと歩きはじめた。

残された竹竿の先では、野菊に包まれた月花美人が静かに風に揺れている。それは優しげで、凛《りん》とした、一輪咲きの花のようであった。

終　章

私のととさまと「月花美人」のお話は、これでおしまいです。

その後のことについても、少しお話ししましょうか。

我孫子屋の若旦那《わかだんな》こと壮介さんは、騒動のあと我孫子屋から独り立ちされ、成田街道沿いに「清音堂《さやねどう》」という小間物屋を開きました。菜澄で月経を「サヤネ」と呼ぶのは、壮介さんが清音堂で月花美人を大きく取り扱っていたためでもあると思います。壮介さんはいつか江戸で月花美人を売るという野心を捨てていなかったようです。しかし、不幸にも三十五歳という若さで、流行《はや》り風邪のために亡くなってしまわれました。妻のお志津さんと小さい息子さんが残されましたが、お二人は我孫子屋に迎えられ、その子が後に我孫子屋を継ぎました。

三代目佐倉虎峰先生は、月花美人をめぐる騒動の翌年、城下から私たちの住む村に住まいを移されました。私たちの村には医者がいなかったので、以前から要請されていたそうです。ととさまが虎峰先生に夫婦になろうと申し込んだのはこの折で、一年も二の足を踏んでいたことに私は子供ながらに呆《あき》れたものです。ともかくも、晴れて虎峰先生は私のかかさまになりました。

村の医者となったかかさまは不浄小屋の改善に取り組み、不浄小屋はさながら女のための療養所のような場所に生まれ変わりました。また、高山重久公が文武院に蘭方医塾《らんぽう》「休命堂《きゆうめいどう》」を創設されると、かかさまは若い塾生と机を並べて学問に励まれました。宗月方丈が清泉寺の住職に就任された後は、村の寺子屋の師匠も引き継いだのです。歳を重ねても気力は一向に衰えず、七十一歳で亡くなるまで潑剌《はつらつ》と生きられました。

ととさまこと望月鞘音は、騒動によってその名を捨て、その後は終生、源吾を名乗りました。畑仕事と紙漉《かみす》きと月花美人づくりに加え、城下と村で剣術を教えるなど、充実した日々を送られていたと思います。かかさまともずっと仲睦《むつ》まじく暮らしていました。五十九歳で亡くなったとき、かかさまと私と、ととさまを慕う方々が話し合い、小さな祠堂《しどう》を建てました。還暦まで生きるという私との約束を破ったので、かねて申し上げていたとおり弔うことはせず、かわりに祀《まつ》ったのです。私の頑固さにかかさまは呆れておられたものですが、今ではその祠堂は血の道やお産にご利益があるとかで、よく女の方がお参りに来られるそうです。

私こと佐倉若葉は、休明堂医塾でかかさまとともに蘭方医学を学び、城下で開業するにあたって四代目佐倉虎峰を襲名しました。自分で申し上げるのも憚《はばか》り多いですが、血の道の病に悩む患者が江戸からも訪れるほどで、なかなかの評判だったと思います。私はととさまと違ってきちんと約束を守り、還暦まで生き、気がつけば九十歳を超えております。昔は体が弱かったので、何か人々の役に立てばと思い、『養生虎之巻』という養生書も著しました。

子供の頃にかかさまに勧められた日記は、いつの間にか書くのをやめてしまいました。きっと、言いたいことを言えるようになったからでしょう。先日、物置の片付けをしたときに出てくるまで、どこへやったのかも忘れておりました。読み返してみると、悩み多き乙女であったものだと、昔の自分が愛《いと》おしく思えてきます。

長生きするといろいろなことがあるもので、時代は明治に変わり、菜澄は千葉県の菜澄町となりました。お城からは殿様がいなくなり、城内には陸軍の兵営が建ち並んでいます。太政官布告とやらによって、公的には月経禁忌が廃止されましたが、月経を穢《けが》れとする考え方も不浄小屋も、まだまだ日本中に残っています。

月花美人はもう、作られていません。もともと安いものではなかったのですが、洋紙が普及して和紙の生産が減ったことで原価が上がり、採算が取れなくなったようです。大口のお得意様であった御城がなくなったことも大きいのでしょう。

私はもう医者は引退しましたが、内務省が新たに創った医術開業試験のことは、ずっと気になっています。女は受験できないというのです。昔は免許などいらなかったので、かかさまや私も開業できました。新しい世では、女が医者になってはいけないのでしょうか。腹立たしい思いでおりましたところ、最近、荻野吟子《おぎのぎんこ》という若い方が、内務省に受験を認めさせ、見事に合格を勝ち取ったということです。まことにあっぱれと喜びつつ、胸を撫《な》で下ろしております。

今、私は近所の方々のために、細々と月花美人を作っています。そのたびに思い出すのです。ととさまのことを。かかさまのことを。壮介さんのことを。女たちを「穢れ」から解放しようと時代に挑み、敗れていったあの人たちのことを。

あの人たちの目指した「革命《よなおし》」がいつか成就する日が来ることを願いつつ、この長いお話を終わりにいたしましょう。

■主要参考文献

田中ひかる『生理用品の社会史』角川ソフィア文庫
成清弘和『女性と穢れの歴史』塙書房
山川菊栄『武家の女性』岩波文庫
渡辺尚志『百姓たちの江戸時代』ちくまプリマー新書
佐伯真一『戦場の精神史　武士道という幻影』ＮＨＫブックス
川内教彰「『血盆経』受容の思想的背景をめぐって」『佛教大学　仏教学部論集』第一〇〇号
渡　紀彦『アンネ課長』日本事務能率協会
佐倉市史編さん委員会 編『佐倉市史』佐倉市
我孫子市史編集委員会 編『我孫子市史』我孫子市教育委員会

生理および生理用品の知識に関しては、ユニ・チャーム株式会社のＷＥＢサイトなどを参考にしました。

本書は書き下ろしです。
この物語はフィクションであり、実在の人物・団体とは一切関係がありません。

滝沢志郎（たきざわ　しろう）
1977年島根県生まれ。東洋大学文学部史学科卒業。テクニカルライターを経て、2017年『明治乙女物語』で第24回松本清張賞を受賞し小説家デビュー。他の著書に『明治銀座異変』『エクアドール』『雪血風花』がある。

月《げつ》花《か》美《び》人《じん》

2024年７月26日　初版発行

著者／滝沢《たきざわ》志《し》郎《ろう》

発行者／山下直久

発行／株式会社KADOKAWA
〒102-8177　東京都千代田区富士見2-13-3
電話　0570-002-301(ナビダイヤル)

印刷所／旭印刷株式会社

製本所／本間製本株式会社

●お問い合わせ
https://www.kadokawa.co.jp/（「お問い合わせ」へお進みください）
※内容によっては、お答えできない場合があります。
※サポートは日本国内のみとさせていただきます。
※Japanese text only

定価はカバーに表示してあります。

ISBN 978-4-04-114864-8　C0093